FINE
COFFEE
SUPREME BLEND

Allan Guthrie

Black Jail

Aus dem Englischen von Gerold Hens

Rotbuch Verlag

ISBN 978-3-86789-133-2

Deutsche Erstveröffentlichung, 1. Auflage

Titel der Originalausgabe: »Slammer«

Umschlaggestaltung: Buchgut, Berlin
Umschlagillustration: Peter M. Hoffmann
Druck und Bindung: L.E.G.O. S.p.A., Vicenza, Italy

Ein Verlagsverzeichnis schicken wir Ihnen gern:
Rotbuch Verlag GmbH
Neue Grünstraße 18
10179 Berlin
Tel. 01805/30 99 99
(0,14 Euro/Min., Mobil max. 0,42 Euro/Min.)

www.rotbuch.de

Für Ray Banks

TEIL I
NARRATIVE EXPOSITIONSTHERAPIE

MONTAG, 14. SEPTEMBER 1992

Nick Glass nahm die Ellbogen vom Tisch und lehnte sich ein paar Zentimeter zurück. Der Atem des Gefängnisseelenklempners war süßlich, wie heiße Milch. Nicht unangenehm, genau genommen. Aber Glass wurde übel davon. Er hätte ja gefragt, ob er ein Fenster aufmachen kann, aber das kleine Knastbüro hatte keins.

John Riddell kam einmal in der Woche vorbei, gewöhnlich montags, und jedes Mal war der Geruch stärker. »Und wie leben Sie sich ein?«, fragte er.

»Okay«, sagte Glass, dankbar, dass es, wenn er jetzt einatmete, nur nach Möbelpolitur roch.

Riddell schlug die Akte auf, die vor ihm lag. »Hmmm«, sagte er mit einem Nicken. Er schob seine Brille über die Nase vor und blickte Glass an, ein Blick, den er eindeutig geübt hatte. »Ganz sicher?«

Glass erwiderte Riddells Blick. Das mit den Blicken konnte Glass. Hatte er in den letzten paar Wochen gelernt. Und nicht nur das.

»Alles, was Sie in diesem Raum sagen, ist vertraulich«, sagte Riddell.

»Schön«, sagte Glass. Als ob das irgendwas zu sagen hätte.

»Haben Sie das verstanden, Nick?«

»Ich bin ja kein Kind mehr.«

Riddell beugte sich vor. »Ich wollte nicht herablassend klingen. Entschuldigen Sie.«

Wieder dieser Geruch. Glass sah einen limonengrünen Plastikbecher vor sich, aus dem sich Milch ergoss, als er zu Boden fiel. Dann verschwand das Bild, und Glass sah nur noch, was vor ihm war. »In Ordnung.«

»Es ist nur …« Riddell nahm die Brille ab.

»Nur was?«

»Sie hätten jetzt die Gelegenheit, es sich von der Seele zu reden.«

»Mir was von der Seele zu reden?«

Riddell setzte die Brille wieder auf. »Was immer Sie belastet.«

»Meiner Seele geht's gut.« Aber Glass wusste, dass Riddell ihm nicht glaubte. Er fragte sich, wer geplaudert hatte. Er wusste, es sollte ihm eigentlich nichts ausmachen, aber bei dem Gedanken, dass man über ihn sprach, bekam er das Gefühl, jemand hätte ihm Zement die Kehle runtergeschüttet und der würde jetzt in seinem Magen aushärten. Die Leute konnten Riddell alles Mögliche erzählen, und er würd's auch noch glauben. So sah er wenigstens aus.

Mit starrem Blick geradeaus spielte Riddell mit seinem Stift.

Glass versuchte zu erraten, was sie über ihn gesagt haben könnten. Er sollte einfach fragen. Nein, damit wollte er gar nicht erst anfangen. Man wusste nie, wohin das führte.

Vielleicht hatten sie über ihn und Mafia geredet. Gesagt, sie seien zu eng miteinander. Hatten homosexuelle Anspielungen gemacht. Pubertären Scheiß in der Art.

Glass wünschte, sie würden endlich erwachsen. Er war zwar erst zweiundzwanzig, aber er war ein verdammtes Stück reifer als sie alle zusammen. Er hatte gelebt. Sachen gesehen, Sachen gemacht, echten Schmerz gefühlt, der einem die Knochen zerschmetterte und das Fleisch vom Leib riss.

»Wie behandeln die Aufseher Sie? Kommen Sie klar mit dem Spitznamen?«

Genauso gut hätte er sich Glass schnappen und ihn mit dem Kopf gegen die Wand knallen können. Was zum Teufel stimmte mit Riddell nicht, dass der Dreckskerl einen so provozieren musste? Vielleicht hatte ihn ja seine Frau sitzenlassen. Hatte die Koffer gepackt und war zu ihrer Mutter getürmt. Irgend so was musste es sein.

»Kann ich jetzt gehen?«, fragte Glass.

Riddell schaute auf seine Armbanduhr. »Eigentlich sollte die Sitzung dreißig Minuten dauern.«

Glass warf einen Blick auf die Uhr an der Wand hinter Riddells Kopf. Noch zwanzig Minuten. Das würde er auf keinen Fall durchhalten.

»Und was, wenn wir einfach so tun?«, fragte Glass. »Braucht ja keiner zu wissen, dass wir abgekürzt haben.«

Riddell lehnte sich lächelnd in seinem Stuhl zurück. »Sie könnten von der Sitzung profitieren. Es geht hier nicht darum, Ihnen das Leben schwerzumachen. Es geht darum, Ihnen zu helfen, sich einzugewöhnen.«

Glass sagte nichts. Es ging ihm gut. Er brauchte keine Hilfe. Er konnte sich ganz allein eingewöhnen, vielen Dank.

»Und Ihre Frau?«, fragte Riddell. »Ihre Tochter?«

Glass bohrte die Fingernägel in die Handflächen. Klar, für Familien konnte es schwierig sein, das wusste er. Aber das war kein Grund, Lorna und Caitlin hier mit reinzuziehen. Er hatte keine Lust, hier über sie zu sprechen. Sie gehörten zu einer anderen Welt und gingen Riddell nichts an.

Er würde es kurz machen, vielleicht verstand Riddell den Wink mit dem Zaunpfahl. »Caitlin hat sich in der Schule eingelebt«, sagte er. »Lorna geht's gut. Keinem von uns fehlt Dunfermline.« Glass war froh, da weg zu sein. Okay, froh, von Lornas Mutter weg zu sein.

»Muss aber doch hart für Caitlin sein. Schwieriges Alter. Helfen Sie mir. Fünf, sechs?« Riddell wartete ab, dann unterbrach er die Stille selbst. »Sie sind sehr jung Vater geworden.«

Glass saß es aus, blickte auf den leeren Fotorahmen, der zur Seite gedreht auf dem Schreibtisch stand. Blech. Zinn vielleicht. Glass kannte den Unterschied nicht genau. Riddell tat ihm leid, weil er kein Foto hatte, um es reinzustecken. Vielleicht hatte ihn seine Frau ja doch nicht sitzenlassen. Vielleicht hatte er gar keine Frau. Vielleicht hatte er überhaupt niemanden. Glass ärgerte sich über sich selbst, dass er die arme Sau bedauerte.

»Okay«, sagte Riddell. »Unterschreiben Sie hier.« Er drehte Glass ein Blatt zu und reichte ihm seinen Kugelschreiber.

Eine Liste mit Namen, Daten, Zeiten.

Glass war überrascht, wie viele er kannte. Er kritzelte seinen Namen hin. Dann stemmte er sich hoch und wandte sich zum Gehen.

»Danke, Nick«, sagte Riddell. »Wenn Ihnen mal danach ist, sich auszusprechen, geben Sie mir Bescheid. Es wird Ihnen guttun.«

Der Strafvollzugsbeamte Nick Glass glaubte das nicht. Aber er nickte, reine Show.

»Wir müssen Mafia in den Bagger bringen«, sagte Fox eine halbe Stunde später.

Glass arbeitete inzwischen lange genug hier, um zu wissen, dass Aufseher Fox vom Isolationstrakt sprach. Nur der liebe Gott wusste, wieso er Bagger genannt wurde. Das Gefängnis war so voll von Slang, dass man gar nicht wusste, wo man anfangen sollte. Und wenn man fragte, wie irgendein Ding zu seinem Namen gekommen war, musste man nach einem anderen fragen, und ehe man sich's versah, war's einem egal, und man hörte auf zu fragen.

Der Bagger also.

Glass schaute seinen Kollegen an. »Wieso wir?«

Fox war mindestens fünfzig, fett und stolz darauf. Er gehörte zu der Sorte von Männern, die den ganzen Tag lang mit der Hand in der Hose rumliefen, wenn sie damit durchkamen. »Ist unser Job, Crystal, oder?«

Glass ignorierte den Spitznamen. Er war an ihm kleben geblieben. Da war nichts mehr zu machen. Wenigstens war er besser als der, den man ihm in der Schule angehängt hatte. Nickolarsch Glarsch. Kurz, Arsch. »Was hat er gemacht?«

»Hat sich wieder mit Caesar angelegt.« Mit klackenden Absätzen auf dem gewienerten Fußboden setzte Fox sich in Bewegung.

»Geht es ihm gut?«

»Er wird's überleben. Caesar hat nur mit ihm gespielt.«

»Und«, sagte Glass, der kaum fassen konnte, dass er Mühe hatte, mit dem viel älteren, massigeren Mann Schritt zu halten, und dachte, nicht zum ersten Mal angesichts all der Muskeln, die hier zur Schau gestellt wurden, dass er anfangen sollte zu trainieren, »wieso passiert Caesar nichts?«

»Woher willst du wissen, dass ihm nichts passiert?«

»Hab nur getippt.«

»Lass den Scheiß«, sagte Fox. »Mach einfach, was man dir verdammt noch mal sagt, so wie 'n braver kleiner Junge.«

Es war nicht nur so, dass Glass jung war. Er *sah* auch jung *aus*. Schon immer. Glass fragte sich, ob Fox auch schon immer wie ein fettes Schwein ausgesehen hatte. Demnächst würde er mal fragen.

Eine Katze fauchte sie an, als sie durch den C-Korridor gingen. Fox trat nach ihr, verfehlte sie. Die Katze fauchte noch einmal und kehrte ihnen den Schwanz zu. Verschwand wieder in den Innereien des Gebäudes.

Die Katzen waren eine der vielen Überraschungen, mit denen Nick Glass konfrontiert wurde, als er vor sechs Wochen hier angekommen war. Das Hilton, wie es alle nannten, war ein modernes Gefängnis. Als es gebaut wurde, kam eine kleine Population verwilderter Katzen zu dem Schluss, der Bau würde ein gutes Zuhause abgeben. Also zogen sie mit ein und waren trotz wiederholter Versuche – von menschlicher und anderer Seite –, sie zu beseitigen, Jahre später immer noch da.

Vor ein paar Tagen hatte Glass ein Kätzchen entdeckt. Ein verängstigtes, kleines schwarzes Ding in der Ecke des Umkleideraums. Glass wollte es hochnehmen, mit nach Hause nehmen, es Caitlin schenken. Sie hätte es geliebt. Allerdings war es fauchend abgehauen, ehe er nah genug rangekommen war.

Er hoffte, es ein anderes Mal zu erwischen, und hielt danach Ausschau, als er sich mit Fox den Zellen auf der linken Seite näherte. Drei Stockwerke, genannt Ebenen, zu beiden Seiten des Korridors. Mafias Hütte – seine Zelle – lag auf dem zweiten Stock oder, wie Fox sagte, »auf den Zweiern«.

Die Treppe rauf, vorbei an dem rotbärtigen Aufseher McDee, der zu beschäftigt damit war, mit Ross, einer der wenigen Aufseherinnen, zu plaudern, um von Glass Notiz zu nehmen. Dann vorbei an einer Gruppe von Insassen. Kopfnicken, Grunzen, Füßescharren. Glass fragte sich, ob Darko bei Mafia war, fragte sich, was zum Teufel sie vorgehabt hatten. Glass hätte es vielleicht von Fox erfahren können, aber der Ausdruck auf dessen Gesicht ermunterte nicht zum Gespräch. Fox mochte es nicht, wenn einer der anderen Aufseher Ross zu viel Aufmerksamkeit schenkte.

Glass hatte es nicht eilig. Er würde es noch früh genug erfahren.

Fox ließ seine Schlüssel im Takt der Musik klimpern, die durch die Zellentür drang. Er schob den Schlüssel ins Schloss und drehte ihn rum, alles in einer Bewegung, und ging hinein. Aus dem Radio dröhnte der Refrain eines Popsongs, den sogar Glass erkannte: »Ebeneezer Goode«, ein

Song, den die Häftlinge liebten, weil er voller Anspielungen auf Drogen steckte.

Mafia saß auf seinem Bett, dem unteren, und Darko tupfte ihm mit einem Tuch das Gesicht.

Der Gestank kroch an Glass hoch, wie immer, wenn er eine der Zellen betrat. Verdammt, er sollte besser den Slang benutzen. Eine der *Hütten*. Kippen, Schweiß, ein leichter Hauch von Scheiße. Und eine Chemikalie, die das gesamte Gebäude durchzog.

Es schüttelte ihn, und er fragte sich, was er hier eigentlich machte.

»Was hätt 'n das werden sollen, du blinder Wichser?«, sagte Fox zu Mafia. Er schaltete das Radio aus und sorgte damit jäh für Stille, die ihm die verzweifelt ersehnte Aufmerksamkeit verschaffte.

Der Grund für Mafias Spitznamen: Er trug eine dunkle Brille. Der Grund, weshalb er eine dunkle Brille trug: Probleme mit den Augen. Er litt an einer Krankheit, die bewirkte, dass er nicht weiter sehen konnte als ein paar Zentimeter über seine Nase hinaus.

Mafia war einer der wenigen Knackis, mit denen Glass reden konnte. Die meisten wollten nicht gesehen werden, wenn sie mit einem Aufseher sprachen. Aber Mafia war egal, was man von ihm dachte. Es hatte sofort klick gemacht zwischen Glass und Mafia. Glass war misstrauisch gewesen; man hatte ihn gewarnt, dass bestimmte Gefangene versuchen würden, es auszunutzen, wenn er zu vertraut mit ihnen wurde, zu viel von sich preisgab. Aber Mafia spielte keine Spielchen. Sie mochten sich einfach. Glass konnte sich Mafia nicht als Doppelmörder vorstellen. Nicht etwa, dass Mafia darüber reden wollte, aber das war für sich schon ungewöhnlich und ein Zeichen dafür, dass er möglicherweise unschuldig war. Glass hoffte es. Draußen wären sie Saufkumpels gewesen. Wenigstens malte Glass sich das gern so aus.

Er wusste es allerdings nicht, denn er hatte keine Saufkumpels.

Egal, Fox hatte recht: Mafia war so gut wie blind. Behauptete, er sei wegen seines katastrophalen Sehvermögens neunmal überfahren worden, als er über die Straße ging, und die schlimmste Verletzung sei eine gebrochene Hüfte gewesen. Glass war nicht sicher, ob ihn das zu einem Pechvogel oder einem Glückspilz machte.

Egal, jeder log im Gefängnis. Glass glaubte Mafia allerdings. Die Geschichte war einfach zu fantastisch, um nicht wahr zu sein.

Glass nickte ihm zu.

Mafia wandte den Kopf. »Wer ist denn da? McDee? Agnew? Nicht Sutherland, der Wichser. Ist es etwa Officer Ross, die Liebreizende? Die kann ich normalerweise riechen.«

»Ich bin's«, sagte Glass.

»Gib ihm keine Antwort, verflucht noch mal, Crystal. Das ist 'n mieser Wichser.« Fox trat näher und stieß Darko aus dem Weg. Was nicht schwer war. Darko war gerade mal knapp über einsfünfzig und klapperdürr. Den hätte wahrscheinlich Caitlin mit 'nem Schubser ihrer kleinen Hand umhauen können.

»He«, sagte Darko.

»He was?« Fox streckte die Brust raus, dass es aussah, als wollte er mit den Brustwarzen Darko die Augen ausstechen. »Hä? Willste etwa deinem Kumpel im Bagger Gesellschaft leisten?«

Darko sagte nichts.

»Genau, verdammt, willste nicht. Und jetzt verpiss dich, sonst lass ich dich wieder nach Scheißjugoslawien verfrachten.«

»In den Bagger?«, fragte Mafia. »Sie machen Witze.«

»Nee.« Fox wandte seine Aufmerksamkeit wieder Mafia zu. »Obwohl's ziemlich scheißkomisch ist, jetzt, wo du's erwähnst.«

»Sie können mich da nicht reinstecken.«

»Befehl«, sagte Fox.

»Von wem?«

»Deiner Oma.« Fox stieß mit dem Finger nach ihm. »Und jetzt komm hoch und beweg dich. Und versuch diesmal, nicht die Scheißtreppe runterzufallen.«

Mafia rührte sich nicht.

»Willst du's auf die harte Tour?«

Mafia seufzte. Stand auf. Und Glass konnte deutlich sein Gesicht sehen. Seine Wange und die Lippe waren geschwollen.

»Ich geh vor«, sagte Glass.

»Danke«, antwortete Mafia.

»Ihr beiden solltet einfach zur Sache kommen und miteinander ficken«, sagte Fox, »und uns alle mit dem Scheißvorspiel verschonen.«

Eine kahle Zelle. Ohne Fenster. Abends warfen sie eine Matratze rein, vielleicht eine Decke. Man brauchte nicht zu fragen, wieso die Dinger Strafzellen genannt wurden. Glass konnte es kaum fassen, dass er sich inzwischen daran gewöhnt hatte.

Mafia war nackt und hatte die Hände vor dem Schritt übereinandergelegt. Ohne seine Sonnenbrille wirkte er noch nackter.

Fox hatte sie ihm zusammen mit den Klamotten abgenommen. Nicht weil das üblich war, nur weil Fox ein Schwein war.

Glass hatte versucht, ihn zu überreden, es nicht zu tun. Bekam die Antwort, die er erwartet hatte.

»Willst wohl nicht, dass dein Schatz kalte Eier kriegt, was?« Fox' Doppelkinn wirkte wie ein zweites Lächeln.

»Lass ihm wenigstens die Brille«, sagte Glass. »Ohne die kann er nichts sehen.«

»Der sieht auch nichts *mit* dem Scheißding. Und wieso

überhaupt die getönten Gläser?« Er schaute Mafia an, der nicht reagierte. »He!« Er schlug mit dem Arm nach Mafia.

»Das ist kompliziert«, sagte Mafia. »Lassen Sie mir einfach die Brille da, hm?«

Fox klappte sie zusammen und steckte sie sich in die Brusttasche. »Nichts zu machen.«

»Was soll denn das, sie mitzunehmen?«, fragte Glass.

»Der Mann könnte zur Gefahr für sich selber werden«, sagte Fox. »Sie zerbrechen. Sich die Handgelenke aufschneiden.«

»Hast du Selbstmordgedanken?«, fragte Glass Mafia.

»Eher Mordgedanken, würd ich sagen.« Mafia schaute Fox an und ließ seine Augäpfel irrlichtern, als suchten sie nach einer Möglichkeit, aus ihren Höhlen zu entkommen.

»Ich denke, ich werf sie in den Müll«, sagte Fox. »Nur um sicherzugehen, dass sich niemand dran verletzt.«

»Jetzt sei kein Arschloch«, sagte Glass.

Fox erstarrte. »Hast du mich grade Arschloch genannt?«

»Lass es einfach«, sagte Glass.

»Wie viel?«, fragte Fox.

Glass kratzte sich am Finger. »Was?«

»Wie viel bezahlste mir, damit ich nicht drauftrete?«

»Ich?«, fragte Glass.

»Ja, du.«

»Wieso sollte ich dir irgendwas zahlen?«

»Sollste ja gar nicht. Aber ich wette, du tust's.«

Tja, nein, das würde er nicht. Von wegen, so weit kam's noch. Er hatte nicht vor, sich derart schikanieren zu lassen. »Na los«, sagte Glass. »Mach, was du willst.«

»Tut mir leid, Süßer«, sagte Fox zu Mafia. »Dein Herzilein liebt dich nicht mehr.«

Glass war froh, Fox los zu sein, obwohl er nicht scharf darauf war, die Gefängniswerkstatt zu beaufsichtigen. Der Geruch nach Aluminiumspänen, das Geräusch von knirschendem Metall. Laute Stimmen. Und ein Gefühl der Bedrohung. Das empfand er überall im Hilton. Aber hier war es stärker. Und heute war es überwältigend.

Er stand direkt am Tor, an die Stäbe gelehnt, und versuchte, locker zu wirken. Er hatte einen Schlüssel, war aber trotzdem eingeschlossen. Angenommen, es passierte etwas und er musste hier rauskommen. Er würde Zeit brauchen, um zu reagieren. Vielleicht würde ihm keine Zeit bleiben. Er würde hier mit diesem Pack festsitzen.

Er beobachtete eine Gruppe Häftlinge, die sich um eine große Drehbank drängten. Glass wusste, dass sie allen Maschinen Namen gaben, aber er wusste nicht genau, ob es sich um Lydia oder Linda handelte. Ein Kopf hob sich, schaute ihn direkt an, grinste. Noch ein Kopf, noch ein Grinsen.

Sie redeten über ihn.

Er wusste nicht, ob er zurückgrinsen oder sie nicht beachten sollte. Ihm schwirrte der Kopf.

Komm ihnen nicht zu nahe.

Ignorier sie nicht.

Provozier sie nicht.

Lass ihnen nichts durchgehen.

Dann: *Mach das Scheißtor auf und renn, solange du noch kannst.*

Machte er natürlich nicht. Er versuchte, ruhig und beherrscht zu wirken, während die Stäbe des Tors sich ihm in den Rücken drückten. War wahrscheinlich gar nicht so schlecht, dass er eingesperrt war. Er war sich nicht sicher, ob er sonst geblieben wäre.

Die Gruppe um die große Drehbank herum kicherte wie Schulkinder. Vielleicht hatten sie vor, ihn als Geisel zu nehmen.

Er schüttelte sich, als hätte er in eine Zitrone gebissen. Er musste diesen Scheiß aus dem Kopf kriegen. Seit er hier angefangen hatte zu arbeiten, war dies seine größte Sorge, die ständig an ihm nagte. Manchmal ging seine Fantasie mit ihm durch, keine Frage, aber Geiselnahmen waren eine reale Gefahr im Hilton.

Hochsicherheitsgefängnis. Drei Geiselnahmen in den letzten zehn Jahren. Vier Beamte niedergestochen. Einer hatte ein Auge verloren. Einer war gestorben.

Und was hatte man Glass beigebracht, was bei Geiselnahmen zu tun war?

Gar nichts. Nicht mal einen einzigen Tipp hatte er bekommen.

Die Aufseher mussten vielmehr eine Erklärung unterschreiben, dass sie auf eigene Gefahr hier arbeiteten und dass niemand verpflichtet war, einen Rettungsversuch zu unternehmen, wenn sie als Geisel genommen wurden. Na super, verflucht noch mal. Du stehst ganz alleine da, Kumpel.

Wenn man nicht das Zeug dazu hatte, durfte man den Job nicht machen. Das wusste er. Noch dazu beschissen bezahlt. Schottische Aufseher hatten ein viel niedrigeres Gehalt als ihre Kollegen in England.

Glass hätte sofort gekündigt, wenn Lornas Mutter ihn dann nicht als Versager betrachtet hätte. Er musste durchhalten, ihr beweisen, dass sie falschlag. Und überhaupt, was hätte er sonst machen sollen? Er hatte überhaupt nichts gelernt, verdammte Scheiße. Ein paar Akkorde auf der Gitarre, aber wer konnte das nicht? Von Straßenmusik konnte er nicht leben, und das war alles, wofür er taugte. Nicht dass er noch spielte, er hatte seit Jahren keine Gitarre mehr angefasst. Intelligent genug war er. Seine Lehrer hatten ihm viel zugetraut, aber er hatte die Schule nie abgeschlossen. Caitlin war gekommen und hatte alles verändert. Fünf Jahre lang hatten er und Lorna kaum gewusst, wovon sie leben sollten. Aber jetzt war er Aufseher im Strafvollzug, und das musste er durchstehen. Es würde schon noch besser werden. Er würde sich dran gewöhnen.

Er wünschte bloß, er könnte aufhören zu zittern. Er bemühte sich nach Kräften, es zu verstecken, aber irgendwann würde es irgendwem auffallen.

Und nur ein einziges Zeichen von Schwäche, und diese Raubtiere würden ihn in Stücke reißen.

»Mann, Peeler, du verdammter Irrer!«

Peeler war ein massiger Bursche, muskulös, tätowiert, Glatze. Ein Lebenslänglicher ohne Aussicht auf vorzeitige Entlassung. Er hatte seine Frau und ihren Freund umgebracht. Sie echt kaltgemacht. Mit 'ner Axt.

Peeler wurde er genannt, weil seine Paradenummer darin bestand, sich Bananen in den Arsch zu stopfen und zu drücken, bis sie aufplatzten. Offenbar kamen sie in der Mitte geschält heraus und wurden nur an den beiden Enden zusammengehalten. Im Augenblick sah es so aus, als hätte ihm jemand was reingestopft, aber keine Bananen. Peeler war vollkommen durchgedreht. Was nicht ganz so besorgniserregend gewesen wäre, hätte er nicht eine Machete in der Hand gehalten.

Scheiße, Scheiße, *Scheiße*. Glass hätte besser aufpassen müssen. Wer bei klarem Verstand gab Häftlingen Mittel und Möglichkeit, sich ihre eigenen Macheten zu basteln? Die Metallwerkstatt war eine einzige Katastrophe auf Abruf. Dieser ganze Scheißschuppen war Wahnsinn.

Glass schlotterten die Beine. Er wusste, dass er etwas tun musste, war sich aber nicht sicher, was. Er rieb sich die Handflächen an der Hose und hoffte, jemand würde einen Vorschlag machen.

»Verdammte Sauerei, Mann«, sagte jemand. Hörte sich an wie Horse.

Die Arbeitsgruppe war zurückgewichen und bildete in einigem Abstand einen Halbkreis um Peeler.

Horse war da, natürlich, und schirmte mit seinem riesigen Körper Caesar ab. Sorgte dafür, dass Caesar nichts passierte. Was er zuvor wohl versäumt hatte, so wie es aussah. Caesars rechtes Auge war zugeschwollen, das hieß, Mafia hatte wenigstens einen anständigen Schlag gelandet bei ihrer Klopperei.

»Is ja voll krass«, sagte jemand.

Glass stimmte ihm stillschweigend zu, als er sah, worauf es sich bezog. Blut. Es tropfte vor Peelers Füßen zu Boden, literweise, wie rote Farbe aus einer Blechdose.

Dann sah er, woher es kam.

Und musste kotzen.

»Mann, du verdammte Drecksau.«

»Du Scheißschwuchtel.«

Stimmen, die sich an ihn richteten, nicht an Peeler.

Glass würgte noch einmal, richtete sich auf, mit tränenden Augen, brennenden Bauchmuskeln.

Kam sich echt vor wie ein Arschloch, aber Grundgütiger, wer hätte da nicht gekotzt?

Peeler stand immer noch da, die Machete in der einen Hand, die andere Hand an der Seite. Blut tropfte ihm von den Fingern. Er hatte einen verwunderten Ausdruck im Gesicht, als würde er sich selbst fragen: *Wie ist denn das passiert?*

Sein Blick traf den von Glass, und Glass spürte, wie seine Eier zusammenschnurrten. Aber es war okay. Peeler hatte nicht vor, sich auf ihn zu stürzen. Ganz im Gegenteil.

Peeler ließ die Machete fallen. Das Loch, das er sich in die Unterseite seines linken Arms geschlitzt hatte, reichte von der Armbeuge bis runter zum Handgelenk. Er steckte die Finger seiner rechten Hand in das Loch. Rammte sie hinein. Schob seinen Daumen nach.

O *Mann.*

Er spreizte die Finger, zog die Haut auseinander und starrte in seinen Arm.

»Mann, was machst 'n da, du irrer Wichser?« Wieder Horse.

»Schaut euch das mal an«, sagte Peeler. Er packte ein Bündel Adern und Sehnen und zeigte sie grinsend herum.

Noch jemand reiherte, und Glass kam sich ein bisschen weniger wie ein Weichei vor.

Dann änderte sich Peelers Gesichtsausdruck. Es war, als würde ihm klar, was er da machte, was er da in der Hand hielt. Urplötzlich ließ er los und fing an zu schreien. Schreiend lief er auf der Stelle. Sprang schreiend auf und ab. Warf schreiend den Kopf hin und her.

Glass hätte am liebsten mitgemacht. Aber er hatte eine Aufgabe zu erledigen. Er musste den verrückten Drecksack bändigen, bevor er sich etwas antat. Okay, bevor er sich noch mehr antat.

Aber dieser Krach, dieses Schreien. Nervte mehr als der Lärm der Maschinen. Und die Knackis, die inzwischen Glass anstarrten. Erwarteten, dass er etwas unternahm. Und zweifellos hofften, dass er bei dem Versuch etwas abbekam.

Arschgeigen.

Aber er konnte keinen Gedanken fassen. Konnte einfach nicht denken, verdammte Scheiße.

Wenn er sich bewegte, würde ihm vielleicht einfallen, was er machen musste.

Er trat einen Schritt vor, spürte, wie ihm die Knie wackelten. In seinem Mund war ein scharfer Geschmack nach Galle.

Peeler schrie immer noch und tanzte. Er rutschte in seinem Blut aus. Stürzte.

Jetzt. Das war die Chance für Glass. Er rannte los, warf sich auf Peeler. Hatte den Wichser. »Helft mir!«, rief Glass.

Keiner rührte sich.

Unter normalen Umständen war Peeler zehnmal stärker als er, und Irre sollten ja die Kraft von zehn Männern haben, was Peeler zum eindeutigen Favoriten auf den Sieg machte. Glass grabschte nach Peelers Arm, um ihn in einen festen Griff zu kriegen, aber Peeler zappelte und zuckte am ganzen Leib, als stünde er unter Strom, und Glass' Hand rutschte immer wieder am Blut des Knackis ab. Wenn ihm niemand zu Hilfe kam, war Glass so gut wie tot. »Helft mir, ihr Schweine!«

»Leck mich«, sagte Wireman. »Das Arschloch hat wahrscheinlich Aids.«

Ah, verflucht! Punkt für Wireman. Glass rollte von Peeler runter, und Peeler blieb keuchend liegen und schaute ihn an. Einen Augenblick später klatschte er eine blutige Hand auf den Boden und wischte herum. Glass erinnerte sich an die Machete. Flehte zu Gott, dass Peeler sie jetzt nicht aufhob und sich auf ihn stürzte.

Aber das war gar nicht möglich. Die Machete war weg.

Herr im Himmel, die Geschichte wurde immer abgedrehter.

Perfekter Zeitpunkt für einen Aufstand. Und Glass würde die perfekte Geisel abgeben.

Scheiße, Scheiße, Scheiße.

Peeler rappelte sich auf. Glotzte zu Glass. Dann drehte er den Kopf in Richtung Tür, als sie sich öffnete.

»Was 'n das für 'ne Scheiße hier?«

Gott sei Dank. Glass hasste sich dafür, aber das war eine willkommene Stimme. Er hob den Kopf.

»Bewegt euch, ihr Schwachköpfe.«

Die Erleichterung war beinahe sexuell. Glass spürte sie bis in die Eier.

Mit Fox waren Muir und Ross gekommen, und alle drei zogen sich die Szene rein.

Ross trat vor. »Was ist denn mit dir los, Peeler?« Ihre Stimme war ruhig, ohne jedes Anzeichen, dass sein aufgeschlitzter Arm und die freigelegten Adern sie irgendwie irritierten.

Peeler blickte sie an.

»Sehr hübsch.« Sie nickte in Richtung seines Arms. »Hättest Chirurg werden sollen.«

Peeler schaute auf seinen Arm, als hätte er ihn eben erst bemerkt. Dann klappte er auf dem Fußboden zusammen.

Ross schaute Glass an. »War doch gar nicht so schwer, oder?«

»Sie sollten nicht hier sein«, sagte Mafia. Er war immer noch im Bagger und saß mit an die Brust gezogenen Knien auf der kalten Erde.

»Soll ich lieber gehen?«, fragte Glass ihn.

»Wie Sie wollen, Glass.«

»*Officer* Glass.«

»Kommen Sie mir nicht mit der Officer-Nummer. Die passt nicht zu Ihnen.«

Glass dachte daran zu gehen, aber seine Neugier siegte. »Was war da zwischen dir und Caesar?«

»Kann ihn nicht leiden.« Mafia zog die Knie noch fester an die Brust. »Und er mich nicht.«

Es war mehr als das. Sie hatten schon öfter Streit gehabt.

»Der Kinderficker wird beschützt«, sagte Mafia.

Kinderficker, Knabenschänder. Caesar war kein Kinderficker. Mafia gebrauchte das nur als Beleidigung. Im Hilton war es das Schlimmste, was man jemanden nennen konnte. Sogar noch schlimmer als schwule Sau.

»Erzähl weiter«, sagte Glass.

»Warum sollte ich?«

Das wusste Glass auch nicht. Aber die Dynamik der Beziehung zwischen Mafia und Caesar hatte ihn von Anfang an fasziniert. »Ist ja auch egal«, sagte er. Vielleicht mochte er Mafia ja einfach nur und wollte wissen, was Caesar gegen ihn hatte. Vielleicht war das ja alles.

»Hey«, zwinkerte Mafia zu ihm hoch, »meinen Sie, Sie können Fox überreden, mir demnächst meine Sonnenbrille zurückzugeben?«

Darko setzte das Kätzchen auf den Boden. Sah aus wie das, das Glass im Umkleideraum gesehen hatte. Es war vielleicht verwildert, aber bei Darko schnurrte es.

Glass fragte sich, ob Darko ihm das beibringen konnte, damit er Caitlin das Kätzchen mit nach Hause bringen konnte. Andererseits hatte das Vieh wahrscheinlich Milben und Gott weiß was sonst noch. Er würde es zuerst impfen lassen müssen. Aber daraus würde heute nichts werden.

Das Kätzchen schoss aus der Zelle. Raus, um sich den übrigen Insassen zum Umschluss anzuschließen.

»Wozu wollen Sie das wissen?« Darkos Englisch war ausgezeichnet. Ein leichter Akzent, aber den bemerkte man kaum, wenn man nicht darauf achtete.

»Es könnte mir bei meiner Arbeit helfen«, sagte Glass.

»Dabei kann Ihnen gar nichts helfen.«

Glass war sich nicht sicher, ob Darko gerade ihn oder die Arbeit beleidigte. »Erzähl mir ihre Geschichte. Um mir einen Gefallen zu tun, Darko.«

Darko lächelte. »Wieso sollte ich Ihnen einen Gefallen tun?«

»Dann bin ich dir was schuldig.« Darko dachte darüber nach.

Glass merkte, dass er in Versuchung war. Immer gut, wenn ein Schließer einem was schuldete.

»Okay.« Darko beugte sich dicht zu ihm heran. »Mafia war früher in Caesars Gang«, flüsterte er. »Das ist ihre Geschichte.« Er schaute sich um, als könnte sie jemand belauschen. »Bis dann die große Scheiße passierte.« Wieder schaute er sich in der Zelle um. »Zwei Tote.«

Ein Blitz. Peeler mit seinen Adern in der Hand. Blut, das auf den Fußboden der Werkstatt tropfte.

Glass klammerte sich ans obere Etagenbett, um nicht umzukippen, und hielt sich gerade so aufrecht. Er schaffte es zu sprechen, ohne dass er sich wie ein Schwächling anhörte. »Und Mafia hat die Schuld auf sich genommen?«

Darko zuckte die Achseln. »Auf frischer Tat erwischt.«

Es ging Glass jetzt wieder gut. Das Gefühl war vergangen. Er löste die Hand vom Bett. »Es will mir nicht in den Kopf, dass er ein Mörder ist.« Er wartete ab, aber Darko hatte nicht vor, noch mehr zu sagen. Glass half ihm auf die Sprünge. »Das war Caesar.«

»Der hatte nichts damit zu tun.«

»Woher willst du das wissen?«

»Mafia hat gestanden.«

»Das heißt, Mafia hat die Leute umgebracht?«

»Behauptet er jedenfalls.«

»Und du glaubst ihm?«

»Wieso sollte er lügen?«

»Weiß nicht«, sagte Glass. »Vielleicht um jemanden zu schützen.«

»Das wär möglich, schätz ich.«

Glass nickte. »Ich frag mich, wen.«

»Caesar nicht.«

»Wieso hassen die sich?«

Darko schaute wieder in Richtung Tür und sagte: »Da müssen Sie Watt fragen.«

»Watt?«

»Den kleinen Bruder von Mafia.«

Glass hatte noch nie von ihm gehört, wollte Darko aber das Ausmaß seiner Unwissenheit nicht zeigen. »Hat der auch Stress mit Caesar?«

Kopfschüttelnd verschränkte Darko die Arme. »Hören Sie, wenn Sie mehr wissen wollen, reden Sie mit Mafia. Ich hab schon zu viel gesagt.«

»Ach, komm schon. Ich will's doch nur verstehen.«

»Sorry, aber wahrscheinlich will Mafia aus 'nem bestimmten Grund nicht, dass Sie's wissen.«

Glass hörte Schritte, und dann tauchte Horse mit einem Wischmopp in der Tür auf. Die Chance, Darko zu überreden, war vorbei.

»Ich stör doch nicht, oder?«, fragte Horse.

»Officer Glass wollte grade gehen.«

»Was willst du?«, fragte Glass, wobei er sich zum Blickkontakt zwang.

Horse war riesig. Jedes Mal, wenn Glass ihn sah, war er darauf gefasst, zu Boden geschlagen und gestiefelt zu werden. Das war vor vier Jahren mal so einem armen Schwein passiert. Es hieß, Horse habe, als der Kerl sterbend dalag, mittendrin abgebrochen, sich 'ne Packung Zigaretten und 'ne Cola gekauft und sei dann zurückgekommen, um den Kerl vollends totzutreten.

»Ich würd gerne mal was unter vier Augen mit Ihnen besprechen«, sagte Horse.

Glass hatte keine Lust, mit Horse zu sprechen. Und schon gar nicht unter vier Augen. Aber vielleicht war das, was Horse ihm zu sagen hatte, begründet, etwas, das ihm bei seiner Arbeit helfen würde, egal was Darko davon hielt. Er machte kehrt und verließ mit Horse an der Seite die Zelle.

Horse stellte seinen Mopp in einen Eimer neben der Tür. »Ich mach's kurz«, sagte er aus dem Mundwinkel. Er griff nach dem Eimer und nickte einem vorbeikommenden Knastbruder zu. Es wurde eine Menge genickt im Hilton. Jemanden nicht zu grüßen, an dem man im Flur vorbeikam, konnte eine Beleidigung sein, die reichte, dass man aufgeschlitzt wurde. Wären die Sträflinge Hunde gewesen, hätten sie die eigenen Schwänze aufgefressen, um die Langeweile zu mildern. Jemandem nicht Hallo zu sagen, konnte wie ein schöner, großer, saftiger Knochen sein.

»Sie müssen mir 'nen Gefallen tun«, zischte Horse.

Glass gefiel der Ton nicht. Obwohl er selbst gerade Darko um einen gebeten hatte. Oder vielleicht, *weil* er selbst gerade Darko um einen gebeten hatte.

Horse sprach leise aus dem Mundwinkel weiter: »Wir haben momentan Probleme, Stoff reinzukriegen.«

»Gottverfluchte Scheiße«, flüsterte Glass zurück. »Davon will ich nichts wissen.«

Horse dirigierte ihn mit dem Ellbogen. Sie waren jetzt im Erdgeschoss auf dem Weg zur Zelle von Horse. »Zu spät«, sagte er. »Jetzt wissen Sie's. Das heißt, entweder machen Sie mit oder wir müssen Sie kaltmachen.«

Glass blieb stehen und schaute Horse an. Der lächelte nicht. »Das ist mein Ernst«, flüsterte Glass.

»Meiner auch«, sagte Horse zu ihm und setzte sich wieder in Bewegung.

»Hör zu«, sagte Glass. »Das ist verrückt, so mit mir zu reden. Ich will nichts wissen von euren …«, er schaute sich um, aber niemand war in der Nähe, »… Drogendeals. Ich bin ein Scheiß…«

»Hier rein.«

Sie blieben zwei Türen vor der Hütte von Horse stehen. Das hier war Caesars Zelle, die er mit Jasmine teilte.

»Ich wüsste nicht, weshalb«, sagte Glass.

»Kommen Sie rein, Officer Glass.«

Caesar stand in der Tür. Hinter ihm saß Jasmine auf dem Bett, hatte die Beine übereinandergeschlagen und ließ die Füße baumeln.

Sie winkte ihm mit ihrer Hand mit den langen Fingernägeln zu und sagte: »Na, Süßer?«

»Ich glaube, ihr hört mir nicht zu«, sagte Glass.

»Bitte«, sagte Caesar, trat zur Seite und wies in die Richtung, in die Glass gehen sollte. »Wie geht's Lorna und Caitlin?«

Glass spürte einen stechenden Schmerz in der Brust, als wüchse ein Dornbusch in ihm. Er machte kehrt, ging zum Büro zurück. Schaute sich nicht um.

Jeder Knacki, den er unterwegs passierte, war sein Feind. Er hätte sich auf jeden einzelnen stürzen, ihm mit den Zähnen die Kehle rausreißen können. Das waren Tiere. Aber wenn schon. Er war auch ein Tier.

Er musste so denken. Musste. Als er am Büro angekommen war, hatte er sich schon fast überzeugt.

Er klopfte. Trat ein, als er dazu aufgefordert wurde.

»Alles in Ordnung mit Ihnen?«, fragte ihn Oberaufseher Neil Shaw.

»Haben Sie was dagegen, wenn ich mal Ihr Telefon benutze?«

»Bitte sehr«, sagte Shaw. »Sind Sie sicher, dass alles in Ordnung ist?«

»Ich will nur kurz zu Hause anrufen.« Glass wählte mit zitternden Händen. Er konnte spüren, wie ihm die Knochen unter der Haut bebten. Er wunderte sich, dass er sie nicht klappern hörte.

Drrrring.

Drrrring.

Drrrring.

»Mach schon«, murmelte er.

Drrrring.

»Hallo?«

Gott sei Dank. »Caitlin, mein kleines Baby. Hier ist Daddy.«

»Daddy!«

»Wie geht's dir?«

»Gut.«

»Geht's Mami auch gut?«

»Sie backt. Wir machen einen Kuchen. Willst du mit ihr sprechen? Mami!«

Glass sank auf den Stuhl. »Nein, mein Schatz. Sag ihr nur, dass Daddy angerufen und gesagt hat, dass er sie liebt.«

»Mich auch. *Mich.*«

»Dich auch, aber natürlich. Dich liebe ich auch.«

Sie kicherte.

Er gab ihr einen dicken Kuss durchs Telefon, legte auf, fuhr sich mit der Hand über die Stirn. Als er aufschaute, starrte Shaw ihn an.

»Probleme?«, fragte Shaw.

Glass schüttelte den Kopf und stand auf. »Alles bestens«, sagte er.

»Genau wie man sich's wünscht.«

Es hörte sich seltsam an, aber Shaw lächelte, und Glass lächelte zurück und nickte.

DIENSTAG

»Das war total gruselig«, sagte Lorna. Sie nippte an ihrem Gin, legte den Fuß auf den Couchtisch und krümmte die Zehen. Apfelgrüner Nagellack. Glass hatte noch nie gesehen, dass jemand anderes diese Farbe trug. »Er hat gewusst, wer ich bin.«

Sie hatte Glass von ihrem Besuch im Supermarkt heute Morgen erzählt, von dem Kerl, der draußen auf der Mauer gesessen und sie angequatscht hatte, als sie rauskam.

»Was hat er gesagt?«

»Gefragt, wie's mir geht.«

»Vielleicht stand er auf dich.« Absolut möglich. Lorna hatte ein schönes Gesicht, lange blonde Haare, einen sportlichen Körper und diese sexy Zehen. Sie war acht Jahre älter als Glass, aber dreißig war nicht alt, egal wie oft sie sagte, dass sie sich so fühlte. Nie im Leben.

Alle hatten gesagt, das mit ihrer Beziehung würde nicht funktionieren. Okay, nicht alle. Nur ihre Mutter. Aber Glass wusste, was die Übrigen dachten.

Sie ist schwanger. Der bleibt nicht bei ihr. Der ist viel zu jung.

Na klar. Scheiß auf sie alle. Er war lange genug bei ihr geblieben, um sie zu heiraten, und er würde weiterhin bei ihr bleiben. Auch wenn nicht immer alles super lief. Eine perfekte Ehe gab es nicht. Schon möglich, dass Lorna nicht mehr dieselbe war, die mal nackt auf die Fensterbank ihrer

Wohnung über der Bäckerei geklettert war und den Passanten zugewinkt hatte. Nur weil er sie dazu aufgestachelt hatte. »Dir kann gar nichts passieren«, hatte er gesagt. »Da guckt keiner rauf.« Und er hatte recht gehabt. Er war zu ihr auf die Fensterbank gekommen, und die Arme um die Hüften geschlungen hatten sie dagestanden. Und keiner hatte raufgesehen.

Wenn er jetzt so was vorschlagen würde, würde sie ihn Arschgesicht nennen. Sie hatte sich verändert. Aber er sich auch.

Egal, sie wohnten in Edinburgh, und er hatte einen festen Job. Was er jetzt absolut nicht brauchen konnte, war irgendein Arschloch, das das alles kaputt machte.

»Er hat meinen Namen gesagt«, sagte Lorna. »Er hat gesagt: ›Schönen Tag, Lorna. Wie geht's?‹ Wie Caitlin heißt, hat er auch gewusst.« Bei dem Wort »Caitlin« hob Lorna den Kopf.

Glass auch, halb in der Erwartung, dass Caitlin die Treppe heruntergestapft käme, um ihnen zu erzählen, sie könne nicht schlafen und Daddy solle ihr noch eine Gutenachtgeschichte vorlesen, die mit dem Drachen, der wütend und immer wütender wurde, bis er das ganze Feuer aus sich herausfauchte.

Glass ertappte sich dabei, dass er lächelte. Die gefiel ihm auch. Das war schon ein glücklicher Scheißkerl von einem Drachen. Aber Caitlin erschien nicht. Da waren nur er und Lorna und ihre Erzählung von dem unheimlichen Kerl vor dem Supermarkt.

»Komisch«, sagte Glass. Er hatte eine Ahnung, wer der Typ war – oder zumindest, wer ihn geschickt hatte –, aber das wollte er Lorna nicht sagen, für den Fall, dass er sich irrte. Er wollte nicht, dass sie sich Sorgen machte.

»Findest du?«, fragte sie. »Du findest das ›komisch‹?«

Er zuckte zusammen, als hätte sie ihn mit einem Rasiermesser geschnitten. Ihr Sarkasmus war auch so eine

Veränderung, an die er sich nie gewöhnt hatte, sich nie gewöhnen würde, glaubte er.

»›Kenn ich Sie?‹, hab ich ihn gefragt.« Sie hielt inne. »Weißt du, was er gesagt hat?« Sie wartete auf eine Antwort von Glass. Er schüttelte schwach den Kopf.

»›Noch nicht.‹« Sie trank einen Schluck. Ihre Hand zitterte so stark, dass ihre Zähne gegen den Rand des Glases klapperten. »Hat mich total kirre gemacht.«

»Klar«, sagte Glass. »Kann ich mir denken.«

Sie holte Luft, nahm das Glas von einer Hand in die andere, wackelte wieder mit den Zehen. »Ich dachte, dass er vielleicht jemand ist, den du kennst. Ich hab ihn gefragt. ›Wir haben gemeinsame Bekannte‹, hat er gesagt.«

Das Gespräch näherte sich gefährlichem Terrain.

»Wie hat er ausgesehen?«, fragte Glass.

Sie kniff die Augen zusammen, öffnete leicht den Mund und drückte die Zunge gegen die Zähne. »Kurze braune Haare. Unrasiert. Klamotten wie vom Sozialamt. Militärzeug.«

»Da klingelt gar nichts bei mir.«

»Nick, wenn du's weißt, sag's mir. Ich will nicht beschützt werden. Ich bin groß genug.«

»Tut mir leid«, sagte Glass. »Ich hab keine Ahnung, wer das ist.«

Er umrundete den Couchtisch, ging in die Knie, streckte beide Hände aus und legte sie um ihren Fuß. Um sie beide von dem Supermarktkerl abzubringen. Sie lehnte sich zurück, schloss die Augen. Er massierte ihren Fußballen mit den Daumen. »Wollen wir?«, fragte er.

Sie schlug die Augen auf und entzog ihren Fuß seinem Griff. »Nein«, sagte sie. »Ich bin nicht in Stimmung.«

Glass steckte den Schlüssel ins Schloss, öffnete die Tür zu Caesars Hütte. Es fiel ihm immer noch schwer, dem Drang zu widerstehen anzuklopfen. Man sieht eine fremde Tür, man klopft an, bevor man eintritt. So war man erzogen worden. Aber so lief das hier nicht.

Er stieß die Tür auf und trat ein. »Wir müssen reden«, sagte er. Beim letzten Wort wurde seine Stimme brüchig.

Caesar hatte die Augen geschlossen, und die Hose hing ihm auf den Füßen. Jasmine kniete vor ihm. Sie machte große Augen, als sie Glass sah, ließ aber nicht ab von dem, woran sie gerade war. Wenn überhaupt, schien sie noch mehr Inbrunst hineinzulegen.

»Ich werd euch melden müssen«, sagte Glass.

Caesar grinste mit noch immer geschlossenen Augen. »Officer Glass, gedulden Sie sich noch zwei Minuten, ich bin gleich für Sie da.«

Jasmine wedelte Glass mit den Fingern zu und machte weiter.

Glass drehte sich um und ging hinaus.

In der Werkstatt war die Mannschaft rund um die Drehbänke, Fräsmaschinen und Bandsägen versammelt. Alles war still.

Oberaufseher Neil Shaw sprach zu den Häftlingen.

Die Aufseher Fox und Ross standen neben Glass am Eingang. Fox unterdrückte ein Gähnen.

»... scharfe Überwachung«, sagte Shaw. »Werden noch irgendwelche weiteren Klingen entdeckt, wird diese Werkstatt endgültig geschlossen.«

Stöhnen von den Häftlingen. Wenn sie nicht arbeiten gingen, würden sie dreiundzwanzig Stunden am Tag in ihren Zellen eingeschlossen sein, und das wollte keiner.

»Glaub ich kaum, verdammte Scheiße«, murmelte Fox.

Glass schaute ihn an.

»Das Gefängnis hat 'nen Produktionsvertrag für Verkehrsschilder, du Blödmann«, erklärte Fox flüsternd. »Nette kleine Einnahme. Völlig ausgeschlossen, dass der Direktor sich die entgehen lässt.«

Shaw klatschte zweimal in die Hände, hielt sie dann zusammen. »Also, geht jetzt wieder an die Arbeit«, sagte er, »und seid brav.« Mit einem knappen Nicken zu den Aufsehern ging er hinaus.

»Ich glaub's ja nicht, dass er drei von uns hierhaben will«, sagte Ross.

»Und nur wegen der Inkompetenz einer gewissen Person«, sagte Fox. »Man sollte meinen, nach sechs Wochen Ausbildung in Polmont müsste Officer Glass gelernt haben, wie man den Alarm auslöst.«

»Vielleicht können wir das ja unter uns dreien regeln«, sagte Ross. »Wie lange muss man üben, um 'nen Knopf zu drücken?«

So war es vom ersten Tag an gewesen. Einige von Glass' Kollegen hatten ihn auf Anhieb nicht leiden können. Und das verstand er nicht. Er hatte ja schließlich keinem was getan. Sie behandelten ihn wie einen Scheißknastbruder. Noch schlimmer, in gewisser Weise. Viele Häftlinge wurden von ihnen respektiert.

Es musste daran liegen, dass er so viel jünger war als sie. Etwas anderes konnte er sich nicht denken.

»He, Crystal, dein Liebster kommt heute aus dem Bagger raus«, sagte Ross.

Glass konnte nichts dagegen tun. »Er ist nicht mein Liebster«, sagte er. »Ich bin verheiratet. Ich hab ein Kind. Ach, leck mich doch.«

»Huh«, sagte Ross. »'nen wunden Punkt getroffen.«

»Glaubst du ihm?«, sagte Fox zu Ross.

»Viel zu jung für ’n Kind. Sieht aus, als würd er sich noch nicht mal rasieren. Wenn der verheiratet ist, dann wett ich, die Frau hat er nur als Alibi.«

»Genau«, sagte Fox. »Ich wette, das Kind ist nicht mal seins.«

Glass hätte heulen können. Oder er hätte ihnen ein paar Pfund Scheiße aus dem Leib treten können, auch wenn Ross eine Frau war. Sie war keine, die sich hinter ihren Titten versteckte. Er tat indessen weder das eine noch das andere. Er stand nur da und versuchte, den Anschein zu erwecken, es mache ihm nichts aus.

Kurz darauf drehten sie um und gingen ein Stück weg. »Ich wette ’nen Zehner, dass der die Woche nicht durchsteht«, sagte Ross zu Fox.

Als ihm eine halbe Stunde später von dem Lärm in der Werkstatt der Schädel dröhnte, senkte Glass einen Moment den Kopf, und das reichte schon.

Zack.

Pling.

Klirr.

Er hörte es. Wusste nicht, was es war.

Kälte trat ihm auf die Stirn. Kein Schweiß, nur Kälte.

Er blickte zur Seite runter.

Und da war er, rollte in einem kleinen Kreis neben ihm auf dem Fußboden.

Ein Scheißmetallbolzen.

Gelächter erhob sich über dem Kreischen der Maschinen.

Er traute sich hochzuschauen, und mit einem breiten Grinsen wie dem einer Comicfigur fixierte Caesar ihn. Horse krümmte sich und tat, als hätte er gerade die tollste Lachnummer der Welt gesehen, die Mistsau. Die anderen Knackis lachten ebenfalls.

Komisch. Und wie. Scheiß irre komisch.

Fox und Ross hatten die Blicke der Häftlinge verfolgt und schauten nun in Glass' Richtung. Seite an Seite rückten sie zu einem Punkt vor, von dem aus sie den Bolzen auf dem Boden sehen konnten.

Und sie lachten auch. Na klar.

Glass hob den Bolzen auf. »Stellt die Scheißmaschinen ab!«, rief er.

Niemand beachtete ihn. Na schön, mal sehen, wer hier 'nen Knopf drücken konnte.

Er ging hinüber zur Wand und schaltete den gesamten Strom ab. Die Maschinen verstummten, dafür schlug das Gelächter über ihm zusammen, laut. Jetzt beachteten sie ihn. Das Dumme war nur, er wusste nicht, was er als Nächstes tun sollte.

Drück den Alarm.

Was er hätte tun sollen, als Peeler mit der Machete ausgerastet war.

Schmeiß den Bolzen zurück.

Aber auf wen?

Versuch den Schuldigen zu finden.

Er suchte den Raum ab.

Schau ihm in die Augen, er wird wegsehen.

Nicht diese Wichser. Die waren nicht normal. Die würden seinem Blick standhalten. Da war kein Schuldbewusstsein zu sehen.

Es war zwecklos. Es gab nichts, was er tun konnte.

Sie starrten ihn immer noch an. Warteten, schweigend jetzt, dass er etwas sagte. Das Gewicht des Bolzens in seiner Hand zog ihn runter. Das Scheißding hatte ganz knapp seinen Kopf verfehlt. Gottverdammt noch mal.

Er musste etwas sagen. Er sagte: »Hat das jemand verloren?«

Die Stille breitete sich aus wie ein Ballon, bis sie zu platzen drohte.

Dann ein Glucksen. Und noch eins. Und noch eins.

Er versuchte weiterzulächeln, aber seine Lippen zitterten, und so legte er den Bolzen auf die nächste Bank, um ihnen zu zeigen, dass er keine Angst hatte. Er senkte den Kopf und schaltete den Strom wieder ein. Als die Maschinen dröhnend wieder zum Leben erwachten, kehrte er zu seinem Posten am Eingang zurück und schlug die Arme übereinander.

Kinderspiel.

Als er den Kopf hob, schaute Fox ihn kopfschüttelnd an, machte eine Bewegung aus dem Handgelenk und formte mit den Lippen das Wort »Wichser«.

»Ich weiß, dass du das warst«, sagte Glass.

Wieder mal Umschluss; sie waren in Caesars Zelle, und aus dem Radio plärrte wieder so ein x-beliebiger Popsong. Diesmal kein Blowjob, um Glass in Verlegenheit zu bringen; Jasmine hatte die Gelegenheit genutzt, einem größeren Publikum ihre Reize zu präsentieren.

Caesar und Horse waren beide aufgestanden und hatten die Arme vor der nackten Brust gekreuzt. Die reinste Muskelreklame. Glass versuchte, nicht auf die Tattoos zu starren, die sich um Caesars Rumpf und Arme zogen, aber es war schwer, den Blick loszureißen. Den Mittelteil bildete eine wunderschöne grünäugige Medusa, die Schlangen als Haare hatte.

»Officer Glass«, sagte Caesar. »Nick. Wenn ich gewollt hätte, dass Sie verletzt werden, dann *wären* Sie jetzt verletzt.«

Himmelherrgott. Sollte das eine Drohung sein oder nur eine Feststellung?

»Hör zu, Kumpel«, fuhr Caesar fort, »wenn du rausfinden willst, wer das Metallstück nach dir geworfen hat, wieso überprüfst du dann nicht die Überwachungsbänder?«

Aneinander vorbeireden. Aber Caesar machte bewusst auf begriffsstutzig.

Zufälligerweise *hatte* Glass die Bänder überprüft. Fünf Minuten nachdem er aus der Werkstatt gekommen war. Ging zu dem winzigen Kabuff, das großspurig als Kontrollstation bezeichnet wurde. Die Überwachungskameras arbeiteten nur in ausgewählten Gefängnisbereichen. Die Werkstatt gehörte dazu. Er hatte das Band überprüft und festgestellt, dass es montags, mittwochs und freitags nicht aufzeichnete.

Typisch. Nein, nicht typisch. Die Wichser wussten das. Wussten, dass sie an einem Mittwoch damit durchkamen.

»Deswegen wollte ich dich nicht sprechen.« Glass hätte nichts weiter zu erklären brauchen, aber er tat es. »Ich wollte dich nicht wegen dem sprechen, was in der Werkstatt passiert ist.«

»Nein?«, fragte Caesar. »Weswegen denn?«

»Genau, wie können wir helfen?« Horse legte den Kopf zurück und streckte das Kinn vor. Als wollte er Glass herausfordern, einen Schlag darauf zu landen.

»Wegen der anderen Sache.« Glass wollte es nicht laut aussprechen. Die Musik dröhnte, aber die Tür zur Hütte war offen. »Du weißt schon.«

Caesar schüttelte den Kopf.

»Das mit meiner Frau«, sagte Glass leise.

Caesar machte ganz große Augen und hob die Hände, als hätte er keinen Schimmer. Das Leben war ihm ein einziges großes Rätsel. »Weißt du, wovon er redet, Horse?«

Horse schüttelte den Kopf. »Keine Scheißahnung.«

Glass spürte die Spannung in seinen Schultern, in seinem Hals. Jetzt, wo er gezwungen war zu beschreiben, wie sie ihn bedroht hatten, war es, als würde er sie bedrohen, indem er es beschrieb. Es war alles arschverkehrt. »Der Typ im Supermarkt«, sagte er. Beließ es dabei.

Caesar runzelte die Stirn. Zuckte die Achseln. Schaute Horse an. »Hat irgend'n Typ seine Frau beim Einkaufen gefickt?«

»Ich war's nicht«, sagte Horse. »Ich hab 'n ziemlich betonsicheres Scheißalibi.« Er lachte, ein seltsam zarter Laut.

»Hört einfach damit auf«, sagte Glass. »Hört auf damit, verdammte Scheiße. Das war alles, was ich sagen wollte.«

Caesar trat einen Schritt vor, die Arme an den Seiten, und spannte seinen Trizeps. »Soll das eine Drohung sein?«

»Ich …«, sagte Glass. Scheiß drauf. »Genau.«

Caesar atmete aus. »Na schön, ich bin gebührend eingeschüchtert. Hör zu, Nick.« Er senkte die Stimme. »Wir brauchen deine Hilfe. Wir sind echt drauf angewiesen, dass du das Zeug für uns reinbringst. Ist ganz einfach. Keinerlei Risiko.«

»Ich hab's dir gesagt, nein.«

»Du bist unsere einzige Hoffnung.«

»Was ist denn mit eurem regulären Kurier?« Er hatte sich nicht auf ein Gespräch über dieses Thema einlassen wollen. Wollte nur seine Sache loswerden und gehen. Aber er hatte das Gefühl, das konnte er nicht, ehe alles geregelt war.

»Abgetaucht.«

»Was heißt das?«

»Wieso? Versuchst du rauszukriegen, wer er ist?«

Natürlich war er neugierig. Und es konnte auch nicht schaden, ein paar Informationen zu besitzen, die er gegen Caesar verwenden konnte. Aber dazu war jetzt keine Chance.

»O ja«, sagte Caesar. »Ich durchschau dich, Glass.«

Horse lachte. »Glass durchschauen. Der war gut.«

»Den hab ich ja noch nie gehört«, sagte Glass.

»Jetzt bleib mal auf dem Scheißteppich«, sagte Caesar. »Der Punkt ist, einen verpfeifen ist bei mir nicht drin. Bin sehr vertrauenswürdig. Stimmt doch, Horse?«

»Scheiße, und wie. Bei dir hätt ich nicht mal Angst um meine Leber.«

Caesar schaute ihn schräg an.

»Na ja«, sagte Horse, »wenn mir mal die Leber rausfallen würde oder so, und du würdst sie finden, dann hätt ich keine Angst drum.«

»Und das wär bei keinem andern so?«

»Nee«, sagte Horse. »Die meisten Wichser hier würden sie doch grillen und auffressen.«

»Ich bin gerührt«, sagte Caesar.

Glass hatte keine Lust, den beiden Arschlöchern noch länger zuzuhören. Manchmal vergaß er, was sie getan hatten, wieso sie hier im Hilton waren. Caesar gab gern mit seinem Verbrechen an, hatte sich Glass am ersten Tag als jemand vorgestellt, der gern Spielchen mit Leuten spielte. Und als Glass darüber nachdachte, was das bedeutete, wörtlich genommen, da hüpften ihm die Eier Richtung Magen. Er durfte nicht vergessen. Es war gefährlich, zu vergessen. »Ich werd's nicht tun«, sagte er. »Ich kann's nicht.« Er würde seinen Job aufs Spiel setzen, seine Familie in Gefahr bringen, es riskieren, selbst für eine Zeit im Gefängnis zu landen. Beamte, die Verbrechen begingen, wurden sehr viel schärfer bestraft als Normalbürger. Um ein Exempel zu statuieren. Und zwar mit Recht.

»Dann haben wir ein Problem«, sagte Caesar. »Wenn wir diese eine Sache nicht bald über die Bühne bringen, dann geht uns der ganze Deal flöten.«

»Mein Beileid.«

»Dann kann ich für das, was passiert, keine Verantwortung übernehmen.«

Glass ballte die Fäuste. »Was soll das heißen?«

»Das, was ich gesagt habe«, sagte Caesar. »Für alles, was dann passieren könnte … deinen Lieben, zum Beispiel.« Er zuckte die Achseln.

Also *war* der Typ vom Supermarkt von ihm geschickt worden.

»Ich dachte, meine Familie hätte nichts mit dir zu tun«, sagte Glass.

»Noch ein Grund mehr, dass Caesar keine Verantwortung dafür übernehmen kann«, sagte Horse.

»Wir bezahlen dich natürlich«, sagte Caesar. »Wirst nicht schlecht dabei fahren. Ich bin sicher, dass du das Geld gut gebrauchen kannst. Das Gehalt von 'nem Aufseher ist doch lumpig, oder? Und ich hab gehört, du hast 'n hübsches kleines Haus und ganz bestimmt 'ne fette Hypothek drauf. Frau arbeitet nicht. Kinder sind nicht billig.«

»Lässt du mich von dem Kerl ausspionieren?«

»Nur im Auge behalten. Falls dir was passiert. Komm schon. Sag 'nen Preis.«

»Wie kommst du auf die Idee, es könnte sich für mich lohnen, Drogen für euch zu schmuggeln?«, fragte Glass ihn.

»Jeder hat seinen Preis.«

»Ich mach's nicht«, sagte Glass. »Ich hab keinen Preis.«

»Wie alt ist deine Tochter? Hübsches Mädchen, hab ich gehört. Genau wie deine Frau.«

Glass stellte sich vor, seinen Schlagstock zu ziehen. Sich auf sie zu stürzen. Die beiden zu prügeln, bis ihre Tattoos rot anliefen. Stattdessen sagte er: »Nein.«

»Denk drüber nach«, sagte Caesar.

»Brauch ich nicht.«

»Ich besteh drauf. Vierundzwanzig Stunden.«

»Ich sag trotzdem Nein.«

»Sehr bedauerlich«, sagte Caesar. »Denn ich versprech dir eins: Irgendwas sehr Schlimmes wird passieren.«

»Ich werd euch melden.« Die Drohung hörte sich total erbärmlich an, sobald er sie ausgesprochen hatte.

»Du nimmst mich nicht ernst«, sagte Caesar, »und das ist 'n echt scheißgroßer Fehler. Dabei bist du doch eigentlich gar nicht so blöd, wie du aussiehst, oder?«

»Hat er ihr wehgetan?«, fragte Glass.

Lorna ging es jetzt besser als vorhin am Telefon. Er war von der Arbeit nach Hause gehetzt und hatte ihr gesagt, sie solle nicht die Polizei anrufen, bevor sie miteinander gesprochen hätten.

Und das hatte sie ihm berichtet:

Etwa eine halbe Stunde bevor sie Caitlin von der Schule abholen musste, war der Mann, den sie beim Supermarkt gesehen hatte, zu ihrem Haus gekommen.

Lorna hatte die Tür aufgemacht, weil sie nicht ihn erwartet hatte und auch ganz bestimmt nicht erwartet hatte, dass er gleich ins Haus gestürmt käme. Na ja, ist doch klar, oder? Sie bestand darauf, dass sie eine Kette an der Tür anbringen müssten. Glass stimmte zu, traute sich nicht, ihr zu sagen, dass eine Kette den Mann beim nächsten Mal aber nicht aufhalten würde und auch vorhin nicht aufgehalten hätte.

Der Supermarkttyp hatte ihr die Hand auf den Mund gepresst, um sie am Schreien zu hindern, und sie bis ins Wohnzimmer gezerrt.

Sie hatte eine schreckliche Scheißangst.

Als sie ihm das erzählt hatte, hatte Glass das Gefühl gehabt, seine Haut wäre zu lange in der Sonne gewesen. Juckte überall, extrem empfindlich.

»Ich werd nett sein heute«, hatte der Supermarkttyp zu ihr gesagt, »also kein Grund zur Aufregung.«

Sie versuchte, sich aus seinem Griff zu winden, aber er drückte zu, bis es wehtat. Er war stark. Sie dachte, er würde ihr die Rippen brechen.

Sie trat ihm auf die Zehen, zog ihm ihre Absätze über die Schienbeine.

Er lachte sie aus, kreuzte ihre Hände auf dem Rücken und packte fest zu. »Wie mit Handschellen gefesselt«, sagte sie.

»Wehr dich noch ein bisschen«, sagte er. »Das mag ich.«

Und da hatte Lorna das Schlimmste befürchtet.

Er drängte sie auf einen Sessel. Kaum hatte er sie losgelassen, richtete sie sich wieder auf, stürzte sich schreiend auf ihn. Sie hatte nicht vor, sich kampflos von ihm anfassen zu lassen. Es gelang ihr, ihm einen Hieb mit dem Ellbogen zu verpassen. Er steckte den Schlag mit kaum einem Knurren weg.

»Halt's Maul.« Er schlang wieder die Arme um sie.

Sie schrie weiter.

»Willst du, dass ich dir 'nen Knebel verpasse?«

Er sah aus, als wäre es ihm ernst. Sie verstummte. Aber sie atmete schnell, ihr Herz schlug wie irre, dröhnte ihr in den Ohren. Sie fragte ihn, was er vorhabe. Wollte er sie umbringen?

»Setz dich einfach nur hin«, sagte er. »Entspann dich.«

Sie setzte sich. Ihre Arme zitterten. Konnte sie nicht stillhalten.

»Was dagegen, wenn ich den Fernseher anmache?«, fragte er sie.

Sie konnte es nicht fassen. Sie träumte. Ein Alptraum. Sie gab keine Antwort.

»Nein?«, sagte er. »Okay, also, welches ist die Fernbedienung?«

Sie rannte los. Schaffte es nicht bis zur Tür. Einen Moment lang hing sie mitten in der Luft. Trat um sich.

Er hatte sie um die Taille gepackt, hob sie hoch, drehte sie um.

Er warf sie auf den Sessel.

Sie fiel über eine Lehne, landete auf dem Sitz.

»Wenn du das noch mal versuchst«, sagte er, »werd ich böse. Jetzt sitz still und schau ein bisschen fern mit mir.«

Sie saß so still es ging und schaute »Take the High Road«, nachdem der Supermarkttyp sie gefragt hatte, ob das in Ordnung sei. Nach fünf Minuten fragte sie mit trockenem Mund: »Warum sind Sie hier?«

»Darf ich nicht mal zu Besuch kommen?« Er wandte den Blick nicht vom Bildschirm.

»Ich kenne Sie nicht.«

»Ich versuche grade, das zu ändern.« Er warf ihr kurz einen Blick zu und ließ die Zähne blitzen.

»Wieso?«, fragte sie. »Was wollen Sie?«

»Es geht nicht darum, was ich will, Lorna. Frag deinen Mann. Der wird's dir sagen.«

»Was wollen Sie von Nick? Was hat er Ihnen getan?«

»Du solltest mit ihm selber reden. Ich bin nicht da, um irgendwelche Geschichten zu erzählen.«

»Okay«, sagte sie. »Das tu ich. Würden Sie jetzt bitte gehen?«

»Ich schau das grade«, sagte er.

»Bitte«, sagte sie.

Er blickte sie an. Seufzte. Schaltete den Fernseher aus. »Soll ich Caitlin für dich abholen?«

Sie schrie ihn an: »Ich kenne Sie nicht, verdammte Scheiße, und ich will Sie nicht in meinem Haus haben, und ich will sie nicht im Umkreis von hundert Meilen von meiner Tochter haben! Und jetzt scheren Sie sich raus, zum Teufel!«

»He«, sagte er, »das hört sich aber nicht nett an.«

»Scheren Sie sich raus, verflucht noch mal. Raus, raus!«

»Hab ja nur meine Hilfe angeboten«, sagte er. Sie glaubte nicht, dass er gehen würde, aber er stand auf und sagte: »Ich find selber raus.«

Nachdem er gegangen war, rief sie als Allererstes in der Schule an. Ließ nachsehen, dass mit Caitlin alles in Ordnung war, sagte, sie sollten sie auf keinen Fall in ein Auto mit jemand anderem einsteigen lassen als mit ihrer Mutter.

Dann machte Lorna sich auf und holte sie ab.

Erst als Caitlin in Sicherheit war, rief Lorna Nick an. Er sagte seinem Vorgesetzten, Lorna sei krank, und kam sofort nach Hause.

Caitlin war sicher in ihrem Zimmer und spielte, während Mami und Papi unten miteinander redeten.

»Also, wer ist das?«, fragte Lorna. »Und lüg mich diesmal nicht an.«

»Ich weiß nicht, wie er heißt«, sagte Glass zu ihr. Und dann erzählte er ihr von Caesar. Und davon, was Caesar von ihm verlangte.

»Du denkst, er steckt dahinter?«, fragte sie, als er fertig war.

»Ich bin mir sicher.«

»Wir müssen die Polizei rufen. Damit das aufhört.«

»Die Polizei kann da gar nichts tun.«

»Die können das Schwein festnehmen, das mich angefasst hat.«

»Ich weiß nicht.« Glass schüttelte den Kopf. »Lorna, das sind Schwerverbrecher.«

»Ein Grund mehr, die Polizei einzuschalten.«

»Soll ich dir sagen, was Caesar für einer ist? Wie er im Gefängnis gelandet ist?« Er schaute sie an, und sie nickte langsam. »Caesar wurde auf frischer Tat ertappt. Vollkommen zugedröhnt mit 'nem Cocktail aus Drogen. Als er auf der Straße Fußball spielte.«

»Hört sich doch gar nicht so schlimm an.« Ihre Lippen versuchten, nicht das Lächeln zu verlieren.

»Der Fußball …«, sagte er und schluckte, »… das war der Kopf von jemand.« Er schluckte noch einmal. »Der Körper wurde in Caesars Haus gefunden. Im Bad.«

»Allmächtiger.« Sie setzte sich. »Du meine Güte.« Sie schaute ihn an, zupfte an ihren Fingern. »Das heißt, dieser Typ, Caesar, kann uns fertigmachen. Obwohl er im Gefängnis sitzt. Ist es das, was du mir sagen willst?«

»Für ihn gibt es keine Grenzen.«

»Schön für ihn. Ich ruf die Polizei an.«

DONNERSTAG

Schnapp ihn dir, wenn er wehrlos ist.

Caesar war gerade beim Scheißen, *viel* wehrloser konnte er gar nicht sein.

Glass konnte sich allerdings nicht an ihn ranschleichen, ohne gesehen zu werden. Die Kabinentüren waren oben und unten abgeschnitten, so dass nur die Mitte des Körpers verdeckt wurde.

Glass konnte nur Caesars Kopf und Füße sehen, aber Caesar konnte alles von Glass sehen.

Und Glass konnte Caesars Hand nicht sehen, wusste nicht, ob er, wenn er da herumrumorte, mit Klopapier raschelte oder ein verstecktes Klappmesser zog.

Etwas früher am Tag hatte ein Häftling einen anderen mit einem Stück angespitzter Schweinerippe angegriffen. Zum Glück war Glass zu dieser Zeit in der Bibliothek gewesen. Der Angriff war nicht schwerwiegend, hatte aber zu einem allgemeinen Einschluss bis vor zehn Minuten geführt.

Und deshalb hatte Caesar warten müssen, bis er zur Toilette gehen konnte. Er ging nicht gern auf den Pott in seiner Zelle, wenn es nicht unbedingt sein musste. Hätte dann mit dem Gestank leben müssen, und das mochte keiner. Manche Insassen wickelten regelmäßig ihre Exkremente in Papier und warfen sie durch die Gitterstäbe ihrer Hütten aus dem Fenster. Das minderte den Gestank, aber wenn sie erwischt wurden, wurden sie gemeldet und konnten im Bagger landen oder ihren Straferlass einbüßen.

Glass hörte ein plumpsendes Geräusch, als er sich Caesar näherte.

»Drüber nachgedacht, was wir besprochen haben?«, fragte Caesar völlig locker über den Rand der Minitür hinweg.

»O ja«, sagte Glass. »Ein bisschen.«

»Und du hast entschieden, dass du's immer noch nicht tust, stimmt's?«

Konnte er das Glass am Gesicht ablesen?

»Jammerschade«, sagte Caesar. »Denn Watt mag deine Frau wirklich.«

Aufgeschlitztes Fleisch, Blut auf dem Boden.

Peeler.

Seine Machete. Die verschwunden war.

Die Finger, von denen das Blut tropfte, gehörten allerdings Caesar. Umschlossen seine Handgelenke, seine tätowierten Arme.

Peeler hatte auch Tattoos.

Ihre Namen waren gar nicht so verschieden. Peeler. Caesar.

Hatte Caesar jetzt die Machete?

Sie war immer noch nicht gefunden worden. Es hatte danach eine Zellendurchsuchung stattgefunden, aber das war Zeitverschwendung gewesen.

Unter die Allgemeinheit konnte sie nicht gebracht worden sein. Der einzige Weg von der Werkstatt nach drinnen lief durch Metalldetektoren, und obwohl es möglich war, kleinere Gegenstände durchzuschmuggeln, hätte eine Machete doch ein gewisses Problem dargestellt.

Nee, irgend so ein Schwein hatte sie irgendwie in der Werkstatt versteckt. Entweder das, oder sie war als ein überdimensionaler Schuhlöffel getarnt worden.

Wieso dachte er gerade jetzt an die Machete?

Caesar schaute ihn an. Hatte er etwas gesagt?

Um Gottes willen, ja. Über Lorna. Dass Watt sie wirklich mochte.

Watt?

Watt war der Bruder von Mafia. Laut Darko war Watt irgendwie der Grund dafür, dass Mafia und Caesar einander hassten. Watt arbeitete für Caesar?

Na ja, diese Information hätte möglicherweise eine Rolle gespielt, als er und Lorna mit der Polizei gesprochen hatten. Die war alles andere als eine Hilfe gewesen. Lorna hatte dem Supermarkttypen die Tür aufgemacht, sie hatte keine ernsthaften Verletzungen, und alles, woran die Bullen sich halten konnten, war eine Beschreibung. Die bei der Polizei hätten genauso gut sagen können, er solle nicht ihre Zeit verschwenden.

Glass hatte keine Lust, darüber nachzudenken. Er würde nicht darüber nachdenken. Er würde über etwas anderes nachdenken, über irgendwas.

Aber Scheiße, jetzt hatten sie einen Namen. Er konnte Watt der Polizei mit Schleifchen verpackt übergeben.

»Watt mag sie *wirklich*«, sagte Caesar. »Ich glaube, er hat sich verliebt.«

Glass hätte am liebsten die Tür eingetreten und dem Schwein eins in die Fresse verpasst. Ach, wäre das ein Genuss gewesen. Aber Lorna hatte recht. Es war besser, das der Polizei zu überlassen.

»Samstag«, sagte Caesar.

Glass machte den Mund auf, kriegte aber kein Wort raus.

»Nein, da arbeitest du nicht. Ich hab deinen Dienstplan gecheckt.« Caesar beugte sich vor, legte eine Hand auf den oberen Rand der Tür. »Vier Uhr. Castle Esplanade. Komm nicht zu spät.«

»Welche Castle Esplanade?« Die Worte waren raus, ehe Glass sie unterdrücken konnte.

»Edinburgh, du Blödmann. Und mach dir keine Gedanken, wie du ihn erkennst«, sagte Caesar. »Er weiß, wie du aussiehst.«

Auf dem Heimweg von der Arbeit schaute Glass im Polizeirevier seines Viertels vorbei, sprach mit dem Wachhabenden, nannte ihm Watts Namen. Der Beamte trug den Namen in die Akte ein, ohne auf das ständige Gebell zu achten, das aus einem Zimmer im Flur drang, seit Glass den Fuß in das Gebäude gesetzt hatte.

Der Wachhabende schaute hoch. »Nicht meiner«, sagte er. »Collie. Ist auf dem Golfplatz rumgerannt. Musste ihn reinbringen, weil er den Leuten die Golfbälle geklaut hat.«

»Was denken Sie, was jetzt passiert?«, fragte Glass.

»Sein Besitzer wird sich vermutlich melden. Wenn nicht, gibt's da noch so 'ne Frau, Mrs. Carrick …«

»Nicht mit dem Hund. Was passiert mit Watt?«

»Ach ja.« Der Polizist nickte. »Da bleiben wir dran.«

»Vielleicht kann ich ja helfen. Seine Adresse für Sie rausfinden.«

Der Polizist runzelte die Stirn. »Sie halten sich da am besten raus. Lassen Sie uns das machen.«

»Und machen Sie auch was?«

Der Polizist kniff die Lippen zusammen.

»Sagen Sie's mir ehrlich«, sagte Glass. »Ich bin Gefängniswärter. Ich hab die ganze Zeit mit solchen Typen zu tun.«

»Die Wahrheit ist, ich kann Ihnen nichts Genaues sagen, Sir.« Der Bulle schaute auf die Notizen. »Wenn er was getan hat, werden wir ein Wörtchen mit ihm reden.«

»Er hat meine Familie bedroht, meiner Frau Angst eingejagt.«

»Ich verstehe das. Aber wissen Sie, das Gesetz … Es ist schwierig, und ich verstehe Ihre Besorgnis. Das Problem ist, er hat im Grunde genommen nichts Richtiges verbrochen, verstehen Sie?«

»Was mich angeht, hat er das. Er hat meine Frau angegriffen.«

»Technisch gesehen, ja, Schubsen könnte ein Angriff sein. Aber wurde sie verletzt?«

»Sie hat blaue Flecken. Am Handgelenk.«

»Aber nicht schwer genug, dass wir es hätten fotografieren können.«

»Mein Gott, sie hatte eine Scheißangst.«

»Das bezweifle ich nicht. Aber sein Wort steht gegen ihres. Mit anderen Worten: Es kommt nicht vor Gericht.«

»Sie sagen also, Sie können nichts machen, bis er wirklich jemandem etwas antut?«

»Mal mit ihm reden, vielleicht. Aber ja, darauf läuft's in etwa hinaus. Tut mir leid.«

»Na super«, sagte Glass. »Aber wenn er 'nen Golfball geklaut hätte, dann würden Sie ihn zu dem Hund sperren.«

»Also, wie bringen wir sie dazu, einen Rückzieher zu machen?«, fragte Lorna später, als Caitlin im Bett war.

Sie saßen mit dem Rücken ans Sofa gelehnt auf dem Fußboden und hatten zwei Drittel einer Flasche billigen Weins durch. Glass hatte sie erst vor zehn Minuten aufgemacht. »Ich könnte machen, was Caesar will.«

»Jetzt mal im Ernst.«

Es war ihm ernst, aber er ritt nicht drauf herum. »Ich will nur sichergehen, dass dir und Caitlin nichts passiert.« Er hatte Ketten an der Vorder- und der Hintertür angebracht und mit einer Sicherheitsfirma über die Installation einer Alarmanlage geredet. Aber das schien nicht zu reichen.

»Vielleicht sollten wir abhauen.« Sie kreuzte die Füße. »Wieder nach Hause gehen.«

»Nach Dunfermline?« Jetzt war es an Glass, sich zu fragen, ob *sie* das ernst meinte. »Zu deinen Eltern?«

»Na klar«, sagte sie. »Ich weiß, was du jetzt gleich sagen wirst.«

»Wir haben hart für das gearbeitet, was wir jetzt haben«, sagte Glass. »Das ist vielleicht nicht viel, aber wir dürfen nicht zulassen, dass diese Schweine alles kaputt machen.«

»Meine Mama würde sich freuen, uns da zu haben.«

»Die würde ausflippen. Endlich der Beweis, dass sie die ganze Zeit recht hatte. Du hast mich geheiratet, weil du musstest. Wir passen nicht zueinander. Das wird nie halten. Na toll.«

»Was hat das denn damit zu tun?«

»Sie hält mich für 'nen beschissenen Mann und Vater. Ich kann keine Familie ernähren. Kann dich nicht versorgen.«

»Es war nicht meine Schuld, dass sie mich rausgeschmissen haben.«

»Das hab ich doch gar nicht gemeint.« Scheiße, er hatte das wirklich nicht aufs Tapet bringen wollen. »Ich *will* dich doch versorgen.« Eine altmodische Einstellung vielleicht, aber er hatte auch keine große Wahl. Lorna war aus ihrem letzten Teilzeitjob als Sachbearbeiterin bei einer Versicherung geflogen. Caitlin war schwer an Windpocken erkrankt, und Lorna hatte sich die Woche freigenommen, um sich um sie zu kümmern. Als sie zurückkam, war ihre Chefin, Mitte fünfzig und kinderlos, völlig verständnislos gewesen. Hatte, unter vier Augen, ein paar ziemlich hässliche Sachen zu Lorna gesagt, wie sehr es sie ankotze, dass Mütter eine Sonderbehandlung erwarteten. Lorna habe es sich ausgesucht, ein Kind zu bekommen, hatte sie gesagt, und wenn das ihre Arbeit beeinträchtige, dann sei sie für die Firma nicht zu gebrauchen. Damals hatte Lorna den Mund gehalten. Ihre Chefin fuhr allerdings fort, ihren Standpunkt unmissverständlich klarzumachen, und als sie Lorna ein paar Wochen später sagte, sie beeinträchtige die Produktivität, weil sie ihren Kolleginnen Fotos von Caitlins Feier zum vierten Geburtstag zeigte, hatte Lorna die Fotos auf ihren Schreibtisch geschmissen, sich umgedreht und der Zicke eine gescheuert. Und während die noch schockiert dastand, hatte Lorna in aller Ruhe die Tastatur ihres Computers ausgestöpselt und sie der Kuh über den Schädel gezogen.

Lorna hatte ziemliches Glück gehabt, dass sie nicht wegen Körperverletzung verklagt wurde. Aber klar, nicht einfach, 'nen anderen Job zu finden, wenn man wegen Anwendung körperlicher Gewalt gefeuert wurde. Also hatten sie vereinbart, dass Lorna zu Hause bleiben und sich um Caitlin kümmern und Glass das Geld verdienen solle. Man musste das praktisch sehen.

»Ich hab doch nur gemeint, zurückzugehen würde heißen, eine Niederlage zuzugeben«, sagte Glass.

»Spielt doch keine Rolle, was Mama denkt. Wir stehen das durch.«

»Nicht durch Weglaufen.« Glass drückte die Daumen fest gegen die Schläfen. »Ich müsste den Job aufgeben. Wir müssten Caitlin aus der Schule nehmen. Das Haus verkaufen.«

»Wir können doch neu anfangen.«

»Indem wir einen Riesenschritt zurück machen? Willst du das? Wir haben uns hier ein eigenes Leben aufgebaut. Es ist nicht vollkommen, aber es ist unseres. Willst du wirklich wieder bei deiner Mutter wohnen? Ein Wochenende mit ihr zusammen, und du bist drauf und dran, sie zu erwürgen.«

Da war noch etwas anderes. Lornas Dad hatte den Verlust der Bäckerei in Dunfermline, in der er den größten Teil seines Lebens gearbeitet hatte, nie verwunden. Er hatte einen Zusammenbruch nach dem anderen gehabt. Er war mittlerweile so zerbrechlich, dass er bei der kleinsten Kleinigkeit anfing zu heulen. Etwa, wenn er Lorna oder Caitlin sah oder wenn ein Fußballspiel verschoben wurde oder wenn der Fernsehempfang schlecht war. Glass hatte noch nie eine ärmere Sau getroffen. Für Lorna war es unerträglich, ihren alten Herrn in einem derart erbärmlichen Zustand zu sehen. Glass wusste das, und er wusste auch, dass er es hassen würde, sich sagen zu hören: »Und was ist mit deinem Alten?« Aber er sagte es trotzdem.

Er dachte, sie würde vielleicht auch anfangen zu weinen. Aber ihre Stimme blieb fest. »Haben wir eine Wahl?«, fragte sie.

»Gib mir ein paar Tage Zeit.« Er schaute sie an. »Ich regle das.«

»Was hast du vor?«

»Ich werd ihn aufhalten.«

»Wie zum Teufel willst du das anstellen?«

»Das ist mein Problem. Lass mich nur machen. Ich sorge dafür, dass du sicher bist.«

»Und was ist mit dir?«, fragte Lorna.

»Ich kann auf mich selber aufpassen.«

»Glaubst du?«

Er wollte ihr antworten, aber sie schaute ihn nicht einmal an.

Sie kippte ihren Wein runter, füllte ihr Glas. »Noch 'ne Flasche bitte.« Sie lächelte ihn mit dunkelroten Lippen an. »Ich muss mich besaufen.«

FREITAG

»Aber nur mal angenommen«, sagte Glass zu Mafia.

Sie waren in seiner Hütte und flüsterten. Gleich als Glass reingekommen war, hatte er gefragt, ob er privat mit Mafia sprechen könne, und Darko hatte die Achseln gezuckt, seine Kopfhörer aufgesetzt und die Lautstärke des Radios hochgedreht. Gefängnis-Privatsphäre. Nicht gerade ideal, aber Glass hatte sich entschlossen, es zu riskieren. Er hatte die ganze letzte Nacht wach gelegen und sich gefragt, was Watt wohl als Nächstes tun würde. Und dann hatte er den ganzen Morgen über gehofft, dass die Bullen anrufen würden, um ihm mitzuteilen, dass sie Watt einen Besuch abgestattet hatten. Hatten sie aber natürlich nicht. Nach dem Gespräch gestern auf der Polizei war es ziemlich klar gewesen, dass sie nicht den geringsten Scheiß unternehmen würden.

Jetzt gab es nur noch einen, der ihm helfen konnte, und

das war Mafia. Das Problem war, dass Mafia wahrscheinlich nicht geneigt sein würde, den eigenen Bruder in Gefahr zu bringen, weshalb Glass ihm nicht die Wahrheit sagen durfte. Und Glass konnte nur hoffen, dass Mafia nicht Bescheid wusste. Caesar hatte ihm bestimmt nicht gesagt, was Sache war. Glass hoffte inständig, dass das auch auf Watt zutraf. Denn wenn Mafia davon wusste, dann hieß das, dass er keinen Finger gerührt hatte, um Watt davon abzuhalten, Glass und seine Familie zu tyrannisieren. Und das hätte Glass nicht verkraftet.

»'ne Falle stellen, nennt man so was«, flüsterte Mafia.

»Ich versprech's dir«, flüsterte Glass zurück, als er ein seltsam blechernes Dröhnen aus Darkos Kopfhörer mitbekam. »Es ist was Persönliches. Ich brauche nur einen Namen.«

»Wie komm ich dazu, Ihnen zu glauben?«

»War ich nicht immer ehrlich zu dir?«

»Schon, aber das ist kein Grund anzunehmen, dass das so weitergeht.«

»Komm schon, Mafia. Ich will doch nur wissen, wo ich mir 'ne Scheißkanone kaufen kann.« Glass hatte sich eine Geschichte ausgedacht. Erzählte Mafia eine Version der Wahrheit, bei der er den Umstand ausließ, dass seine Frau von Watt belästigt wurde und dass Caesar von ihm verlangte, Drogen ins Gefängnis zu schmuggeln. Okay, so nahe bei der Wahrheit war das nicht. Aber es war eine Geschichte. Und Mafia schien sie zu glauben.

»Waren Sie schon bei der Polizei?«

»Die rühren keinen Finger. Erst wenn's zu spät ist.«

»Das heißt«, sagte Mafia, »Sie besorgen sich 'ne Kanone. Und dann?«

»Dann kauf ich mir das Schwein.«

»Aha«, sagte Mafia. Mit einem Handkreisen deutete er an, dass er mehr wissen wollte.

»Und ich droh ihm damit.«

»Okay«, sagte Mafia. »Und dann?«

»Dann ist meine Familie in Sicherheit.«

Mafia kratzte sich mit dem Daumennagel am Kinn. »Und Sie glauben, der Kerl kriegt's mit der Angst, wenn Sie ihm Ihre Knarre zeigen?«

»Wieso nicht?«

»Weil Sie sie nicht benutzen werden.«

»Das weiß er aber nicht.«

»Doch, das weiß er.«

»Und wie?«

»Das steht Ihnen mitten ins Gesicht geschrieben. Sogar ich merke, dass Sie 'n Weichei sind, und ich bin 'ne verdammte Blindschleiche.«

»Ich schwör's«, sagte Glass. »Ich benutze sie, wenn ich muss.«

»Das glaub ich nicht.«

»Ich tu's. Ich werd's beweisen. Ihm ... ihm werd ich's beweisen.«

»Und wie?«

»Ich schieß ihm ins Knie oder so.«

Mafia gluckste. »Das hält ihn garantiert auf. Aber nur für 'ne Weile. Bis es ihm wieder bessergeht. Und dann ist er hinter Ihnen her. Lahm oder nicht.«

»Und was schlägst du dann vor?«

»Wenn ich an Ihrer Stelle wäre«, sagte Mafia, »würd ich ihn umbringen.«

Glass blickte auf seine Schuhspitzen. Sein Gesicht war darin zu sehen, klein und verzerrt. Er hätte lieber Mafias Gesicht darin gesehen.

Er wünschte, er hätte auch diesen Mumm gehabt, diese Entschlossenheit, diesen ... Mut. Denn es *war* Mut. Musste es sein, denn so schön es auch war zu glauben, Glass sei aus moralischen Gründen nicht bereit, Watt umzubringen, in Wirklichkeit zog Glass den Schwanz ein, weil er eine Heidenangst vor den Konsequenzen hatte. Gefängnisaufseher wurden auf der anderen Seite der schwedischen Gardinen behandelt wie der letzte Dreck.

»Das kann ich nicht«, sagte Glass. »Ich kann niemanden umbringen.«

»Dann können Sie das mit der Kanone vergessen.«

»Ich brauch aber eine. Dann fühl ich mich sicherer. Lorna fühlt sich dann sicherer. Sag's mir, verdammte Scheiße noch mal. Willst du, dass ich vor dir auf die Knie falle?«

»Ich will wirklich nicht …«

»Sag's mir!«

Mafia schlug die Arme übereinander. »Dann schulden Sie mir aber 'nen Gefallen.«

»'nen Riesengefallen«, stimmte Glass zu.

SAMSTAG

Mad Will war ein korpulenter Typ mit unvorteilhaft gescheiteltem Haar. Glass verstand, wie er zu seinem Spitznamen gekommen war: Seine Zähne und Augen waren viel zu groß für sein übriges Gesicht und verliehen ihm das Aussehen eines Irren.

Vor ihrem Telefongespräch hatte Glass nicht daran gedacht, dass er vermeiden musste, seinen richtigen Namen zu nennen. Erst als Mad Will sich vorgestellt hatte, wurde Glass klar, dass er sich auch einen Namen ausdenken musste. Daher nannte er den ersten, der ihm in den Sinn kam.

»Jesse«, sagte Glass. »Ich bin Jesse James.« Na ja, schließlich wollte er eine Knarre kaufen.

Keine Reaktion von Mad Will.

»Mafia hat sich für mich verbürgt«, fuhr Glass fort. Er hatte Mafia fünfzig Pfund gegeben und ihm eine Telefonkarte gekauft und ihn gebeten, für ihn ein paar gute Worte einzulegen. Die Sache ins Rollen zu bringen. Und zwar rasch.

Ich hab um vier Uhr 'ne Verabredung an der Castle Esplanade. Mit deinem Bruder. Ich hab's scheißeilig.

»Mafia hat für 'nen Typen gebürgt, der Glass heißt«, sagte Mad Will. »Nicht für irgend'n Jesse-James-Arschloch. Du kannst mich mal am Arsch lecken.«

Nicht gerade der beste Anfang, aber nach einer peinlichen Minute oder so hatten sie die Sache geklärt, und jetzt saßen sie sich ganz friedlich im Wohnzimmer einer Hochhauswohnung im runtergekommenen Niddrie gegenüber. Die Mittagssonne schien durchs Fenster, auf dem leicht wackligen Glastisch zwischen ihnen eine Pistole und eine Thermosflasche mit Kaffee, und Mad Will zündete sich einen halb aufgerauchten Joint an.

Das Zimmer war so karg möbliert wie eine Gefängniszelle. Der ganze Wohnblock stand leer, die meisten Fenster waren mit Brettern vernagelt. Vermutlich waren irgendwann mal Hausbesetzer eingezogen, aber jetzt sah es nicht so aus, als ob jemand hier wohnte. Glass nahm an, dass er nur benutzt wurde, um illegale Transaktionen abzuwickeln. Und nicht nur mit Waffen, wie es aussah. Glass konnte verschiedene Pillen und Pulver in Tüten und Päckchen und Flaschen und Durchdrückpackungen in der offenen Schultertasche zu Mad Wills Füßen sehen.

»'ne richtige Apotheke«, sagte Glass.

»Kanonen sind nur 'n Zusatz«, sagte Mad Will. »Das Hauptgeschäft sind Drogen. Brauchen Sie was?«

Glass zögerte. »Danke, kein Bedarf.«

»Nicht mal schnüffeln?«

»Nein.« Früher hatte er ganz schön gekifft. Wie alle. Und er hatte auf Partys 'n paar Pillen eingeworfen oder sich gelegentlich 'ne Line Koks reingezogen. Apropos reinziehen, Heroin hatte er auch ein-, zweimal probiert. Dreimal, genau genommen. Okay, um genau zu sein, war es nicht Heroin gewesen, sondern *moon rock*: eine Mischung aus Heroin und Koks. Aber nur mal so geschnüffelt, wie Mad

Will es ausgedrückt hätte. Beim ersten Mal war Glass fünfzehn gewesen, und seine Neugier hatte über seine Vernunft gesiegt. Das zweite und dritte Mal war an aufeinanderfolgenden Tagen gewesen, ein Jahr danach, mit einem rotblonden Mädchen aus Moffat. Am dritten Tag war er abgehauen, als sie ihre Nadel zum Vorschein brachte und ihn einlud zu spüren, wie Gott seine Eingeweide streichelte.

Aber seit er wusste, dass er Papa werden würde, hatte er nichts mehr angefasst. Davon brauchte Mad Will allerdings nichts zu wissen.

»Wie Sie wollen«, sagte Mad Will. »Falls Sie sich's anders überlegen, wissen Sie ja, wen Sie anrufen können.«

»Vielen Dank«, wiederholte Glass.

Im Schlafzimmer trieb es jemand, und zwar lautstark. Ob es ein Paar war oder nur ein Typ allein, war schwer zu sagen. Aber so oder so hörte es sich an, als hätte er seinen Spaß. Hätte Glass nicht einen illegalen Waffendeal abzuwickeln gehabt, hätte er sich vermutlich kaum konzentrieren können.

»Gar nicht übel«, sagte Mad Will.

Glass fragte sich, wie er darauf reagieren sollte, aber als Mad Will eine Rauchwolke ausstieß und nach der Pistole griff, merkte Glass, dass Mad Will sich nicht auf das bezog, was sich im Schlafzimmer abspielte.

»Halbautomatik«, sagte Mad Will. »Einzelfeuer. Volles Magazin.«

Er zog den Verschluss zurück. »Und eine ist schon geladen für Sie.« Er fuhr mit seinem Wurstfinger über den Griff. »Polnisches Fabrikat. Sieht man nicht oft. Wofür brauchen Sie die?«

Wieder eine Frage, auf die Glass nicht vorbereitet war. Dachte, den ganzen Scheiß hätte er mit Mafia geklärt. Was ging es Mad Will eigentlich an, wozu die Kanone sein sollte? Neugierige Wichser, diese Kriminellen.

Mad Will schaute ihn an, von seinem Joint stieg Rauch auf. »Na, wofür ist sie?«

Was zum Teufel sollte Glass nur sagen? Moorhühner jagen? »Verteidigung«, sagte er schließlich. »Selbstverteidigung.«

»Für Sie selber?«, fragte Mad Will.

»Meine Frau.«

»Ist sie belästigt worden?«

Er hatte keine Lust, sein Gespräch mit Mafia zu wiederholen. Scheiße. Glass hatte jetzt schon zu viel gesagt. Der geborene Lügner war er anscheinend nicht. Wer hätte gedacht, dass lügen so schwer ist? »Nein«, sagte er. »Es laufen heutzutage einfach zu viele Bekloppte durch die Gegend, und wegen meiner Arbeit bin ich ziemlich oft nicht zu Hause.« Er zuckte die Achseln. »Wir würden uns sicherer fühlen, wenn wir 'ne Kanone im Haus hätten.« Er zuckte erneut die Achseln, wobei er sich fragte, wie gekünstelt sein Achselzucken wohl wirkte. »Für alle Fälle.«

»Schaffen Sie sich 'nen Hund an.«

Glass brauchte nicht erst zu überlegen. »Meine Tochter ist allergisch«, sagte er. Das stimmte sogar. Der geringste Kontakt mit einem Hund, und Caitlins Augen schwollen zu und fingen an zu tränen. Katzen waren kein Problem, und deshalb fragte er Lorna ständig, ob sie Caitlin nicht ein Kätzchen besorgen könnten. Die Sache war nur die, dass Caitlin Hunde lieber mochte, trotz ihrer Allergie. Lorna mochte Hunde auch lieber. Glass war derjenige, der Katzen mochte.

Das Stöhnen aus dem Schlafzimmer wurde jetzt drängender.

»Sie haben ein Kind?«, fragte Mad Will.

Glass fluchte insgeheim. *Schon wieder.* »Ja«, sagte er. »Was spielt das für eine Rolle?«

»Sehen gar nicht so alt aus.«

Glass sagte nichts.

»Sie sollten keine Kanone zu Hause haben«, sagte Mad Will. »Schon gar nicht, wenn ein Kind im Haus ist.«

Das passte mal wieder. Ein Waffendealer mit Gewissen. »Ich weiß es zu schätzen, dass Sie sich Sorgen machen«, sagte Glass, »aber dafür trage ich die Verantwortung.«

»Und sie ist für Ihre Frau, hm?«

Glass nickte. Allmächtiger. Der Typ im Schlafzimmer hörte sich an, als wenn er gleich sterben würde.

Mad Will beachtete den Lärm nicht. »Wenn sie das Ding auf jemanden abfeuert«, sagte er, »dann wandert sie wahrscheinlich ins Gefängnis.«

»Vielleicht«, sagte Glass. »Hängt von den Umständen ab.«

»Verhältnismäßige Gewaltanwendung steht ja im Gesetz.«

»Ich weiß.«

Mad Will schenkte sich Kaffee nach. Jetzt war es still im Schlafzimmer. »Eine Kanone ist nicht verhältnismäßig«, sagte Mad Will. »Und wenn Sie sich auf den Kopf stellen.«

»Selbst wenn, das Baby hier ist illegal.« Glass hielt inne. »Ich weiß.«

»Lohnt sich, mal drüber nachzudenken.«

»Okay.« Glass wartete ein paar Sekunden. Dann: »Ich hab drüber nachgedacht. Ich will die Kanone kaufen. Wollen Sie sie jetzt verkaufen oder nicht?«

»Unbedingt«, sagte Mad Will. »Aber ich möchte unmissverständlich klarstellen, dass das kein Spielzeug ist. Wenn das Baby Ihnen gehört, kann das Ihr Leben verändern.«

»Schön.«

»Okay, wenn Sie sich sicher sind.« Mad Will machte ein Geräusch mit den Lippen und fuhr sich mit der Hand durch die strähnigen Haare. »Sie gehört Ihnen.«

Endlich. Glass legte einen Stapel Geldscheine auf den Tisch. »Das haben wir am Telefon vereinbart, stimmt's?«

Mad Will nickte.

Glass wartete.

Mad Will schaute ihn an, zeigte zur Tür. »Sie finden selber raus, hm?«

Draußen im Flur schloss Glass die Tür zum Wohnzimmer hinter sich, und als er am Schlafzimmer vorbeikam, aus dem er das Stöhnen und Keuchen gehört hatte, fiel ihm auf, dass die Tür offen stand.

Nur einen Spalt. Aber weit genug, um das Gesicht des Mädchens zu sehen.

Sie war geknebelt. Schwarze, mit Mascara verschmierte Augen. Tränen rollten ihr über die Wangen. Sie blickte Glass in die Augen. Hätte sie es nicht getan, hätte Glass sich vielleicht vorbeischleichen können. Aber so nicht. Sie hatte ihn gesehen.

Sein Atem beschleunigte sich, als er sich näher zur Tür beugte und durch den Spalt spähte. Ihre Hände wurden hinter dem Bettpfosten zusammengehalten. Er konnte nicht sehen, ob sie mit einem Strick oder mit Handschellen gefesselt war.

Ein Keuchen, und dann kam der Hinterkopf des Mannes in Sicht und verdeckte das Gesicht des Mädchens. Das war die Chance für Glass. Jetzt konnte er ihre flehenden Augen nicht mehr sehen. Vielleicht konnte er abhauen. Entkommen.

Aber dann war da wieder das Geräusch. Keuchen. Stöhnen. Aber es war anders. Ein bisschen höher. Als ob … genau, noch ein Mann. Zwei von den Wichsern? Mindestens.

Wie zur Bestätigung sagte jemand ganz ruhig: »Genau so. Fick die Schlampe durch, Jocky.«

Die Tür zum Wohnzimmer hinter Glass war geschlossen. Mad Will konnte Glass im Flur nicht sehen. Mad Will dachte, Glass habe die Wohnung verlassen. Und die Männer in dem Zimmer wussten nicht, dass er hier war. Nur das Mädchen wusste es.

Glass konnte es tun. Er sollte es tun. Er musste es tun. Er durfte nichts anderes tun. Er trat von der Tür zurück, bis er spürte, dass die Wand gegen seine Schulterblätter drückte. Sein Mund war trocken. *Tu es.* Er konnte doch nicht einfach da reinspazieren und die Kerle in Schach halten, während das Mädchen flüchtete. Aber wenn er es nicht tat, dann wurde sie noch weiter von Jocky und wer da noch in dem Zimmer war vergewaltigt. Er konnte sie nicht einer Massenvergewaltigung überlassen. Am Ende wurde sie danach noch umgebracht. Gebumst und entsorgt, wie die Knackis sagen würden. Glass konnte nicht herumstehen und nachdenken. Er dachte zu viel. Er musste handeln.

Ein Schritt über den Flur, Tür auftreten, rein ins Zimmer.

Kinderleicht.

Mach es.

Gemacht.

Nur die zwei Männer, Gott sei Dank. Das Mädchen lag mit weit gespreizten Gliedern auf dem Bett.

»Runter von ihr«, sagte Glass zu Jocky, den zitternden Arm mit der Kanone ausgestreckt. Fühlte sich an, als würde er die Waffe gleich fallen lassen. Traute seinem Griff nicht. Er hatte schon Bullen im Fernsehen gesehen. Die hatten beide Hände benutzt. Er machte das Gleiche, so dass seine linke Hand die rechte stützte. Fühlte sich besser an.

»Was is 'n das für 'n Scheiß?«, sagte der andere Typ. Er stand auf, nackt, machte keine Anstalten, sich was vorzuhalten.

Erst jetzt hörten Jockys Hüften auf zu stoßen. Er richtete sich auf und drehte den Kopf. Er hatte einen Schnäuzer, dicht und braun. Sah aus wie ein Walross. »Wer bist du denn?«, fragte er.

Glass hätte am liebsten gesagt: »Jesse James.« Er leckte

sich über die Oberlippe. Schmeckte Salz. »Runter von ihr«, wiederholte er.

»Herrgott«, sagte Jocky. »Bist du echt?«

Glass trat näher. Stieß den Arm vor. »Letzte Chance.«

Als er in das Zimmer getreten war, hatte Glass keine Ahnung gehabt, ob er fähig sein würde, den Abzug zu drücken, wenn es sein musste. Jetzt wusste er es. Er konnte es nicht. Er konnte unmöglich einem Menschen das Leben nehmen, egal wie verabscheuenswürdig dieser Mensch war. Er war einfach kein Killer.

Zum Glück fiel Jocky auf seinen Bluff rein. »Okay«, sagte er und wich langsam mit erhobenen Händen zurück. Schob sich weg von Glass, runter von dem Mädchen.

Glass erhaschte einen Blick auf ihre Brüste; sie waren klein und platt gedrückt, die Warzen geschwollen und feucht. Er riss den Blick los und beobachtete Jocky, der, noch steif, vom Bett zurückwich. Großer Kerl. Grotesk groß.

»Nimm ihr den Knebel raus«, befahl ihm Glass und wischte sich die Stirn. Es war heiß hier drinnen. Stank nach Schweiß und Meeresfrüchten. Er hielt den Blick von dem Mädchen abgewandt. Weg von ihrem Körper.

Jocky beugte sich über das Mädchen, murmelte ihr etwas zu und nahm den Knebel heraus.

Das Mädchen schüttelte heftig den Kopf, spuckte aus. »Was für 'n Scheiß geht 'n hier ab?«, sagte sie zu Glass. »Du kannst doch nicht einfach so hier reintrampeln, als wärst du hier zu Hause, verdammte Kacke!«

»Ich …«, sagte Glass und starrte wieder auf ihre Brüste.

»Du blödes Arschloch«, sagte sie. »Bind mich los, damit ich dir die Scheißknarre in deinen verschissenen blöden Arsch rammen kann.«

Das war eigentlich nicht die Reaktion, die Glass erwartet hatte. Sie schien sich gar nicht aufzuregen. Okay, sie *regte* sich auf. Aber über Glass, nicht über die Kerle, die sie vergewaltigt hatten. Und sie schien nicht verletzt zu sein.

Irgendetwas stimmte hier nicht.

Glass kam nicht dahinter. Es war, als wäre er in eine andere Welt getappt, eine, in der nichts einen Sinn ergab.

Sie hörte sich nicht an, als ob sie geweint hätte, aber an ihrem Gesicht konnte er sehen, dass es so war. Das waren doch Tränenspuren. Oder? Was konnte es sonst sein? Schweißtropfen?

»Vielen Dank, Will, verdammte Kacke«, sagte das Mädchen.

Glass spürte, wie ihm jemand auf die Schulter tippte, drehte sich um und sah Mad Will direkt hinter sich.

»Sie haben doch gesagt, Sie gehen«, sagte Mad Will.

»Ich dachte …«, sagte Glass. »Ich dachte, sie wäre …« Und dann sah er das Stativ in der Zimmerecke, auf dem eine Kamera saß.

O Scheiße.

Er war aufs Set eines Scheißpornodrehs getrampelt.

Er ließ den Arm sinken. »Tut mir leid«, sagte er. »Scheiße, tut mir echt leid.«

»Können wir das verwenden?«, fragte Jocky.

»Weiß nich«, sagte der andere Typ. »Glaub eher nich.«

»Leck mich!«, schrie das Mädchen Glass an. »Jetzt muss ich alles noch mal machen.« Die Arme immer noch nach hinten gestreckt, wirbelte sie auf dem Bett herum und trat mit dem Fuß nach ihm. Sie traf weit daneben. »Denkst du, das macht mir Spaß? Willst du dein Geld mit Geficktwerden verdienen?«

Glass wich zurück. Er wusste keine Anwort.

»Sie haben Glück, dass sie noch angebunden ist«, sagte Mad Will. »Auch mit der Kanone würd ich Ihnen keine großen Chancen einräumen.«

»Tut mir leid«, sagte Glass. »Tut mir echt …«

»Ja, ja«, sagte das Mädchen. »Dämliches Arschloch.«

»Sie gehen besser«, sagte Mad Will. »Ich bring Sie raus.«

Das Mädchen nennt ihn dämliches Arschloch, und Mad Will sagt: »Die geben Sie besser mir.« Er schaut auf die Pistole in Glass' Hand.

»Ich hab dafür bezahlt«, sagt Glass.

»Hier«, sagt Mad Will, steckt die Hand in die Tasche und zieht ein Bündel Scheine heraus. »Volle Rückerstattung.«

»Aber ich brauch sie«, sagt Glass. »Sie dürfen sie nicht zurücknehmen.«

»Her damit«, sagt Mad Will.

Glass schaut sich nach dem Mädchen um, nach ihren Brüsten, nach den beiden nackten Männern, wieder zu Mad Will. »Nein«, sagt er.

»Ich frage nur einmal nett«, sagt Mad Will. »Ich frage nicht zweimal nett.« Er zieht die Augenbrauen hoch.

Glass weiß nicht, was er machen soll.

»Ich hab Sie gewarnt«, sagt Mad Will. Er packt die Pistole am Lauf. Erstaunt über das, was Mad Will gerade getan hat, starrt Glass ihn an. Wieso hat er keine Angst? Ist es wirklich so offensichtlich, dass Glass ihn nicht erschießen wird?

»Ich drück ab«, sagt Glass.

»Dann nur zu.«

Glass möchte es wirklich, weiß aber, dass er es nicht kann. Trotzdem, verdammt noch mal, da wäre Mad Will ganz schön platt. Würde ihm sein blödsinniges Grinsen aus der Fresse wischen.

Aber Glass ist kein Killer.

Scheiß drauf. Wir ändern uns alle, ständig.

Glass drückt ab.

Der Joint fällt Mad Will aus dem Mund, und er fällt rückwärts aufs Bett.

Das Mädchen schreit.

Jocky sagt: »Scheiße.«

Glass löst den Griff um die Pistole. Lässt sie fallen.

Das Mädchen schreit immer noch.

Glass sagt zu Mad Will, dass er abdrücken wird.

»Dann nur zu.«

Glass möchte es wirklich, weiß aber, dass er es nicht kann. Trotzdem, verdammt noch mal, da wäre Mad Will ganz schön platt. Würde ihm sein blödsinniges Grinsen aus der Fresse wischen.

Aber Glass ist kein Killer.

Mad Will nimmt ihm die Pistole ab. »Danke«, sagt er.

»Woher haben Sie's gewusst?«, fragte Glass. »Ich hätte Sie erschießen können. Das konnten Sie doch nicht wissen.«

Mad Will sagt: »Sie erschießen überhaupt niemanden, wenn Sie nicht zuerst die Sicherung umlegen.« Mit dem Daumen verschiebt er einen Hebel an der Seite der Pistole. »So.« Richtet die Pistole auf Glass. »Sehen Sie?«

Glass schluckt, nickt.

»Also«, sagt Mad Will. »Was machen wir jetzt mit Ihnen?« Er schaut sich um. »Irgend'nen Vorschlag, Jungs?«

Sie zwingen Glass, sich auszuziehen. Er steht in Unterwäsche da.

Er fühlt sich, wie Häftlinge sich fühlen müssen, wenn sie von einem Aufseher durchsucht werden. Er hört Fox sagen: »Eier anheben. Gut. Vorbeugen. Backen spreizen.«

Wenigstens zwingen sie ihn nicht *dazu*. Aber sie wissen ja nicht, dass er Gefängnisaufseher ist. Das würde Mafia Mad Will nicht gesagt haben. Hofft Glass wenigstens.

Jocky ist an die Kamera gegangen. Er nimmt alles auf.

»Den Rest«, sagt Mad Will zu Glass.

Glass schüttelt den Kopf. Die Knie zittern ihm.

»Soll ich helfen?« Das Mädchen kommt auf ihn zu. Drückt ihr Gesicht direkt an seins. Drückt ihre Brust an seine.

Er spürt ihre Wärme. Riecht sie. Sie riecht wie Ross.

Sie schiebt ihre Hand zwischen seine Beine. Reibt. »Nicht viel los da unten«, sagt sie.

»Wird auch nicht mehr«, antwortet Glass, sich seiner selbst sicher.

»Na, mal sehen.« Sie streicht mit den Fingern vorn über den Eingriff.

Er blickt sie an. Zwingt sich, nichts zu empfinden. Trotzdem, ein Zucken. Da regt sich was. Er legt ihr die Hände auf die Schultern, Finger sofort ölig. Er schubst sie weg.

Sie plumpst mit gespreizten Beinen aufs Bett. Er kriegt was zu sehen.

»He«, sagt Mad Will. »Das ist aber nicht nett. Ich glaub, wir müssen Sie festbinden.«

»Bitte«, sagt Glass. »Das ist doch verrückt.«

Viel weiter kommt er nicht, denn das Mädchen springt vom Bett und versetzt ihm eine Ohrfeige. »Das ist fürs Schubsen, verdammte Scheiße.« Sie schaut Mad Will an. »Macht mit ihm, was ihr wollt. Ich rühr den nicht mehr an. Da überläuft's mich ja.«

Sie geht aus dem Zimmer, nimmt einen Bademantel von einem Haken an der Tür, ihre nackten Füße patschen auf dem Boden.

»Mal Lust auf 'nen Kerl, Brad?«, fragt Jocky.

Der andere Typ, Brad, schaut sich Glass an und lässt den Blick auf dessen Unterhose ruhen. »Nein, verdammte Kacke«, sagt er und kratzt seine Stoppeln.

»Will?«

Mad Will schaut Glass an, zieht an seinem Joint. »Nein, verdammt noch mal.«

»Ich auch nicht.«

»Na schön, Glass«, sagt Mad Will. »Sieht aus, als würd keiner von uns auf Sie stehen.«

Werden sie ihn laufenlassen? Ist es wirklich so einfach? »Soll das heißen, ich kann mich jetzt anziehen?«, fragt er.

»Sieht so aus.«

»Kann ich die Pistole haben?«

Mad Will gluckst.

»Ich brauch sie«, sagt Glass.

»Du kannst mir mal meinen fetten Riemen lutschen«, sagt Mad Will.

»Ja, ja«, sagte das Mädchen. »Dämliches Arschloch.«

»Sie gehen besser«, sagte Mad Will. »Ich bring Sie raus.«

Glass wusste, dass er Glück hatte, so einfach davonzukommen. Er drehte sich um, halb darauf gefasst, dass Mad Will ihm einen versteckten Totschläger über den Kopf zog. Aber der benahm sich wie ein Gentleman. Brachte Glass zur Tür, öffnete ihm, sagte auf Wiedersehen.

Manchmal ließ Glass sich von seiner Fantasie hinreißen. Dann ging er alle Möglichkeiten durch, und alle erschienen ihm gleich real. Nicht real in seinem Kopf, sondern so, als würde alles tatsächlich passieren.

Aber jetzt war er wieder okay. Die Sache war die, dass er einen Pornodreh unterbrochen und eine Pistole gezogen hatte und jetzt mit nicht mehr davonkam, als ein dämliches Arschloch genannt zu werden.

Was er auch war.

Er warf einen Blick auf die Pistole in seiner Hand. *Die* war durchaus real.

Im Auto schaltete Glass das Radio an und stellte es auf den verrücktesten Scheiß ein, den er fand. Irgendein atonales Klassikstück mit Celli und Geigen, die sich anhörten, als würden sie zusammen weinen. Kam dem, wie er sich fühlte, alles in allem ziemlich nahe.

Er würde nicht abdrücken müssen, wenn er sich in zwei Stunden mit Watt traf. Nur auf ihn zielen und dem Wichser zeigen, dass er es ernst meinte.

Etwa so wie bei den Pornostars bei Mad Will vorhin?

Schnauze.

Bei dem, was er Mad Will gesagt hatte, hatte er sich eng an die Wahrheit gehalten. Er wollte die Pistole haben, um Lorna zu beschützen. Aber er wollte nicht, dass sie sie bekam. Seine Familie zu beschützen, war *sein* Job.

Das mit dem Mädchen vorhin bei Mad Will war was anderes gewesen. Sie gehörte nicht zur Familie. Wenn doch, dann hätte er nicht gezögert, abzudrücken.

Na klar, und ob.

Schnauze. Hör auf zu nerven.

War wahrscheinlich egal, angesichts der Umstände.

Watt hatte einen öffentlichen Ort für ihr Treffen ausgesucht. Absichtlich, kein Zweifel. Aber wenn er vorhatte, Drogen zu übergeben, mussten sie woanders hingehen. So was machte man nicht in aller Öffentlichkeit. Oder?

Etwas später fuhr Glass vor seinem Haus vor. Caitlin stand im Fenster und winkte.

»Was hat mein Baby denn alles gemacht?«, fragte er Caitlin, als er im Haus war.

Der Tisch war übersät mit Malbüchern, und der Fernseher lief. Von Lorna keine Spur.

»Gemalt«, sagte Caitlin. »Bildchen geklebt.«

»Und dein Video angeschaut?«

»*Die Schöne und das Biest.*« Sie klatschte in die Hände. Ein blauer Buntstift fiel heraus. »Hoppala!«

Glass bückte sich und hob ihn auf. Reichte ihn ihr.

»Vielen Dank, Daddy.«

»Gern geschehen, mein Schatz. Krieg ich 'n Kuss?«

»Ja!« Mit einem Malbuch in der Hand kam sie zu ihm. »Guck mal.«

»Sehr schön«, sagte er. »Hast du das ganz alleine gemacht?«

»Mhm«, sagte sie. »Und guck mal da.« Sie blätterte um.

»Das ist ja toll«, sagte er. »Wirklich wunderschön. Wo bleibt mein Kuss?«

Er nahm sie auf den Arm, und sie drückte ihm einen Schmatz auf die Lippen und sagte: »Mua!«

Er schmeckte schwarzen Johannisbeersaft. Seine Lippen waren klebrig.

»Wo ist Mami?«, fragte er.

»In der Küche«, sagte Caitlin. »Sie hat Durst gehabt.«

Lorna starrte an die Wand, die Finger um ein Weinglas geschlungen, vor ihr auf dem Tisch eine leere Weinflasche. Sie hob nicht den Kopf.

»Daddy ist da«, sagte Caitlin und zappelte in Glass' Armen.

»Das ist schön.« Lorna lächelte nicht einmal.

Glass setzte Caitlin ab. »Geh wieder rein und schau fern«, sagte er.

»Will aber hierbleiben«, sagte Caitlin.

»Dann verpasst du noch das Beste.« Er verstellte die Stimme und sagte: »›Er ist kein Monster, Gaston.‹«

»›Du bist eins!‹«, kreischte Caitlin.

»Nein, du«, sagte er.

»*Du*, Daddy. Mami, sag's ihm!«

»Stimmt. Daddy ist ein Monster«, sagte Lorna mit matter Stimme.

»Siehst du?«, sagte Caitlin. »Du bist das Monster.«

»Abmarsch«, sagte Lorna zu Caitlin. Diesmal lächelte sie.

»Kommt mitgucken«, sagte Caitlin.

»Wir kommen gleich nach«, sagte Glass.

Sie zog ein Gesicht. »Versprochen?«

»Versprochen.«

Als sie draußen war, erlosch Lornas Lächeln.

Glass setzte sich auf einen Stuhl ihr gegenüber.

»Geht's dir gut?«, fragte er.

Sie zuckte die Achseln. Sie sah nicht aus, als ginge es ihr gut. Sie stand auf, ging zum Weinregal, holte noch eine Flasche heraus. Griff nach dem Korkenzieher auf der Arbeitsfläche, der neben einem Stück Fleisch und einem

Hackbeil auf dem Schneidebrett lag, und kam wieder zum Tisch.

»Willst du ein Glas, Glass?«, fragte sie.

Noch so ein alter Witz. Einer, der schon beim ersten Mal nicht lustig gewesen war.

»Was ist? Willst du eins?«

Er hätte den Kopf geschüttelt, aber sie schaute nicht hin, sondern konzentrierte sich aufs Flascheöffnen. »Nein, danke.«

Sie rülpste. »Wo warst du, verdammt noch mal?«

»Wann?«

»Herr im Himmel«, sagte sie. »›Wann‹, fragt er. Eben grade.«

Sie war betrunken. Und sauer. Schlechte Kombination.

»Als ich weg war?«, fragte er. »Ich hab's dir doch gesagt. Hab ein bisschen was eingekauft.«

Der Korken ploppte. »Ein bisschen was.« Sie füllte ihr Glas. »Eingekauft.« Sie drehte sich zu ihm um. »Und was?«

»Nur … Sachen.«

»Und wo sind diese ›Sachen‹?«

»Lorna, was ist los?«

»Hab ich gesagt, dass irgendwas los ist?«

»Sei nicht so.«

Sie starrte ihn an. »Wie bin ich denn?«

»Du trinkst«, sagte er. »Zu viel.«

»Und du lügst mich an«, sagte sie. »Das ist 'n scheißguter Grund, zu viel zu trinken.«

»Ich kann dir nicht sagen, wo ich war«, sagte er.

»Ach«, sagte sie, »wie scheißjammerschade.«

»Tut mir leid.«

»Da wett ich drauf. Ich muss dir vertrauen, stimmt's?«

»Ja.«

»Und wie komm ich dazu?«

»Weil mir dein Wohl am Herzen liegt. Deins und Caitlins.«

»Unser Wohl? O Mann, du bist echt 'ne Nummer.« Sie schnippte mit einem Fingernagel an ihr Weinglas. »Das heißt, du triffst dich nicht mit 'ner anderen?«

Wie kam sie denn jetzt auf so 'ne Scheiße? »Wieso sollte ich?«

»Weiß ich doch nicht«, sagte sie. »Ich hatte gehofft, du sagst's mir.«

»Was ist denn los?«

»Du bist ein Schwein.«

»Ich weiß nicht, wovon du redest, verdammt noch mal.« Er legte seine Hände auf ihre.

Sie zog sie weg. »Du weißt also nichts über irgend'ne Fesselnummer? Ein nacktes Mädchen, ans Bett gefesselt, geknebelt? Kommt dir das bekannt vor?«

Scheiße. Wie zum Teufel hatte sie *das* herausgekriegt?

»Hat Spaß gemacht, oder? So was wolltest du mit mir nie machen. Ich hab gar nicht gewusst, dass das dein Ding ist. Fährst du auf so was ab?«

»Nein, tu ich nicht«, sagte er. »Ich will so was nicht machen.«

»Gut«, sagte sie. Sie rülpste erneut. »Würd ich auch gar nicht mitmachen. Du bist 'n Wichser. 'n abgewichster Wichser. Wichser.«

»Red nicht so laut.«

»Erzähl mir nicht, dass ich nicht so laut reden soll, Scheiße noch eins. Ich war's nicht, die in der Gegend rumgefickt hat.« Sie holte Luft. »Nur mit David, und das kannst du mir nicht ewig vorwerfen.«

»Mach ich doch gar nicht.« Machte er nicht.

»David war ein Ausrutscher.«

»Ich weiß.«

»Und warum fickst du dann in der Gegend rum?«

»So war das nicht.«

»Ach«, sagte sie, »du streitest es also nicht mehr ab?« Sie goss sich ein weiteres Glas ein. »Es ist nur so, dass du's mit mir nicht machen willst. Sie ist hübsch, stimmt's? Jung? Schlank? Große Titten? Hübsche enge Pussy, nicht so 'ne ausgeleierte, wie ich sie von Caitlin gekriegt hab?«

»Sei nicht so ordinär.«

»Heilige Scheiße, bist du scheißzimperlich.«

»Und du bist scheißbesoffen.«

»Stimmt genau, verflucht noch mal. Aber noch nicht besoffen genug.«

»Ich hab jemanden besucht«, verriet er ihr.

»Wen?«

»Spielt keine Rolle. Die Hauptsache ist, das Mädchen war schon da.«

»Von wegen.«

»Sie war da, Lorna. Hör mir zu.«

»Du lügst doch nur. Lügst, lügst, lügst.«

»Hör mir zu. Nur eine Sekunde lang.«

Sie fuhr sich mit der Zunge über die Zähne. »Na los.«

Er erklärte ihr, wie er die offene Schlafzimmertür bemerkt hatte, von dem Mädchen, das aussah, als würde es vergewaltigt. »Ich hab gedacht, ich helfe ihr.«

»Und du hast sie nicht angefasst?«

»Nein.«

»Erwartest du, dass ich das glaube?«

»Was meinst du, was passiert ist? Jetzt mal echt?«

Sie schwieg. »Ich weiß nicht.«

Er versuchte wieder, die Hand auf ihre zu legen. Diesmal zog sie sie nicht weg. »Wer hat es dir erzählt?«, fragte er.

Sie kippte noch mehr Wein nach. »*Er* war's.«

»Wer?«

»Er!« Sie schrie. »*Er!*«

Glass schaute nach der Weinflasche. Die Versuchung, sich ein oder zwei Gläser reinzuschütten, war groß. Sehr groß. »Watt?«

Sie nickte. Wiederholte seinen Namen.

Woher wusste Watt, wo er gewesen war? Und selbst wenn die Drecksau ihm gefolgt war, woher wusste er von dem Mädchen?

»Was hat er gesagt?«, fragte Glass.

»Er hat gesagt, du wärst beschäftigt … würdst grade so 'ne kleine Nutte ficken. Hat gesagt, ich müsste wissen, was mein Mann für einer ist.«

Was für ein Schwein.

»Ich hab ihm gesagt, er redet Scheiße«, sagte sie. »So was würdest du nicht machen, hab ich gesagt. Er hat mich gefragt, ob ich wüsste, wo du bist. Ich hab gesagt, ich weiß es, aber ich hab's nicht gewusst. Und ich glaube, er hat's gewusst.«

Sie stieß ihr Glas um. Absichtlich, möglicherweise. Es fiel um und rollte in einem Bogen. Zerbrach nicht. Nichts verschüttet. Sie hatte es bereits ausgetrunken. Sie ließ es liegen.

Glass stellte es auf.

Lorna fuhr fort: »Er hat gesagt, es sei auf Video, du und die Nutte. Er würde mir den Beweis schicken. In 'nem braunen gefütterten Umschlag.«

Glass hielt seine Stimme ruhig. »Es ist gelogen.«

»Wieso sollte er lügen?«

Glass war sich nicht sicher, aber er hatte eine Vermutung. »Er terrorisiert uns.«

»Wirklich?«

»Glaub mir. Es gibt kein Video. Er hat nichts, was er schicken könnte.« Er hielt inne. »Es ist gelogen«, wiederholte er. »Du wirst sehen.«

Sie zog das Glas zu sich. »Ich weiß nicht, was ich glauben soll.«

»Ich versteh dich nicht«, sagte er. »Wieso glaubst du mir nicht? Ich hab dir nie einen Grund gegeben, zu glauben, ich wär dir untreu.«

»Mach mir noch Vorwürfe, so ist's recht.«

»Tu ich doch gar nicht.«

»Na ja, es hört sich so an. Ich war die, die untreu war. Erinnre mich nur immer wieder dran, wieso auch nicht?« Sie hatte ihr Glas wieder gefüllt. »Was hast du dort gemacht?«

Er sah auf seine Hand. Rieb mit dem Daumen über die Knöchel. »Okay«, sagte er. »Wenn du's unbedingt wissen musst.« Er zog die Pistole aus seiner Tasche und legte sie vor sich hin.

Sie rückte in ihrem Stuhl zurück. »Ist die echt?«, fragte sie.

»Ja«, sagte er. »Das war mein Einkauf. Die hab ich eingekauft.«

»Schaff sie hier raus.«

»Die beißt doch nicht.«

»Schaff sie hier raus, verdammt noch mal.«

»Okay.« Er nahm sie, steckte sie wieder in die Tasche. »So besser?«

»Nein«, sagte sie, stand auf. »Ich will das Ding hier raus haben. Raus aus meinem verdammten Haus.«

»Sie ist zu unserem Schutz.«

»Das ist mir scheißegal«, sagte sie. »Schaff sie hier raus.«

»Glaubst du mir das mit dem Mädchen?«

»Schaff sie hier raus, oder ich ruf die Polizei.«

Er lachte. »Ach, komm, du bist betrunken.«

»Denkst du, deshalb würd ich's *weniger* tun?«

»Okay«, sagte er. »Ich muss sowieso los. Ich treff mich mit Watt.«

»Tu's nicht«, sagte sie.

»Ich will ihm nur Angst einjagen«, sagte er.

»Geh nicht.«

»Ich hab jeden Tag mit Kriminellen zu tun«, sagte Glass. »Watt ist auch nur einer. Ich schaff das schon.«

»Und was ist mit mir?«, fragte sie. »Und Caitlin?«

»Ich bin nicht lange weg«, sagte er zu ihr. »Und dir wird's

gutgehn. Dafür werd ich sorgen.« Er wollte es wirklich glauben. Er beugte sich zu ihr. Küsste sie auf die Wange. Trat zurück.

Sie schaute ihn mit schimmernden Augen an. »Ich kann so nicht leben.«

Das war nur der Alkohol.

»Nick«, sagte sie. »Das mit David tut mir leid.«

»Das weiß ich«, sagte Glass. David. Ein Typ, mit dem sie vor ungefähr einem halben Jahr zweimal geschlafen hatte. Glass wusste nicht mal seinen Nachnamen. Es sei vorbei, sagte sie. Aber es war deutlich, dass sie es nie geschafft hatte, ihn sich aus dem Kopf zu schlagen. Noch ein guter Grund, in Edinburgh zu bleiben. Wenn sie nach Dunfermline zurückgingen, war es nur zu wahrscheinlich, dass es wieder anfangen würde. Glass glaubte nicht, dass er das ein zweites Mal durchstehen konnte.

Er ging zur Arbeitsfläche, warf das Beil in die Spüle, legte das Fleisch auf einen Teller und wickelte es in Frischhaltefolie.

»Ich wollte grade Eintopf machen«, sagte Lorna, »aber da hat er angerufen.«

»Mach dir keine Gedanken«, sagte Glass. »Ich bring auf dem Rückweg Pizza mit.«

Um vier Uhr wartete Glass an der Nordmauer der Castle Esplanade mit Aussicht auf die Bucht des Firth of Forth.

In stetigen Schüben quollen Touristen aus dem Schloss. Sie wimmelten herum, plapperten in Sprachen, die Glass nicht verstand, zeigten mit den Fingern, stießen Rufe aus, liefen von einer Seite der Esplanade zur anderen, genossen die Szenerie, knipsten Fotos.

Eine einzelne fette Wolke hockte am Himmel. Kaum ein Windhauch. Atemberaubende Ausblicke. Es war wirklich scheißwunderschön.

Aber nicht das, was Glass wollte. Das Wetter war falsch.

Es hätte stürmen müssen. Blitz und Donner. Peitschender Regen. Null Sicht. Eine atonale Art Wetter, dissonante Wolken, Lichtblitze und Finsternis.

Aber so war es nicht. Die Sonne stand tiefer am Himmel, war aber immer noch kräftig. Er fühlte seine Stirn jucken und wusste, dass er einen kleinen Sonnenbrand hatte. Helle Haut. Wurde nie braun. Wie lästig, dass er eine Jacke tragen musste.

»Schön, dich wiederzusehen«, sagte eine Stimme hinter ihm.

Hörte sich bekannt an.

Die Hand in der Tasche berührte Glass die angewärmte Pistole, fuhr an dem geriffelten Griff entlang, bis er die Unterseite des Magazins berührte, glatt wie Caitlins Ellbogen.

Würde er es durchziehen können? Er musste. Keine Wahl. Mit einer Familie japanischer Touristen neben sich? 'türlich nicht. *Geh mit dem Drecksack zu 'ner abgelegenen Stelle. Zeig ihm die Kanone. Jag ihm Angst ein. Sache erledigt.*

Glass drehte sich um. Und sofort hatte er die Erklärung, woher Watt wusste, was in Mad Wills Wohnung vorgefallen war.

»Wenn du da 'ne Kanone in der Tasche hast«, sagte Watt, »dann hoffe ich, dass du sie auch benutzt. Möchte nicht, dass du hier rumeierst wie vorhin.«

Watt sah anders aus mit Klamotten an, und irgendwie bezweifelte Glass, dass sein Vorname wirklich Brad lautete. Vielleicht war das nicht mal sein Pornoname. Aber da war er. Vom Schlafzimmer zum Schloss. Und hatte mitgekriegt, wie Glass sich gerade vor kurzem zum Deppen gemacht hatte.

Was zum Teufel hatte Mafias Bruder bei Mad Will zu suchen gehabt? Okay, darauf wusste Glass die Antwort. Er drehte einen Porno. Und eigentlich war es ja nicht so erstaunlich, dass Watt und Mafia dieselben Leute kannten. Sie waren beide in Caesars Gang gewesen. Watt war's immer noch. Und Mad Will gehörte vermutlich zu Caesars Lieferanten. Die Hinweise waren alle da. Glass war ein bescheuerter Idiot. Er musste lernen aufzupassen, seinen Verstand nicht immer durch die Gegend schweifen zu lassen.

»Nimm die Hand aus der Tasche«, sagte Watt.

»Ich benutz die Kanone«, sagte Glass mit Blick zur Erde.

»Das war reine Geldverschwendung. Du hast keinen Mumm.«

»Das hier ist was anderes.« Am liebsten hätte Glass die Pistole gezogen, um ihm zu zeigen, wie groß sein Mumm war. Er stellte fest, dass Watt ebenfalls für kälteres Wetter angezogen war. Braune Wildlederjacke, ähnlich wie Glass selbst eine zu Hause hatte. Passte nicht zu der Uniformhose und den Kampfstiefeln. »Wieso haben Sie Lorna gesagt, ich hätte mit dem Mädchen geschlafen?«

Watt lachte. »Wollte nur mal sehen, wie's so steht zwischen euch. Ich glaub nicht, dass sie dich liebt, weißt du. Hat zu schnell geglaubt, dass du fremdgehst.«

»Das hat sie keine Sekunde lang geglaubt.«

»Hat sie das gesagt?« Watt grinste. »Die lügt dich an.«

»Ich sollte Sie umbringen.«

»Wieso machst du's nicht?« Watt baute sich vor ihm auf und schlug die Arme übereinander. »Na los. Knall mich ab. Mal sehen, ob du das bringst.«

»Was soll das heißen? Ich kann Sie doch nicht hier erschießen.«

»Ach, wo denn sonst? Sag's mir, dann gehen wir hin. Ich mach's dir leicht.«

Glass wusste nicht, was er sagen sollte, um ernst genommen zu werden. »Ich knall Sie ab.« Er hoffte, überzeugend zu klingen. »Sie können's mir glauben.«

»Ach nee.« Watt nahm die Arme auseinander. »Hör zu,

lassen wir den Quatsch. Vergiss dein neues Spielzeug. Bring einfach das Zeug ins Hilton, so wie Caesar es will. ’n Scheißkinderspiel.«

Glass schüttelte den Kopf. »Das kann ich nicht.«

»Aufseher werden nicht durchsucht, hab ich gehört. Du gehst überhaupt kein Risiko ein.«

»Natürlich geh ich ein Risiko ein«, sagte Glass. »Wir können jederzeit durchsucht werden. Ihre Informationen sind falsch.«

Watt schaute ihn an.

Glass fasste die Pistole fester. Es *gab* ein Risiko. Was wusste dieses Arschloch schon? Aufseher wurden selten abgetastet, aber es kam vor. Dazu war die Gefängnisleitung jederzeit berechtigt.

Und auf keinen Fall würde Glass sich irgendwas in den Arsch schieben.

»Na schön«, sagte Watt. »Vielleicht gibt’s ein Risiko. Aber das ist wohl kaum zu vergleichen mit dem, was dir passiert, wenn du mich erschießt. Und wenn du mich erschießt, dann wirst du gefasst. Garantiert. Du hast mir doch diese netten Polizisten auf den Hals gehetzt. Ehrlich gesagt, bin ich deswegen ziemlich sauer auf dich.«

»Super«, sagte Glass. Das war gut zu wissen. Fühlte sich an wie ein kleiner Sieg, und jede Art Sieg war ihm im Moment willkommen.

»Eigentlich nicht. Ziemlich dumm von dir, genau genommen. Wen werden sie jetzt verdächtigen, wenn ich auf einmal tot bin?«

»Woher soll ich wissen, dass Sie nicht weitermachen?«, fragte Glass. »Woher soll ich wissen, dass damit Schluss ist, wenn ich den Stoff reinschmuggle?«

»Kannst du nicht. Aber ich mach nur, was Caesar mir aufgetragen hat. Wenn der Job erledigt ist, bin ich aus dem Spiel. Du siehst mich nie wieder.«

»Und wieso sollte ich das glauben?«

»Weil ich nicht umsonst arbeite«, sagte Watt. »Ich hab meine Grundsätze. Egal wie viel Spaß die Arbeit macht.«

Glass zögerte. Möglicherweise sagte Watt die Wahrheit. »Wenn ich's mache, dann lassen Sie Lorna und Caitlin in Ruhe?«

»Mein Wort drauf«, sagte Watt. »Pfadfinderehrenwort.«

Na sicher. »Schwören Sie auf das Leben Ihres Bruders.«

Watts Miene verdüsterte sich. »Was hat denn der damit zu tun?«

»Schwören Sie auf Mafias Leben.«

Watt zuckte die Achseln. Dann lachte er. »Okay«, sagte er. »Wenn dir so viel dran liegt.«

»Sagen Sie's.«

»Ich schwöre.«

»Wenn Sie lügen«, sagte Glass, »dann bringe ich Sie um. Das verspreche ich Ihnen. Und danach geh ich direkt zur Polizei und stelle mich.«

»In Ordnung«, sagte Watt. »Wenn wir das Schmierentheater damit hinter uns haben, kann ich dir dann die Ware geben?«

Und entgegen Glass' Erwartung zog Watt ein Paket aus der Jackentasche und reichte es ihm. Einfach so. Am helllichten Tag und vor Dutzenden von Leuten.

Glass nahm es. Das Paket war in Goldpapier eingeschlagen wie eine Tafel Schokolade. Auf der Außenseite klebte ein Umschlag. »Das ist es?«, fragte er.

»Das ist es«, sagte Watt.

»'n bisschen unhandlich.«

Watt seufzte. »Mach's auf, wenn du zu Hause bist.« Er drehte sich um und sagte: »Und sei vorsichtig mit der Kanone. Wir wollen ja nicht, dass noch ein Unglück passiert.«

Glass zuckte zusammen, als ein greller Schmerz ihn von hinten traf. Es fühlte sich an, als hätte ihm jemand etwas Scharfes in die Schulter gerammt. Aber da war nichts.

Watt zwinkerte.

Glass zog die Hand aus der Tasche, rieb sich die Schulter. Einfach nur ein Nerv, der verrücktspielte, ein Muskelkrampf, irgendwas in der Art.

Um halb elf saß Glass allein vor dem Fernseher.

»Ich hoffe, Curry ist okay«, hatte er zu Lorna gesagt, als er zurückgekommen war. »Hab Caitlin ein Korma mitgebracht. Hatte keinen Bock auf Pizza.«

»Egal. Hauptsache, es saugt den Alk auf. Wie isses gelaufen?«

Glass erzählte ihr, dass die Bullen bei Watt gewesen waren. »Er hat's kapiert.«

»Und das war's? Wir brauchen uns keine Sorgen mehr zu machen?«

»Überhaupt keine. Er wird uns nicht wieder belästigen.«

»Und bist du die Kanone losgeworden?«

»Hab sie in den Gully geworfen.« Er wurde langsam besser im Lügen. Er hatte die Pistole in einer alten Schokoladenkeksdose ganz unten in einer Teekiste in der Garage versteckt.

»Nimm mich in den Arm.« Sie lehnte sich ihm entgegen.

Er roch sie. Saurer Wein gemischt mit etwas Süßerem. Er schloss sie in die Arme. Sie war warm.

»Tut mir leid wegen vorhin«, sagte sie.

»Schon gut«, sagte er.

Caitlin erschien in der Tür.

»Hey, Baby«, sagte Lorna. »Komm her zu uns.«

Mo, ihren Lieblingsteddy, in der Hand kam Caitlin durchs Zimmer getappst. Mit weit ausgebreiteten Armen stürzte sie sich so stürmisch auf Glass und Lorna, dass Lorna einen Schritt zur Seite machen musste.

»He«, sagte Lorna. »Du wirfst mich ja um.«

»Das war Mo«, sagte Caitlin kichernd. Sie drückte ihre

Wange an Glass' Knie. »Seid ihr jetzt glücklich?«, fragte sie.

»Ja, mein kleines Baby«, sagte Glass. »Wir sind jetzt glücklich.«

Ein paar Stunden später war Glass sich allerdings nicht mehr so sicher mit dem Glücklichsein. Er stand auf, schaltete den Fernseher aus. Musste sich für die Arbeit am Morgen fertig machen.

In der Küche schmierte er sich zwei Käsesandwiches. Wickelte sie in Folie. Legte sie in eine Plastikdose.

Dann lief er in die Garage. Holte Watts Paket aus dem Kofferraum des Autos. Er riss den Umschlag von der Hülle und öffnete ihn. Ein Bündel Zwanzig-Pfund-Noten. Er zählte sie. Dreihundert Pfund. Ihn zu bezahlen, hielt Caesar wohl für witzig. Die blöde Sau.

Fürs Erste steckte Glass das Geld in sein Portemonnaie. Öffnete die Schachtel.

Sie war mit Beuteln mit braunem Pulver gefüllt. Ein paar Dutzend.

Das Wasser lief ihm im Mund zusammen. Es war, als wäre er am Verhungern und die Beutel enthielten Essen. Sein Bauch schmerzte von einer Leere, die gefüllt werden musste, und die passende Lösung hatte er direkt vor sich.

Nimm was. Dann hört der Schmerz auf.

Er schüttelte den Kopf, schluckte.

Nimm was. Dann hört der Schmerz auf.

»Glaub ich nicht«, sagte er laut mit zitternden Händen.

Willst du nichts?

»Warum sollte ich?«, sagte er und bündelte die Beutel zu zwei Stapeln à sechs. Wickelte sie in Folie. Legte sie in seine Frühstücksdose. »Wieso sollte ich?«, fragte er noch einmal.

Wenn du's rauchst, braucht es sieben Sekunden, bis es im Gehirn ankommt. Und dann streichelt dich Gott von innen.

»Ich rühr das Zeug nicht an.«

Vertreibt alle deine Sorgen, deine Ängste. Macht, dass du dich sicher und beschützt fühlst.

»Ich fühl mich lieber so.«

Ein warmes, intensives Glühen tief drinnen im Bauch. Lust strahlt in deinen ganzen Körper aus.

»Nein. Nicht.«

Spürst du's?

Er spürte es.

Ein kleiner Zug konnte vielleicht nicht schaden. Er konnte alle Unterstützung gebrauchen, die er kriegen konnte.

SONNTAG

Er hasste es, sonntags arbeiten zu müssen. Hatte es bisher erst ein Mal getan, aber die Zeit war noch langsamer verstrichen als normalerweise. Er konnte an nichts anderes denken als daran, wie viel lieber er zu Hause gewesen wäre. Selbst mit der neu installierten Alarmanlage und den Schlössern an den Fenstern und den Ketten an den Türen ließ er Lorna und Caitlin nicht gern allein. Er tröstete sich jedoch mit dem Gedanken, dass Watt keinen Grund mehr hatte, in ihre Nähe zu kommen.

Überhaupt keinen Grund mehr, jetzt, wo Glass das gebunkerte Heroin ins Hilton brachte.

Als er am Pförtner vorbeikam, sagte er Hallo zu den Jungs.

Crogan, einer der älteren und freundlicheren Aufseher, sagte: »Du bist ja früh dran. Man soll's nicht übertreiben, weißt du.«

Glass sagte: »Hab nicht dran gedacht, wie leer die Straßen sein würden.«

Crogan knurrte. »Sonntagsverkehr.«

Ein Vertrauenshäftling, Donald Moore, hatte Dienst und brachte Crogan und Aitken, einem anderen Aufseher, gerade Tee. »Wollen Sie einen?«, fragte er Glass.

Glass schüttelte den Kopf. Er wollte sich hier nicht lange aufhalten. Und schon gar nicht wollte er sich mit dem Vertrauenshäftling unterhalten. Manche von denen nahmen es genauer als die Aufseher. Wollten ihren Job *richtig* machen. Wobei es da eigentlich nicht viel falsch zu machen gab.

»Komm schon«, sagte Crogan. »Trink 'ne Tasse Tee. Ist ja nicht so, dass du keine Zeit hättest.« Er bot Glass seinen Becher an.

»Milch und Zucker?«, fragte Glass.

»Ist dein Glückstag heute.«

Glass nahm den Becher, nickte Crogan und Moore dankend zu. Der Vertrauenshäftling schaute Crogan an, und der Blick, mit dem Crogan zurückschaute, genügte, damit Moore einen weiteren Becher holen ging.

Es war genau das, was Glass nicht brauchen konnte. Er wollte so schnell wie möglich durch den Metalldetektor und auf die Häftlingsseite kommen. Es hinter sich bringen.

Normalerweise ging er einfach durch zum Umkleideraum. Nichts dabei. Aber er sah schuldbewusst aus. Das wusste er. Er war darauf gefasst, dass Crogan und Aitken sehen konnten, wie er schwitzte. Der Tee war kochend heiß, was es noch schlimmer machte. Seine Achselhöhlen waren klitschnass. Er spürte den rauen, kalten Stoff seines Hemds an seiner Haut reiben. Spürte, dass sein Haaransatz feucht war. Er umklammerte fest seine Tasche. Dieselbe Tasche, die er immer mit hineinnahm. Dieselbe Tasche, die sie durchsuchen konnten, wann sie wollten, es aber nie taten. Bis jetzt jedenfalls.

Noch ein Schluck. Goss sich etwas übers Kinn. Tat so, als wäre nichts. Ließ es brennen, bis es verdampfte.

Alles, was sie finden würden, waren Sandwiches.

Es würde gutgehen.

»Geht's dir gut?«, fragte Crogan.

»Super«, sagte Glass. *Scheiße. Crogan wusste Bescheid.*

»Du hast da 'nen Tropfen Tee.« Crogan zeigte auf sein Gesicht.

»Danke.« Glass wischte sich das Kinn mit dem Handrücken ab. »Doch, mir geht's gut. Könnte gar nicht besser gehen.«

»Der Gedanke an manche von den Wichsern, mit denen man hier arbeiten muss«, sagte Aitken, »der reicht schon, dass man sich scheiße fühlt.«

Glass war sich nicht sicher, ob Aitken die Aufseher meinte oder die Gefangenen. Aber er war dankbar für das Mitgefühl. »Es geht mir gut«, sagte er noch einmal.

»Fox kriegt schon noch seine Quittung«, sagte Crogan.

Niemand konnte Fox leiden. Okay, niemand außer Ross. »Kein Fan von ihm?«, fragte Glass.

Crogan senkte die Stimme. »Nur unter uns. Und Aitken.« Der Vertrauenshäftling kam zurück und reichte Crogan einen dampfenden Becher. »Und Moore hier. Unter uns, was Fox mal braucht, ist 'ne ordentliche Abreibung.«

»Und ob«, sagte Moore. »Dem Arsch muss mal einer in den Arsch treten.«

»Genau«, sagte Crogan. »Fast so mies wie Caesar.«

Glass' Stirn wurde eiskalt. Wie kam Crogan auf Caesar? War das nur Zufall? Oder wusste er etwas? »Bist du mit Caesar aneinandergeraten?«

Crogan lachte. »Ein- oder zweimal. Wer lange genug hier arbeitet, gerät mit ihm aneinander.« Er seufzte. »Aber das ist jetzt alles vorbei. Ich sitz hier im Torhaus bis zur Pensionierung. Brauche den Wichser nie mehr zu sehen. Und darüber bin ich echt scheißfroh.«

Es hörte sich aufrichtig an. Vielleicht ließ er ja nur Dampf ab. Sah jedenfalls nicht so aus, als wollte er das Thema weiter strapazieren.

»Ich geh jetzt wirklich besser los«, sagte Glass und reichte Moore seinen Becher.

»Du hast doch nur zweimal genippt«, sagte Crogan.

Glass schaute auf seine Uhr. »Ich brauch ein paar Minuten, um mich seelisch einzustimmen.«

»In Ordnung«, sagte Crogan. »Kein Problem. Aber kannst jederzeit auf 'n Plausch vorbeikommen, hörst du?«

Glass stand auf, trat vor und ging mit zitternden Beinen durch den Metalldetektor.

Genau wie an jedem anderen Tag.

Sie verdächtigten ihn nicht. Er war viel zu normal, viel zu langweilig, viel zu wenig abenteuerlustig, um Drogenkurier zu sein. Viel zu *ängstlich*, um Drogenkurier zu sein.

Erst als er im Umkleideraum angekommen war, atmete er wieder normal.

Eine Minute lang hatte er gedacht, Crogan wüsste, dass was faul war, hatte gedacht, er sei reingelegt worden. Dass Caesar das alles nur arrangiert hatte, damit Glass rausfliegen würde. Aber nein, Caesar hatte Besseres zu tun. Und außerdem wollte er seine Drogen.

Außer ihm war noch niemand im Umkleideraum. Noch zu früh für die nächste Schicht.

Glass zog sich hastig um, legte seine Uniform an. Verteilte die in Folie verpackten Heroinbündel auf seine zahlreichen Taschen. Fühlte sich vollgestopft an, aber wahrscheinlich würde niemand etwas merken. Er nahm das Geldscheinbündel aus seinem Portemonnaie und steckte es in die Tasche.

Er war bereit. Jetzt gab es kein Zurück mehr.

Glass wollte nicht direkt in Caesars Zelle spazieren. Möglicherweise machte der gerade wieder was Unanständiges mit Jasmine. Aber anklopfen konnte Glass nicht. Er schaute also durch das Schiebefenster. Sah Caesar auf seinem Bett. Allein. Jasmine lag auf der oberen Koje. Beide blickten ihn direkt an, als wüssten sie, dass er auf der anderen Seite der Tür stand.

Glass steckte den Schlüssel ins Schloss, öffnete die Zellentür.

Caesar stand schon. »Und?«

Glass leerte seine Taschen und warf die Folienpäckchen auf den Tisch.

Caesar griff nach einem und packte es aus.

»Hallöchen!« Jasmine beugte sich über die Kante ihrer Koje. »Oh, mein süßer Officer Glass. Ich freu mich so, dass ich Ihnen einen blasen könnte.«

»Jetzt lass dich mal nicht von seinem neuen Ruf blenden, du Schlampe«, sagte Caesar.

Glass schaute ihn an.

»Hab gehört, du hättest mit Mafia im Bagger gefickt«, erklärte Caesar.

»Aber Officer«, sagte Jasmine schmollend.

Glass zog die Geldscheine aus seiner Tasche. Warf sie Caesar hin. »Ich will dein Scheißgeld nicht.«

»Liegt bei dir«, sagte Caesar. »Aber ich finde auch, dass du bezahlen solltest, was du dir genommen hast.«

Glass hatte die Päckchen neu aufgeteilt. Caesar konnte das unmöglich gemerkt haben, ohne ihren Inhalt abzuwiegen. »Ich hab nichts genommen.«

»Es ist zu leicht.«

»Das ist alles, was ich bekommen habe.«

»Ach ja?«, sagte Caesar. »Mir macht's nichts aus, wenn du ein bisschen für dich selber abzweigst. Schon gar nicht, wenn du nicht bezahlt werden willst. Aber glaub nicht, du könntest mich bestehlen. Wenn ich höre, dass du dealst …«

»Ich würd niemals …«

»Genau. Niemals. Und noch eins«, sagte Caesar. »Die nächste Lieferung kommt Dienstag in 'ner Woche. Gleiche Stelle, gleiche Zeit.«

»Auf keinen Fall«, sagte Glass. »Ich kann nicht.«

»Du hast Nachtdienst in der Woche. Natürlich kannst du. Sollte sogar noch einfacher sein.«

Später, während der Stunde Umschluss nach dem Abendessen, kam Mafia vor dem Fernsehraum auf Glass zu.

»Sind Sie das, Officer Glass?«, fragte er.

Manchmal dachte Glass, Mafia müsse simulieren. Es war doch nicht möglich, dass jemand so blind war, zumal mit Brille. Aber irgendjemand musste Mafias Krankenakte ja gesehen haben, bevor ihm gestattet wurde, rund um die Uhr eine Sonnenbrille zu tragen.

»Ich bin's, ja«, murmelte Glass.

»Haben Sie ein paar Minuten übrig?«, murmelte Mafia.

»Um was geht's?«

»Will nur reden«, sagte er.

»Okay«, sagte Glass. »Deine Hütte?«

»Nee, da werden wir gesehen. Dann gibt's Tratsch. Es gibt so schon genug Tratsch. Wo könnten wir ein bisschen Privatsphäre haben?«

»Das ist 'n Gefängnis hier«, sagte Glass. »Da ist Privatsphäre nicht vorgesehen.«

»Danke für den Hinweis«, sagte Mafia. »Schon Experte, und dabei sind Sie erst wie lange hier? Sechs Wochen?«

»Sieben.«

»Entschuldigung. Die eine Woche mehr reißt natürlich alles raus.«

»Ich weiß, wo wir hingehen können.« Glass ging voraus, und Mafia folgte und trat ihm in die Ferse. Er entschuldigte sich, aber Glass hatte das Gefühl, es sei Absicht gewesen.

Der Unterrichtstrakt bestand aus vier Klassenräumen. Heute war nur einer besetzt.

Glass führte Mafia zu dem Raum ganz am Ende. Er rasselte mit seinem Schlüsselbund. Fummelte nach dem richtigen Schlüssel. Schloss auf.

Drinnen wehte ein kalter Zug in den Raum. Die Fenster standen offen, waren aber vergittert wie alle Fenster im Gefängnis.

Glass ging hinüber, schloss das eine Fenster, dann das andere.

Auf die Flipchart-Tafel hatte jemand mathematische Gleichungen geschrieben, die Glass nichts sagten. Er hatte Englisch immer lieber gemocht. Er war gut in Englisch gewesen. Hatte Spaß an Wörtern. Hatte vorgehabt, Englisch an der Universität zu studieren. Oder Musik vielleicht. Wenn er ein bisschen mehr Gitarre geübt hätte.

Mafia nahm seine Sonnenbrille ab.

»Was soll das denn?«, fragte Glass.

»Kommen Sie her«, sagte Mafia, »ich kann Sie nicht sehen.« Glass ging zu ihm. Blieb einen halben Meter vor ihm stehen.

»Darf ich?«, fragte Mafia. Er streckte die Hand aus, berührte Glass am Kinn.

Es fühlte sich seltsam an, von den Fingern des Mannes berührt zu werden, aber Glass blieb stehen und sah zu, wie Mafias Augen in den Höhlen hin- und herschossen.

Mafia zeichnete den Umriss seines Kinns nach, hob dann die Hand an Glass' Wange.

Dann:

Wamm.

Aus heiterem Himmel.

Glass torkelte zurück, Blutgeschmack im Mund. Er stieß gegen eine Tischkante und ging fast zu Boden. Hatte das Gefühl, als hätte er sich auf die Zunge gebissen, aber das Blut kam aus seiner Unterlippe. Sie schwoll schon an, schmeckte nach rohem Fleisch. Er machte sich auf einen zweiten Schlag gefasst, aber Mafia hatte sich nicht gerührt.

»Das kann ich nicht durchgehen lassen«, sagte Glass. Dieser blöde Wichser. Wieso hatte er das gemacht? Das konnte Glass wirklich nicht durchgehen lassen. Sich von einem Häftling schlagen zu lassen, ohne es zu melden, war nicht möglich. Nicht mal, wenn es sich bei dem Häftling um Mafia handelte. Und selbst wenn es so war, nach dem, was Mafia gerade getan hatte, war es Glass egal. Mafia verdiente, was ihn nun erwartete. Was war denn nur mit ihm los, verdammte Kacke?

»Sie können's durchgehen lassen, wenn Sie wollen«, sagte Mafia.

»Das gibt 'ne Meldung«, sagte Glass. »Die machen dich fix und alle hier.«

»Wow«, sagte Mafia. »Schon den ganzen Slang drauf, was?« Er hielt inne und schüttelte den Kopf. »Vielleicht würd's den Direktor ja interessieren, dass Sie Drogen für Caesar reinschmuggeln.«

Aus dem Nichts kroch Kälte in Glass' Körper hoch. Zuerst hinten an den Beinen, hinter den Knien, dann die Beine aufwärts und ins Rückgrat, bis er sie im Nacken fühlen konnte. »Ich fass es nicht, dass Caesar dir das erzählt hat«, sagte er. Er spuckte einen Mundvoll Blut aus. Ein Faden blieb an seiner Oberlippe hängen. Er wischte ihn mit dem Handrücken weg.

»Hat er auch nicht.«

»Wer dann?«

Mafia rieb seine Handknöchel. »Mein Drecksack von kleinem Bruder. Hat mich extra angerufen.«

Watt war eine totale Mistsau. Wieso konnte ihn der Wichser nicht in Ruhe lassen?

»Na«, sagte Glass, »vielleicht hat er ja auch erklärt, was *er* gemacht hat.«

»Ist mir egal.«

»Dein Bruder hat mich bedroht.«

»Ist mir egal. Ich bin nicht für ihn verantwortlich.«

»Meine Familie bedroht.«

»Ist mir egal, verdammt noch mal!«, schrie Mafia.

»Ja, aber mir nicht!«, schrie Glass zurück.

»Sie dürfen das nicht.«
»Ist schon passiert.«
»Dann machen Sie's nicht noch mal.«
»Was bleibt mir denn übrig? Dein Bruder wird meiner Frau was antun. Oder, Gott bewahre, Caitlin.«
Mafia sagte nichts.
»Er wird's tun, nicht?«, fragte Glass. »Er blufft nicht.«
Mafia zuckte die Achseln.
»Er ist dein Bruder«, sagte Glass. »Sag mir, ob ich recht habe. Ich bring meine Familie nicht in Gefahr.«
Mafia sagte immer noch nichts.
»Wieso ist das so schwer? Sag mir die Wahrheit.«
»Und deshalb haben Sie sich die Kanone angeschafft?«
Glass antwortete nicht.
»Gehen wir«, sagte Mafia.
»Denk ich auch.« Glass nickte. »Nur eins noch.«
»Ja?« Mafia drehte sich um, und Glass verpasste ihm ordentlich eine aufs Kinn.

TEIL 2
KONFABULATION

MONTAG, 16. NOVEMBER 1992

»Nichts, worüber Sie sprechen möchten?«

John Riddell hatte immer noch diesen komischen milchigen Geruch an sich. Und ein bisschen säuerlich war er auch. Glass rief sich in Erinnerung, dass Riddell zu der Sorte Männer gehörte, die nicht ein einziges Foto hatten, das sie auf ihren Schreibtisch stellen konnten. Nur diesen leeren Rahmen.

Glass sagte: »Ich hab nicht mehr zu sagen als beim letzten Mal, als ich hier war.«

»Erzählen Sie mir von Ihrer Arbeit.«

»Wie meinen Sie das?«

Riddell kratzte sich an seinem Spitzbart. »Gefällt sie Ihnen jetzt besser?«

»Sie ist in Ordnung.«

»Aber tun Sie sie gern?«

Glass lehnte sich in seinem Sessel zurück. »Wenn nicht, was würde das ändern?«

Riddell beugte sich vor. »Ich kann nicht ganz folgen.«

»Ich muss hier arbeiten, ob's mir gefällt oder nicht.«

Riddell tippte mit dem Radiergummiende seines Bleistifts auf seinen Notizblock. Heute kein Kugelschreiber. Vielleicht verschrieb er sich zu oft. »Möglicherweise könnte es helfen, wenn Sie mit mir über das sprechen würden, was Ihnen Kummer macht.«

»Ich hab nicht gesagt, dass mir irgendwas Kummer macht.«

»Sie fragten ...«

»... was es ändern würde«, sagte Glass. »Einfach nur so.«

Riddell trommelte mit seinem Bleistift auf den Schreibtisch. »Ihre Arbeit gefällt Ihnen also?«

»Ich hatte schon bessere.«

Ein Funken Interesse in Riddells Augen. »Und zwar?«

»Hab in 'nem Kino gearbeitet. Das mit dem Essen- und Getränkeverkaufen hat mir nicht so gefallen, aber damit verdienen sie das meiste Geld. Allerdings Kino umsonst. Das war gut. Ich mag Filme.«

»Und wieso haben Sie dann aufgehört?«

Und dabei sollten Psychiater doch angeblich gescheit sein. »Geld«, sagte Glass. »Wir kriegen hier nicht viel, aber doch 'ne verdammte Menge mehr als 'n Kartenabreißer.«

»Abgesehen vom Kino, haben Sie noch woanders gearbeitet?«

Hatte er natürlich. Aber im Augenblick konnte er sich nicht erinnern, wo. Ihm war auf einmal ganz heiß, und er war sich sicher, dass es damit zusammenhing. Bei dem Versuch, sich zu erinnern, wurde ihm übel. Und dann urplötzlich war er wieder okay. Die Bäckerei. Wo er Lorna kennengelernt hatte. Aber das brauchte Riddell nicht zu wissen.

»Nein«, sagte Glass. »Andere Jobs hatte ich nicht.«

Riddell schien sich indessen zu freuen, dass er eine Antwort erhalten hatte. Bohrte nach. »Würden Sie sagen, Sie haben sich jetzt eingewöhnt?«

Glass zuckte die Achseln. »Ich weiß, wie's läuft.«

»Und Ihre Kollegen?«

»Die meisten scheinen auch zu wissen, wie's läuft.«

»Nein, ich meine, wie kommen Sie mit ihnen aus?«

»Hören Sie«, sagte Glass. »Die meisten von denen sind Arschlöcher. Ich weiß das. Sie wissen das. Und die wissen's auch. Aber es hat keinen Sinn, wenn ich hier rumsitze und Ihnen davon erzähle.«

»Wieso nicht?«

»Weil sie dadurch nicht aufhören, Arschlöcher zu sein.«

Riddell ließ das eine Weile sacken. Dann sagte er: »Was haben sie getan?«

»Wie meinen Sie das?«

»Was haben sie Ihnen getan? Wieso sind sie Arschlöcher?«

»Sie sind einfach Arschlöcher. Das müssen Sie doch wissen. Sie reden doch auch mit denen.«

Eine weitere Pause. »Und Sie möchten nicht darüber sprechen?«

»Sie haben's erfasst.« Für 'nen Seelenklempner passte Riddell nicht gerade gut auf.

Riddell lächelte. »Das mögen Sie denken.«

»Und ob.«

»Aber das heißt nicht, dass Sie recht haben.«

»Sollte nicht ich das beurteilen?«

»Natürlich«, sagte Riddell, »ich wollte lediglich …«

»Zeit zu gehen«, sagte Glass. »Ich hab was Wichtigeres zu tun.«

»Wir haben noch eine Menge Zeit, Nick.«

»Sie hören mir nicht zu, *John*«, sagte Glass. »Versuchen Sie's mal. Sie würden vielleicht staunen, was Sie dann erfahren.«

DIENSTAG

Eines Tages vor ungefähr zehn Jahren hatte Sandy »Headcase« Harris für sich in einer Kneipe in Falkirk gesessen und getrunken. Er trank gern für sich in Kneipen. Er war der letzte Gast, und der Barkeeper war allein, da es ein typisch ruhiger Montagabend war.

Der Barkeeper bat Harris höflich, auszutrinken.

Harris wollte nicht. Allerdings sagte er das nicht. Stattdessen packte er eine Bierflasche am Hals, zerschlug sie an der Kante des Tresens und rammte sie dem Barkeeper tief in die Kehle.

Der verblüffte Barkeeper wusste nicht, was er tun sollte. Er machte den Fehler, das Glas herauszuziehen. Blut sprudelte über den Bartresen, ergoss sich über die frisch gewaschenen Gläser und den Fußboden. Während der Barkeeper nach Luft rang, sprang Harris über den Tresen, drängte sich hinter den Barkeeper und fixierte ihn mit einem Ringergriff.

Harris legte den Barkeeper über den Tresen. Dann vergewaltigte er ihn.

Als Harris fertig war, war der Barkeeper tot.

Harris holte sich noch eine Flasche, setzte sich wieder hin und trank sie aus. Danach trank er noch zwei weitere.

Dann, in aller Seelenruhe und ohne dass er sich im mindesten angetrunken anhörte, wählte er die Notrufnummer und erklärte, was er getan hatte.

Als die Polizei ankam, war er gerade dabei, eine Tüte Erdnüsse aufzuessen.

Alle im Hilton kannten die Geschichte. »Headcase« Harris erzählte gern davon, und dabei lächelte er.

Deshalb hoffte Glass, dass es nichts mit Harris zu tun hatte, als ihm gesagt wurde, er werde im Bagger gebraucht.

»Er braucht Bewegung«, sagte McDee. »Ist sein gutes Recht. Wir dürfen ihm seinen Rundgang im Hof nicht verweigern.«

»Will ich ja gar nicht bestreiten«, sagte Glass. »Aber wieso muss *ich* mit ihm gehen?«

»Du bist der einzige Aufseher, der verfügbar ist«, sagte Fox.

Glass starrte ihn an. »Das darf doch nicht wahr sein.«

»Tut mir leid, Crystal«, sagte Fox. »Ich würd dich nicht anfordern, wenn's nicht nötig wäre.«

Sie dachten also, er hätte Angst. Zweifellos hatten sie eine Ewigkeit überlegt, wer der gefährlichste Sträfling im Hilton war, und nahmen an, dass allein der Ruf von »Headcase« Harris Glass in eine winselnde Memme verwandeln würde.

Na schön, Glass würde es ihnen zeigen. »Okay«, sagte er. »Kein Problem.«

»Gut«, sagte McDee. »Er muss an dich angeschlossen werden. Ist das okay?«

»In Ordnung«, sagte Glass. »Warum nicht?«

Mit Handschellen an Harris gefesselt zu werden, war natürlich das Letzte, was er sich wünschte. Es war schon schlimm genug, sich in der Nähe von einem Irren wie Harris aufzuhalten, aber noch schlimmer war es, dass man nicht ruck-zuck abhauen konnte, wenn der Verrückte verrücktspielte. Andererseits musste Harris ja schon früher ausgeführt worden sein, und soweit Glass wusste, war niemand dabei zu Schaden gekommen.

»Und, wo ist er?«, fragte Glass.

Fox blieb, wo er war, während McDee Glass durch den Trakt zu der vorletzten Zelle führte. »Da wären wir«, sagte McDee.

Fox sprach ins Funkgerät, wenn Glass auch nicht hören konnte, was er sagte. Schien allerdings was zu lachen zu haben. Hatte wahrscheinlich Ross einen dreckigen Witz erzählt. Sie war kein bisschen weniger schlimm als er. Es hätte Glass nicht gewundert, herauszufinden, dass sie miteinander bumsten, dass sie sich einen Dreck um ihre Familien scherten. Ja, beide waren verheiratet und hatten Kinder.

McDee öffnete die Zellentür.

Der Gestank traf Glass zuerst. Nicht der übliche Mief. Nein, das hier war ein Pesthauch, der die Sinne betäubte. Er zuckte so heftig zusammen, als hätte ihm jemand einen Schlag versetzt.

Aber da bewegte sich nichts, nichts jedenfalls, was einem Schläge versetzte. Nur das Ding, das in der Ecke des Raums kauerte. Mit Federn bedeckt. Federn in den Haaren, im Gesicht, am ganzen Leib. Federn überall auf dem Fußboden, und ein Stück davon weg etwas, das mal ein Kissen gewesen sein musste, bevor es ausgeweidet worden war.

Das Ding war ein Mensch. Es hatte Augen, Gliedmaße. Aber es war das seltsamste menschliche Wesen, das Glass je gesehen hatte.

Er legte die Hand über die Nase. Der Gestank kroch durch die Finger in seine Nüstern. Und dann wurde ihm klar, wieso die Federn an Harris' Körper klebten.

Glass würgte. Das durfte doch nicht wahr sein.

Aber das war es. Der Geruch war unverkennbar, egal wie gern Glass geglaubt hätte, es sei nur sein voller Nachttopf.

Die verrückte Sau war von Kopf bis Fuß mit Scheiße beschmiert.

Tränen stiegen Glass in die Augen. Er blinzelte sie weg. »Das ist nicht witzig«, sagte er zu McDee.

Glass hörte, wie Fox durch den Korridor zu ihnen gelaufen kam.

»Ist auch nicht so gedacht«, sagte McDee. Er stand ein Stück vor der Tür, die Hand vor Nase und Mund gelegt.

»Gottverdammich«, sagte Fox. »Hier riecht's ja streng.«

»Das hat mit 'nem Scherz nichts mehr zu tun«, sagte Glass.

»Lacht irgendwer?«, fragte Fox. »Der Häftling braucht Bewegung.«

»Aber nicht so«, sagte Glass. »In diesem Zustand führ ich ihn nirgendwohin.«

Fox schaute McDee an. »Dann meld das lieber dem Oberaufseher«, sagte er. Dann zu Glass: »Shaw wird nicht allzu erfreut sein über dich.«

»Was hat denn Shaw damit zu tun?«

»Er ist derjenige, der dich für den Job vorgeschlagen hat.«

Glass bezweifelte das. »Wieso schikaniert ihr mich?«

»Niemand schikaniert dich«, sagte McDee. »Ich hab Harris gestern ausgeführt. Fox hat ihn am Tag davor ausgeführt. Wir können dir die Belege zeigen, wenn du willst.«

»Gehört zum Job, Glass«, sagte Fox. »Wenn du's nicht machen willst, dann kündige doch.«

Glass wünschte, das wäre möglich gewesen. »Spritzt ihn zuerst ab«, schlug er vor.

»Nee«, sagte McDee. »Würden wir ja gerne machen, aber das ist gegen die Vorschrift. Auch Häftlinge haben Rechte, wie du weißt.«

Glass trat in die Zelle, der Gestank wurde immer stärker.

»Headcase« Harris schaute zu ihm hoch; seine Augen wirkten strahlend weiß gegen seine Do-it-yourself-Sonnenbräune.

Glass hätte ihn am liebsten beschimpft. *Stinkende Sau, ekelhafter Wichser.* Etwas anderes fiel ihm nicht ein. Aber er durfte nichts sagen. Dieser scheißeverkrustete, gefederte Irre gehörte nicht zu denen, die sich so was gefallen ließen. Bei der ersten sich bietenden Gelegenheit würde er Glass kaltmachen. Vielleicht ihn danach noch durchficken. Und die Gelegenheit würde sich schon sehr bald bieten.

»Zeit für den Rundgang«, sagte Glass.

»Regnet es?«, wollte Harris wissen.

Seine Zähne wirkten so weiß wie seine Augen. Er hatte Scheiße auf den Lippen. Er hatte seine Sache verdammt gründlich gemacht.

»Knochentrocken«, sagte Glass. Es kam ihm wieder hoch. Schluckte. Schluckte weiter. Er produzierte massenhaft Speichel. »Wieso hast du das mit dir gemacht?«

»Och«, sagte Harris und drehte den Kopf. »Ich hätt gar nicht gedacht, dass das jemand auffällt.«

Glass zuckte die Achseln. »Ich stecke voller Überraschungen.«

Harris musterte ihn, grinste dann. »Die Wichser wollten meinen Eimer nicht leeren«, sagte er. »Hat hier schon 'ne Woche lang rumgestunken. Und da hab ich ihn selber ausgeleert. Man gewöhnt sich übrigens an den Geruch.« Er streckte den Arm aus. »Leg mir die Armbänder an. Ich kann's gar nicht abwarten, mit dir zu kuscheln.«

Glass wollte sich überzeugen, dass man ihn nicht angelogen hatte. »Bist du gestern ausgeführt worden?«, fragte er Harris.

»Werd immer ausgeführt. Muss sein«, sagte Harris. »Ich hab Rechte.«

Natürlich. Er hatte Rechte. Glass nickte. Fox und McDee hatten ihn nicht angeschmiert.

Der Hof für den Rundgang maß etwa dreieinhalb mal dreieinhalb Meter. Er war ringsum von Mauern umgeben.

McDee und Fox standen am Eingang und sahen zu, wie Glass praktisch Hand in Hand mit Harris seine Runden drehte.

Glass war also der einzige verfügbare Aufseher, was? Er hatte gewusst, dass das gelogen war. Die Wichser waren gekommen, um zu feixen. Sie schienen das irre komisch zu finden. Na schön, sollten sie.

In Wirklichkeit machte sich Glass mehr Sorgen wegen Harris als wegen seiner Blödmänner von Kollegen. Vorläufig benahm Harris sich allerdings. Summte ein Liedchen, etwas, das Glass nicht erkannte, und auf seiner Schulter flatterten ein paar Federn in der Brise.

Mit jeder Runde jedoch fand Glass es zunehmend schwieriger, nicht gegen ihn zu stoßen. Nicht nur dass Glass keine Kacke an seine Uniform kriegen wollte, es war auch so, dass Harris barfuß war und möglicherweise schon in einen mörderischen Amok ausrastete, wenn Glass ihm auf die Zehen trat. Er hatte schon für weniger einen Mann umgebracht.

Glass wollte die Sache bloß hinter sich bringen. Der Geruch war erträglich, weil sie draußen waren, aber er konnte spüren, dass er ihm in den Kleidern hing, in Haut und Haare drang.

Weitere Aufseher gesellten sich zu Fox und McDee. Zuerst Ross, dann MacPherson, dann, noch bevor er zwei weitere Runden gedreht hatte, Hynd, Lambe, White, Carson und noch zwei Gesichter, die Glass kannte, deren Namen er aber nicht wusste.

So viele, dass sie sich bis auf den Hof drängten.

Die Hälfte von ihnen rauchte. Und jedes Mal, wenn Glass und Harris eine Runde beendeten, johlten sie.

»Haben sie das gestern auch gemacht?«, fragte Glass Harris, als sie am weitesten weg waren.

»Nee.«

»Und was ist an mir so Scheißbesonderes?«

»Du rennst mit 'nem Scheißirren rum, der mit Scheiße und Federn beschmiert ist.«

Glass blieb stehen, so dass Harris auch stehen bleiben musste. »Aber das sind McDee und Fox doch auch.«

»Nee«, sagte Harris. »Mit meinem Kackprotest hab ich erst gestern Abend angefangen.«

Glass stopfte seine Uniform in eine große Tragetasche. Sogar als er seine Zivilklamotten angezogen hatte, konnte er Harris' Scheiße noch riechen.

Auf dem Heimweg im Auto war ihm übel. Er öffnete das Handschuhfach, holte zwei Pillen heraus, die er in die Finger eines seiner Handschuhe gestopft hatte. Extrastarke Betablocker. Brachten einen in null Komma nichts runter.

Nachdem er sich das Heroin geklemmt hatte, hatte er angefangen, von allem ein bisschen abzustauben. Bewahrte den Stoff zusammen mit der Kanone in der Keksdose in der Garage auf. Die Lieferungen wechselten. Die letzten Wochen hatte er Heroin, Koks, Speed, LSD, Poppers, Ecstasy, Beruhigungsmittel, Neuroleptika, Antikrampfmittel, Schmerzmittel geschmuggelt. Jedes Mal hatte er ein bisschen für sich selbst abgezweigt. Er konsumierte nicht regelmäßig, aber wieso sollte man nicht die Auswahl haben? Seine Arbeit war stressig – sein *Leben* war stressig. Lorna nahm sich jederzeit die Freiheit, abzuschalten. Wieso sollte er nicht ein bisschen von dem Zeug bunkern, das er direkt vor der Nase hatte? Er hatte sich einen ordentlichen Vorrat angehäuft. Und hatte den in letzter Zeit auch gut brauchen können. Die Dose wurde allmählich leer.

Im Augenblick war ihm nach einer Line. Ein bisschen Koks rüsseln, von dem Geruch nach Gummi in der Sonne den Gestank von Harris betäuben und die Tropfen dann kühl und sauber die Kehle runterrinnen lassen.

Als er zu Hause ankam, fuhr er die Auffahrt hoch, winkte Caitlin am Fenster zu und steuerte das Auto in die Garage. Aber kaum hatte er den Motor abgestellt, kam Caitlin in die Garage gestürmt, um ihn zu begrüßen. Er kam nicht an seine Vorräte ran. Schlimmer noch, er fand, er könne Caitlin nicht an sich ranlassen. Könne sich keinen Kuss von ihr geben lassen.

Lorna stand in ihrem Morgenmantel und Schlappen in der Tür und schaute ihm mit verschränkten Armen beim Aussteigen zu.

»Daddy geht's nicht gut, mein kleiner Schatz«, sagte er, ging an Lorna vorbei, stopfte seine Uniform in die Waschmaschine und ging dann nach oben unter die Dusche.

Nach wenigen Minuten kam Lorna ins Bad und fragte ihn, was mit ihm los sei.

»Es ist noch längst nicht Zeit zum Schlafengehen«, sagte er. Er war nackt und prüfte die Wassertemperatur.

»Na und?«

»Wieso bist du nicht ordentlich angezogen?«

»Was spielt denn das für 'ne Rolle?«

»Hast du Caitlin heute zur Schule gebracht?«

»Ja, natürlich. Was ist denn los mit dir, verdammt noch mal?«

»Kann ich dir nicht sagen«, sagte er.

»Was hab ich denn gemacht? Soll ich mich umziehen?«

»Es ist die Arbeit.« Der Raum füllte sich mit Dampf. Die Haare auf seinen Armen glitzerten. »Hat nichts mit dir zu tun.«

»Und wenn schon, kein Grund, es an Caitlin auszulassen.«

»Hab ich doch gar nicht«, sagte er.

»Sie hat dir einen Kuss geben wollen.«

»Na, das ging eben nicht.«

»Und wieso nicht?«

»Lorna«, sagte er. »Bitte lass mich in Ruhe.«

»Du willst in Ruhe gelassen werden? Das lässt sich machen.«

»Fang bitte nicht an.«

»Womit fang ich denn an?«

»Um Himmels willen.« Er spürte, wie sich ihm der Magen zusammenzog. Sie hatte wieder getrunken. Er konnte es nicht riechen, konnte nur Scheiße riechen, aber er wusste es. »Ich stinke«, sagte er. »Ich stinke, verflucht noch mal.«

»Ja«, sagte sie. »Stimmt genau.« Sie stürmte aus dem Bad und knallte die Tür hinter sich zu.

Er trat unter die Dusche. Der Vorhang hing an einer Schiene, die rund um die Ecke des Badezimmers verlief. Er zog ihn bis zum Ende zu, so dass er völlig dahinter verschwand. Dann steckte er den Kopf unter den Strahl und ließ das Wasser über sich laufen. Er wusch sich die Haare. Er seifte sich am ganzen Körper ein. Dann wusch er sich die Haare noch mal. Seifte sich noch mal ein.

Er stand da, und das Wasser prasselte ihm auf den Schädel.

Kam sich trotzdem noch dreckig vor.

Also wusch er sich noch mal die Haare. Und nahm eine andere Seife für den Körper. Sie half. Ein kräftigerer Geruch. Überdeckte den Geruch von Harris.

Dann ging er in die Hocke. Viel lauter hier unten. Der Lärm war gut. Er saß eine Weile da und ließ sich das Wasser in den Mund rinnen.

Er fühlte sich besser. Er fühlte sich okay. Er fühlte sich sicher. Aber sein Mund war ausgetrocknet. Obwohl Wasser hineinfloss.

Er hörte nicht, wie sich die Tür öffnete. Sah nur, dass Lorna den Vorhang zurückzog. Sah, dass ihre Lippen sich bewegten.

Er konnte sie nicht hören. Er streckte den Kopf aus dem Strahl.

Seine Beine waren steif.

»Deine Tochter würde gerne wissen, ob du fünf Minuten Zeit für sie übrig hast«, sagte sie.

Glass nickte.

»Ehe sie schlafen geht.«

Glass fragte: »Wie spät ist es?«

Sie sagte es ihm. Er war eineinhalb Stunden unter der Dusche gewesen. Er hätte noch eineinhalb Stunden drunterbleiben können. Mühelos.

»Okay«, sagte er. »Ich komm gleich raus.«

Lorna zog den Duschvorhang wieder zu. Glass wusch sich ein letztes Mal die Haare und schrubbte sich zum letzten Mal ordentlich ab. Dann riss er den Vorhang zur Seite und trat heraus.

Beim Abtrocknen erblickte er sich im Spiegel. Bemerkte einen roten Fleck vorn auf seiner rechten Schulter. Sonnenrad.

Erster Gedanke: Zu lange unter der Dusche gewesen.

Er berührte ihn. Fühlte sich glatt an. Zu glatt. Ging näher an den Spiegel. Und da war noch ein Fleck auf dem

Rücken. Genauso grellrot wie der vorn. Andere Form allerdings. Der hier sah aus wie ein großer Käfer. Länglicher Körper, winzige Beinchen, die in alle Richtungen zeigten.

Aber das war nur sein Verstand, der ihm Streiche spielte.

Das war kein Käfer. Es war nur eine Narbe. Narben auf beiden Seiten seiner Schulter. Er fragte sich, wieso zum Teufel sie ihm früher nie aufgefallen waren.

»Sind Sie sicher, dass Sie sie gesehen haben?«, fragte Riddell.

»Eindeutig«, sagte Glass.

»Okay. Erzählen Sie weiter.«

MITTWOCH

Horse hatte ihn nach dem Abendessen abgefangen und gesagt, sie müssten vertraulich mit ihm reden.

»Ihr habt gesagt, das war's.« Glass hatte Mühe gehabt, leise zu sprechen. »Erledigt, habt ihr gesagt. Caesar hat's mir versprochen, verflucht. Das letzte Mal, hat er gesagt. Er hat's versprochen, verdammte Scheiße.«

Horse zeigte mit dem Finger auf ihn. »Hör auf zu fluchen. Das ist nicht nett. Sei einfach um fünf in der Schule.«

Glass hatte seit seinem Zusammenstoß mit Mafia vor zwei Monaten keinen Grund gehabt, in den Unterrichtstrakt zurückzukommen. Und wenn er ehrlich zu sich war, hatte er es darauf angelegt, dort nicht hinzukommen.

Natürlich wartete vor dem Unterrichtsraum nicht nur Horse auf ihn. Caesar war auch gekommen. Zusammen mit Jasmine.

Glass passte das nicht, aber ein Nein hätten sie nicht akzeptiert. Er schloss daher die Tür auf, ließ sie hinein und folgte. Derselbe Raum wie beim letzten Mal. Anderes Gekritzel auf der Flipchart-Tafel.

Jasmine schloss die Tür hinter sich. Sie hatte Titten, wie Glass unwillkürlich auffiel. Okay, sie hatte sich was unter den Pullover gestopft. Oder sie trug einen ausgepolsterten BH.

»Ich hab mehr als genug Gänge für dich gemacht, Caesar«, sagte er. Und es war nicht nur die Anzahl der Gänge. Die Mengen, die er reingeschmuggelt hatte, hatten auch zugenommen. Er hatte eine viel größere Frühstücksbox nehmen müssen. »Ich kann das nicht mehr machen. Und ich mach's auch nicht. Ich weigere mich, verflucht noch mal.«

»Na schön«, sagte Caesar.

Horse ließ Glass keine Zeit für eine Antwort. »Hier geht's um was anderes«, sagte er. »Etwas, das viel mehr Spaß macht.«

»Du hast deine Sache übrigens gut gemacht«, sagte Caesar. »Stört mich nicht mal, dass du dir von dem Zeug was abgezweigt hast. Reicht es, um dich am Laufen zu halten?«

Glass überlegte, ob er es abstreiten sollte. »Mir geht's gut«, sagte er. »Mir geht's scheißgut.«

»Dir geht's scheißgut. Freut mich, dass es dir scheißgut geht. Es ist wichtig, dass es dir scheißgut geht, denn wir brauchen deine Hilfe bei was anderem.«

Glass spürte ein Zittern in den Knien und versuchte, es zu überspielen, indem er sagte: »Und was wollt ihr diesmal, verdammte Scheiße?«

»Mach nicht den Dicken«, sagte Horse. »Das passt nicht zu 'nem Weichei wie dir.«

Glass ballte die Hände zu Fäusten. Hätte er seine Pistole gehabt, hätte er sie umgebracht. Er hätte sie alle kaltgemacht. Das konnten sie nicht mit ihm machen.

Jasmine zog einen Stuhl hervor und ließ ihren dürren Arsch draufplumpsen.

»Hier«, sagte Caesar und reichte Glass zwei röhrenförmige Gegenstände.

»Was ist das?«

»Stesolid. Valiumzäpfchen. Aus Schweden oder so. Wenn du dir die in den Arsch schiebst, machen sie dich scheißruhig.«

»Brauch ich nicht. Ich *bin* ruhig.«

»Na schön, nimm sie trotzdem. Für später.«

»Leck mich.« Glass setzte sich. Seine Beine zitterten, und er war sich sicher, dass alle es merkten. Hinsetzen kaschierte es. Er hatte seit zwei Wochen keinen Tatterich mehr gehabt. Von der Minute an, als Caesar ihm gesagt hatte, es sei vorbei; gesagt hatte, der ursprüngliche Lieferant sei zurück und wieder zur Arbeit bereit.

Glass war vom Haken, Scheiße noch eins, und er hatte sich noch nie so erleichtert gefühlt.

Er war nach Hause gegangen, entschlossen, Lorna eine Nacht zu schenken, die sie so schnell nicht vergessen würde. Aber sie war wieder betrunken und auf dem Sofa eingeschlafen. Er dachte daran, ihr trotzdem eine Nacht zu schenken, die sie so schnell nicht vergessen würde, aber dann trat er gegen einen Teller mit angebissenen Sandwiches, den sie auf dem Fußboden hatte stehen lassen, und da ekelte es ihn vor ihr, und dann ekelte es ihn vor sich selbst, weil ihm überhaupt solche Gedanken kamen. Er nahm einen Schluck aus einer offenen Flasche Wein. Zu drei Vierteln voll, aber da waren noch andere Flaschen, leere, im Kamin. Er nahm den Wein in die Garage mit und trank ihn wie Wasser, während er die Keksdose aus der Teekiste klaubte und in seinen Vorräten wühlte. Fand ein paar Gelkapseln Temazepam. Nahm zwei Bonbons, um einschlafen zu können, trank den Wein aus, dann ging er ins Bad, holte sich einen runter und ekelte sich noch mehr vor sich selbst.

Er war im Bad neben einem Haufen Kotze aufgewacht. Sein Kopf dröhnte, aber er fühlte sich trotzdem gut. Er fühlte sich sehr gut. Es war vorbei. Seine Familie war in

Sicherheit. Als er sich aufsetzte, fiel Glass auf, dass seine Kanone auf dem Rand der Badewanne lag, keine Ahnung, wie sie da hingekommen war. Er musste sie wohl aus der Garage mitgebracht haben. Er fragte sich, ob er sie jetzt wegschaffen sollte. Aber er hatte teures Geld dafür bezahlt und sich daran gewöhnt, sie in der Nähe zu haben.

Musste nur dafür sorgen, dass Lorna sie nicht zu Gesicht kriegte. Raus aus dem Scheißbad. Was hatte er sich nur dabei gedacht, verdammte Scheiße? Okay, er wusste nicht, was er gedacht hatte, denn er konnte sich nicht erinnern.

Er hatte die Sauerei aufgewischt, die Kanone versteckt, noch zwei Bonbons eingeworfen und war ins Bett gegangen. Das Bett war leer, und das kam ihm merkwürdig vor, er kam aber nicht drauf, wieso. Er war immer noch wach, als Lorna zwei Stunden später unter die Laken kroch. »Du warst nicht da«, sagte er.

»Bin auf dem Sofa eingeschlafen«, sagte sie zu ihm. »Du hättest mich wecken sollen.«

»Du bist kalt«, sagte er.

»Willst du mich aufwärmen?«

Im Unterrichtsraum hustete Horse, und Glass hob den Kopf. Horse und Caesar waren stehen geblieben. Glass merkte, dass das Hinsetzen womöglich ein Fehler gewesen war.

»Hab gefragt, ob du Watt in letzter Zeit getroffen hast«, sagte Horse.

Glass stellte sich Watt vor, der in Glass' Wohnzimmer im Sessel saß und mit Lorna fernsah. Sie hatte immer noch Angst. Mitte letzter Woche war Glass in die Küche gekommen, als Lorna gerade das Abendessen machte. Als er sie fragen wollte, ob er helfen könne, hatte sie aufgeschrien, ihr Glas fallen lassen und gesagt: »Allmächtiger. Schleich dich nicht so an. Mann, Nick.« Glass fegte die Scherben zusammen und moppte den verschütteten Wein auf. Lorna holte sich ein anderes Glas und füllte es. Er gab Watt die Schuld.

Gab Caesar die Schuld. Sie waren dafür verantwortlich, dass Lorna wieder zu trinken begonnen hatte.

»Hat er natürlich nicht«, sagte Caesar. »Hatte keinen Grund dazu.«

Caesar hatte recht. Jetzt, wo Glass keine Drogen mehr lieferte, musste er sich nicht mehr alle paar Tage mit Watt treffen. Sie waren ganz geschäftsmäßig geworden, hatten kaum ein Wort gewechselt, nur den Stoff. Meistens. Gewöhnlich trafen sie sich an öffentlichen Orten, aber ein paarmal hatten sie sich bei Mad Will getroffen, und Mad Will goss Glass immer Kaffee aus seiner Thermoskanne ein, von dem Glass einen Schluck trank, bevor er ging. Einmal war Watt im Schlafzimmer zugange gewesen, und Glass musste warten, bis er fertig war.

»Hätte er nicht Ihnen das Paket geben können?«, hatte Glass Mad Will gefragt.

»Er legt Wert drauf, dass die Übergabe persönlich stattfindet«, hatte Mad Will gesagt.

»Dem macht's doch nur Spaß, mich zu schikanieren.«

»Dem macht es Spaß, jeden zu schikanieren.« Mad Will holte einen Beutel aus der Brusttasche. »'n Klecks Koks?«

»Klecks?«

»Ich würd Ihnen ja 'ne Line anbieten, aber das Zeug ist unverschnitten. Könnte Ihnen den Kopf wegblasen.«

»Ich riskier's mal.«

Als Watt zehn Minuten später in seinem Bademantel auftauchte, war Glass auf den Beinen und hatte die Hand ausgestreckt, bevor er auch nur drüber nachdachte. Oder vielleicht dachte er auch drüber nach, aber seine Gedanken platzten heraus, sofort und rasch, und er fühlte sich fix und selbstsicher, und seine Kehle war wie geschmolzenes Eis, und Watt stellte keine Gefahr dar, und alles war okay, natürlich, nie besser gewesen.

»Was hast 'n dem eingetrichtert, verdammte Kacke?«, fragte Watt Mad Will.

»Er will nur freundlich sein«, sagte Mad Will.

Watt schaute Glass an. »Nimm die Hand da weg.« Er schüttelte den Kopf. »Du willst nicht mein Freund sein. Du willst nicht zur Gang gehören.«

»Ich hab gehört, der Junge ist *durchgeknallt.*« Jasmines Stimme schrillte durch den Unterrichtsraum. Sie packte Caesar am Arm. »Auf ’ne gute Art.«

»Du weißt warum«, sagte Caesar. »Hat dir Mafia eigentlich erzählt, was passiert ist, Nick?«

Glass konnte sich nicht konzentrieren. Seine Gedanken sprangen von einem Thema zum andern.

»Na?«

»Nein«, sagte Glass.

»Freut mich zu hören, dass er das Maul halten kann.«

»Du vergisst eins«, sagte Horse. »Crystal und Mafia hatten einen kleinen Beziehungskrach. Reden nicht mehr miteinander, oder?«

»Was ist denn passiert?«

»Nichts, was dich angeht.« Caesar wandte sich zu Jasmine um. »Wir haben uns auch schon ein-, zweimal gefetzt, stimmt's?«

»Aber wieder versöhnt«, sagte Jasmine. »Das ist schön.«

»Wär das auch schön für dich?«, fragte Caesar Glass. »Wenn du und Mafia euch versöhnen würdet?«

»Kommt nicht infrage.«

»Weißt du, Caesar hat das mit dem Streit nur vermutet«, sagte Horse. »Aber schön von dir, dass du's bestätigst.«

Er und Caesar lachten. Sie hielten sich ja für total oberschlau. Aber Glass war das scheißegal. »Interessiert mich doch nicht, was ihr wisst oder nicht.«

»Sollte es aber«, sagte Caesar. »Denn ich weiß genug von dir, damit du lange, lange Zeit weg vom Fenster bist.«

Ein Bluff. Hörte sich schlimm an, aber es war völlig ausgeschlossen, dass Caesar irgendwas beweisen konnte.

»Du denkst, ich kann's nicht beweisen?«

»Bist ja direkt 'n Hellseher«, sagte Glass.

»Na ja, da bist du auf dem Holzweg.«

Caesar genoss den Augenblick. Glass merkte, dass er ihn so lange wie möglich hinauszögern wollte.

»Wie denn?«, fragte Glass.

»Ich hab eins der Beutelchen an 'nem sicheren Ort versteckt«, sagte Caesar.

Glass verstand nicht, was das mit ihm zu tun haben sollte.

»Meine Güte«, sagte Caesar. »Ich hab immer gedacht, es liegt daran, dass du so jung bist. Aber jetzt wird mir klar, du bist einfach scheißbegriffsstutzig. Du brauchst 'n bisschen Speed, um dich aufzumöbeln.« Er schaute Jasmine an. »Sag's ihm.«

Jasmine hob die Hand und wackelte mit den Fingern. »Fingerabdrücke«, sagte sie.

»Das ist doch ein Witz«, sagte Glass. »Ihr könntet meine Abdrücke auf einem leeren Beutel gehabt und das Zeug dann nachträglich reingefüllt haben. Das nimmt euch keiner ab.«

»Aber wir haben diese Abdrücke nicht draufgemacht, oder?«

»Die einzigen Menschen, die das wissen, sind wir und Watt.«

Horse zog die Hand aus der Tasche. Er hielt etwas darin. »Danke, Officer Glass«, sagte er, drückte einen Knopf, und das kleine Tonbandgerät stoppte.

»Wunderbar«, sagte Caesar. »Du bist 'ne echt beschissene dumme Arschgeige, Crystal.«

»Jesus«, sagte Glass. Jetzt würden die Wichser ihn erpressen.

»Genau genommen«, sagte Caesar, »heißt es nicht Jesus, sondern Julius.«

Allgemeines Abklatschen.

»Ich kann euch nichts bezahlen«, sagte Glass. »Ich hab kein Geld.«

»Ich will doch nicht dein Geld, du Pfeife.«

»Was wollt ihr denn?«, fragte Glass.

»Wart's ab«, sagte Caesar. »Du erfährst's noch früh genug.« Gefolgt von seinen Kumpanen, ging er in Richtung Tür. Er drehte sich um und fragte Glass: »Bist du sicher, dass du dir nicht 'ne hübsche Rektalkapsel zur Entspannung in den Arsch schieben willst?«

»Crystal braucht so was nicht«, sagte Horse. »Der ist schon gefickt.«

DONNERSTAG

»Freut mich, dass du's einrichten konntest«, sagte Caesar.

Sie waren in seiner Hütte. Jasmine und Horse waren auch da. Das Radio war aus, es musste also ernst sein.

»Und?«, fragte Glass. »Worum geht's?«

»Scheiße, hat der's eilig«, sagte Horse.

»Muss man mal Manieren beibringen«, sagte Jasmine.

Glass schaute sie an. Wenn sie's mit ihm aufnehmen wollte, war sie mehr als willkommen. Vor 'ner Transe hatte er keine Angst. Jetzt nicht mehr. Er hatte ein paar Schmerzkiller eingeworfen, bevor er zur Arbeit gefahren war. Wünschte sich, er hätte mehr davon behalten, aber jetzt hatte er nur noch vier. »Ihr Arschlöcher denkt immer noch, ihr könnt mich einschüchtern?«, sagte er. »Da habt ihr euch geirrt.«

»Ach«, sagte Caesar. »Das ist ja …« Er warf sich nach vorn und schlug genau dort in die Luft, wo Glass' Nase gewesen wäre, wenn der nicht rechtzeitig den Kopf zurückgerissen hätte. »… jammerschade.« Er schaute Glass an und bekam einen ganz runzligen Mund, als er an den Vorderzähnen saugte.

»Weißt du was?«, sagte Horse. »Ich könnte schwören, dass du mir doch ein klein bisschen eingeschüchtert vorkommst, Glass.«

Caesar legte den Kopf zur Seite.

»Was wollt ihr, verdammte Scheiße?«, fragte Glass, während er einen Schritt zurücktrat und sich mit dem Handrücken die Nase wischte. Dann wurde ihm klar, was er da machte und dass es dafür keinen Grund gab, weil Caesar seine Nase ja gar nicht getroffen hatte und sie nicht blutete, und er nahm die Hände an die Seiten. »Ich hab den Scheiß bis obenhin satt, verdammt noch mal.«

»Uiiii«, sagte Jasmine. »Der Mann hat echt Eier, da möcht ich am liebsten hinlangen und sie ihm polieren.«

»Das reicht«, sagte Glass.

»Nein, tut es nicht.« Caesar nickte Horse zu, und Horse knallte die Zellentür zu. Es hörte sich an wie das Ende der Welt. »Du bleibst hier, und du hörst dir verflucht noch mal an, was dir verflucht noch mal gesagt wird.«

Er rammte Glass heftig den Finger gegen die Brust.

Glass sagte nichts und stand da, als hätte Caesars Attacke nicht wehgetan.

Caesar stieß ihn erneut. »Okay?«

Seine Scheißfinger waren hart wie Stein. »Was wollt ihr von mir?«, fragte Glass.

»Abgesehen von Ihrem Luxuskörper?«, fragte Jasmine.

»Halt die Fresse«, befahl ihr Caesar.

Glass zuckte zusammen, als Caesars Hand sich auf seine Schulter legte.

»Hör zu«, sagte Caesar ganz freundlich, »wir brauchen wie gesagt nur ein bisschen Hilfe.« Glass wollte etwas sagen, aber Caesar fuhr fort. »Ohne jedes Risiko für dich.«

»Das hab ich schon mal gehört«, sagte Glass.

»Und es hat doch gestimmt, oder?« Caesar drückte Glass' Schulter.

»Nicht so ganz.«

»Na ja, geschnappt worden bist du nicht. Und hier ist das Risiko sogar noch kleiner.«

Glass wollte nichts davon wissen. Er wollte nicht sagen müssen, dass er es nicht tun würde, denn dann würde alles wieder von vorn anfangen. Und was es auch war, er würde damit nicht durchkommen. Er würde es nicht durchziehen können. Er konnte es nicht. Nicht, ohne den Verstand dabei zu verlieren.

»Es geht darum«, sagte Caesar, wobei er die Hand von Glass' Schulter nahm, »dass wir drei den Laden hier ein bisschen satt haben.«

»Kann ich euch nicht verdenken«, sagte Glass.

»Ja«, sagte Caesar. »Aber du kannst abends heimgehen zu deiner schönen Frau und deinem Kind.«

Glass erstarrte.

»Ich mein's ernst«, sagte Caesar. »Du kannst deine Familie sehen. Und ich muss mit Jasmine hier pennen. Die ja auch sehr hübsch ist, aber sie hat nun mal 'nen Schwanz. Meinst du, das würde dir gefallen?«

»'türlich nicht«, sagte Glass.

»Hab ich auch nicht angenommen«, sagte Caesar. »Du verstehst also, dass wir alle lieber woanders wären?«

»Das kann ich verstehen, klar.« Glass widerstrebte es, das Selbstverständliche auszusprechen.

»Gut«, sagte Caesar. »Das ist sehr gut.«

Er hielt inne. Glass konnte sich nicht länger beherrschen. »Aber ihr seid alle Lebenslängliche«, sagte er. Sogar Jasmine. Erst zwei Jahre einer Mindeststrafe von zehn Jahren abgesessen. Sie sah aus wie Haut und Knochen, zusammengehalten von Lippenstift, aber sie war der Beihilfe an einem Doppelmord schuldig. Ihr Kumpan hatte eine Wohnung abgefackelt, die sie ausgeraubt hatten, und dabei das junge Paar umgebracht, das sie im Schlafzimmer gefesselt hatten liegen lassen. Vielleicht hätte er ja doch Angst vor ihr haben sollen.

Caesar senkte die Stimme. »Und deshalb brechen wir aus.«

»Das will ich nicht gehört haben«, sagte Glass.

»Aber dir bleibt nichts anderes übrig«, sagte Caesar. »Unser Fluchtplan funktioniert nicht ohne dich.«

Ihr Plan war einfach und hätte vielleicht sogar funktionieren können.

Da es im C-Trakt nur noch sehr wenig zu tun gab, sobald die Häftlinge eingeschlossen waren, war die Besetzung dann minimal. Der Aufseher im Nachtdienst hielt als Einziger Wache und verbrachte den größten Teil der Nacht damit, in Hausschuhen im Büro oder im Aufenthaltsraum zu sitzen, die Füße hochzulegen und zu lesen oder Kaffee zu trinken.

Gemütlicher Job. Glass hatte überhaupt nichts gegen Nachtschichten einzuwenden, seit er für Caesar den Stoff ranschaffte und Lorna und Caitlin sicher waren.

Der Diensthabende hatte nichts anderes zu tun, als in festgesetzten Abständen seine Runde zu drehen, zu sehen, dass mit den Häftlingen alles in Ordnung war, und an der richtigen Stelle zu stöpseln – wobei das »Stöpseln« einfach darin bestand, einen Schlüssel in eine Kontrolltafel an der Wand zu stecken und ihn im Uhrzeigersinn oder gegen den Uhrzeigersinn umzudrehen, je nach den Anweisungen, die er an der Pforte erhalten hatte. Das diente nur dazu, sicherzustellen, dass man nicht die ganze Nacht durchpennte.

Er hatte auch seine Parole für die Nacht erhalten. Einen Satz, den er sagen musste, wenn alles in Ordnung war, und einen anderen, den er sagen musste, wenn es Ärger gab. Mit anderen Worten, wenn er als Geisel genommen worden war. Aber das war unwahrscheinlich. Das einzige Risiko bestand dann, wenn ein Gefangener seine Zelle verlassen musste. Und das passierte nur in medizinischen Notfällen.

In diesem Fall rief der Diensthabende unten an der Pforte an, um Unterstützung anzufordern, bevor er die Zelle des Gefangenen aufsperrte.

Halt dich an die Vorschriften, dann geht alles gut.

Caesars Plan war es, eine Geiselnahme zu arrangieren, wenn Glass das nächste Mal Nachtdienst hatte. Jasmine würde sich krankstellen. Glass würde die Sache verpatzen und vergessen, von der Pforte Verstärkung anzufordern, bevor er die Hütte von Caesar und Jasmine öffnete. Sobald Glass drinnen war, würden sie ihn als Geisel nehmen. Und nachdem sie die Hütte von Horse aufgeschlossen hatten, würden sie mit Glass im Schlepptau verschwinden. Dann würden sie in Glass' Auto steigen, und er würde sie in Sicherheit bringen.

Danach würden sie ihn laufenlassen. Niemand brauchte zu wissen, dass er an dem Ausbruch beteiligt war.

Für einen Moment trat Stille ein, nachdem Caesar seinen Plan erläutert hatte.

»Und, machst du's?«, fragte Horse.

»Damit die mich am Arsch kriegen? Die schmeißen mich doch hochkantig raus!«

»Nee«, sagte Caesar. »Du bist total traumatisiert. Stell dir doch mal vor, wie das aussieht, wenn die 'nen Aufseher feuern, der als Geisel genommen wurde.«

»Kein Mensch wird glauben, dass ich da nicht mitgemacht habe.«

»Wieso nicht?«, fragte Caesar.

»Weil nur ein bescheuerter Idiot deine Zelle aufmachen würde, wenn er der einzige Aufseher im Dienst ist.«

»Deshalb bist du ja auch der ideale Kandidat«, sagte Horse.

Glass musste mit Mafia reden. Es war Zeit für eine Versöhnung.

FREITAG

Während des Umschlusses zogen es manche Häftlinge, die vielleicht der Umgang mit den anderen nervös machte, vor, in ihren Hütten zu bleiben. So auch einige Häftlinge, die schlicht und einfach ungesellig waren. Und manchmal gab es keinen ersichtlichen Grund. Glass wusste nicht, warum Mafia und Darko an diesem Nachmittag in ihrer Hütte waren, aber genau dort traf er sie an.

Darko hielt ein dreifarbiges Kätzchen in der Hand.

Als Glass auf Darko zuging, fauchte das Kätzchen ihn an.

»Hey, meine Hübsche«, sagte Darko. »Officer Glass tut dir nichts. Der gehört zu den Guten.«

Schwer zu sagen, ob da ein Hauch Sarkasmus mitschwang oder nicht.

Das Kätzchen zappelte ein bisschen, dann beruhigte es sich wieder und ließ sich von Darko streicheln. Nach einer Weile fing es an zu schnurren.

Glass hätte es auch gern gestreichelt. Es ärgerte ihn, dass es Darko vertraute und ihm nicht.

»Die mögen nur Darko«, sagte Mafia.

Glass nickte.

»Es ist nicht so, dass sie Sie nicht mögen.«

»Hab ich auch nicht angenommen.«

»Wie dem auch sei«, sagte Mafia. »Was wollen Sie?«

So peinlich es auch war, sagte Glass: »Ich muss mit dir reden.«

»Als wir das letzte Mal geredet haben, lief's nicht so gut.«

»Ich weiß.«

»Und es tut Ihnen leid.«

Glass wusste, dass er eigentlich Ja sagen sollte. Aber er war froh, dass er Mafia eine aufs Maul gehauen hatte, und er hätte es in derselben Situation noch mal getan. »Kann ich nicht behaupten«, sagte er.

»Oh«, sagte Mafia, »das macht Mut.«

»Ach ja?«

»Unbedingt.« Er schaute Darko an. »Vielleicht können wir doch noch einen Mann aus ihm machen.«

»Redet nicht so über mich«, sagte Glass.

»Wie denn?«

»Als wär ich nicht da.«

»Noch besser«, sagte Mafia. »Ich bin beeindruckt.« Er kam bis auf Unterarmlänge an Glass heran. So nah, dass sein Atem Glass' Wange streifte, als er sprach. »Was wollen Sie?«

»Unter vier Augen.«

»Okay. Darko hat sicher nichts dagegen, uns mal kurz alleine zu …«

»Nein, Darko soll hierbleiben. Wir sollten rausgehen.«

»Schon gut«, sagte Darko. »Macht mir nichts aus.«

»Das brauchst du nicht«, sagte Glass.

»Doch«, sagte Darko. »Ich denke schon.«

Mit dem Kätzchen, das immer noch schnurrte, in den Armen ging er hinaus.

Glass erzählte Mafia von Caesars Fluchtplan.

»Das dürfen Sie nicht«, sagte Mafia.

»Ich weiß«, sagte Glass. »Aber die bringen Watt dazu, meine Familie wieder zu bedrohen, oder sie erpressen mich wegen der Drogen.« Er erzählte das mit der Tonbandaufnahme.

»Sie haben aufgehört, Stoff für sie reinzuschaffen?«, fragte Mafia.

Glass nickte.

»Das ist schon mal was.« Mafia hielt inne. »Trotzdem sind Sie ein blöder Wichser. Was soll ich denn da machen?«

»Mir helfen«, sagte Glass.

»Wie denn?«

»Rede mit Watt. Sag ihm, er soll sich raushalten.«

»Was hat er gemacht?«

»Noch nichts. Aber wenn ich Caesar nicht bei seiner Flucht helfen will …«

»Er wird nicht auf mich hören«, sagte Mafia.

»Er ist dein Bruder.«

»Tut mir leid. Glauben Sie mir, Nick. Ich bin der Letzte, auf den er hört.«

»Aber er redet mit dir. Er hat dir erzählt, dass ich Drogen für Caesar reinbringe, oder?«

»Das verstehen Sie nicht«, sagte Mafia.

»Doch«, sagte Glass. »Doch, ich verstehe. Na ja, ich schätze, ich hab immer noch die Kanone.«

»Das ist doch eine leere Drohung.«

»Wirklich?«, fragte ihn Glass. »Ich kann nicht machen, was sie verlangen. Und ich kann nicht zulassen, dass dein Bruder meiner Familie was antut. Mir bleibt also keine große Wahl.«

Mafia nahm seine Sonnenbrille ab. »Ich nehm's Ihnen fast ab.«

SAMSTAG

»Fertig?«, fragte Lorna.

Glass schaltete den Fernseher aus. »Hol nur noch meine Schlüssel«, sagte er und ging gähnend in die Küche, um sie zu holen.

Er hatte in letzter Zeit nicht viel geschlafen. Wachte immer wieder zitternd auf und konnte sich nicht erinnern, was er geträumt hatte, wusste aber, dass es so grauenhaft gewesen war, dass er nicht wieder einschlafen wollte.

Lorna hatte voll durchgeschnarcht und ihn gelegentlich mit der Ferse getreten, wenn sie sich streckte.

Er war um sechs aufgestanden. Wohnzimmer geputzt, Geschirr gespült. Gerade als er fertig wurde, erschien Caitlin und erzählte ihm, dass sie sich nass gemacht hatte. Er wusch sie, zog das Bett ab, stopfte den nassen Schlafanzug und das Bettzeug in die Waschmaschine. Dann saugte er, während sie frühstückte. Als er sie danach fragte, ob sie ihr Spielzeug in ihrem Zimmer aufräumen wolle, antwortete sie: »Ich hab keine Lust.«

Er starrte sie an. »Wie wär's, wenn ich dir dabei helfe? Wir können's ja zusammen machen.«

»Ich hab einfach keine Lust.« Sie erwiderte seinen Blick. »Ich brauch was zu trinken.«

Vielen Dank, Lorna.

Glass war bewusst, dass seine Frau ein traumatisches Erlebnis mit Watt durchgestanden hatte, aber genauso hatte sie sich verhalten, als sie mit David Schluss gemacht hatte. War selbstdestruktiv geworden, hatte angefangen, Streit vom Zaun zu brechen. Trank, um damit fertig zu werden, und fing dann an, so zu tun, als ginge sie gar nichts mehr etwas an. Glass wusste, dass diesmal Watt die Schuld hatte, aber manchmal war er sich trotzdem nicht sicher, ob sie nicht an ihren Ex-Lover dachte. Spielte eigentlich keine Rolle. So oder so gab sie Glass zu verstehen, er sei minderwertig. Und es fing schon an, auf Caitlin abzufärben.

Letzte Woche hatten sie sich im Kino einen Zeichentrickfilm angeschaut, und Lorna hatte fast die ganze Zeit dazwischengequatscht. An unpassenden Stellen gelacht, laut die »dämliche« Geschichte kritisiert. Die Familie vor ihnen verärgert. Der Vater hatte sich immer wieder umgedreht und sie gebeten, bitte still zu sein.

Sogar Caitlin war die ätzenden Kommentare ihrer Mutter leid geworden, und sie sagte ihr, sie solle den Mund halten. Nicht genau mit diesen Worten. Aber so hatte sie es gemeint.

Etwa nach der Hälfte war Lorna beleidigt abgezogen.

Als sie heute aufstand, erzählte Glass ihr, dass Caitlin sich nass gemacht hatte und was ihre Tochter gesagt hatte.

»Ich versprech dir, dass ich von jetzt an nüchtern bleibe«, sagte Lorna. »Ich schlag eine neue Seite auf. Ich fang gleich damit an. Keine Trinkerei mehr. Ich hab mich zu sehr gehenlassen.«

Hörte sich zu toll an, um wahr zu sein.

»Wieso hast du vorher nie was gesagt?«, fragte sie. »Ich war in den letzten Wochen wohl kaum eine gute Mutter.«

Also war jetzt Glass daran schuld, dass sie trank? Er wusste, dass sie sticheln wollte. Er sagte: »Genau genommen ist's ja nicht das erste Mal.«

Sie schaute ihn an, fing keinen Streit an.

An einem anderen Tag hätte sie vielleicht gedacht, er wolle zurücksticheln. Aber in Wirklichkeit traf er nur eine Feststellung.

Man merkte ihr allerdings bereits an, dass sie vom Suff weg war. Sie war gelassener. Weniger emotional. Wenigstens hoffte er, dass es daran lag. Alkohol war eine total beschissene Droge, aber sie weigerte sich, es mit etwas anderem zu probieren.

Er hätte ihr von Caesars Fluchtplan erzählen können. Aber das wollte er nicht. Sie traute ihm nicht zu, damit fertig zu werden. Sie würde sich aufregen, und das würde wahrscheinlich schon reichen, um sie wieder zum Saufen zu bringen. Sie brauchte nichts davon zu wissen. Glass hatte alles, was er benötigte, um mit der Situation klarzukommen, in seiner Keksdose in der Teekiste in der Garage.

Aber Gott, war er müde. Und sein rechter Zeigefinger tat weh, als wäre er nachts mit der Spitze gegen etwas gestoßen, und seine Schulter setzte ihm zu wie eine alte Verletzung bei schlechtem Wetter.

Er griff nach seinen Schlüsseln und trat in den Flur, als Caitlin die Treppe heruntergestampft kam. Sie grinste ihn an, und er merkte, dass er auch grinste.

»Wir warten auf dich, Daddy«, sagte sie.

Lorna stand abmarschbereit an der Tür. »Zieh deinen Mantel an, du freches Ding«, sagte sie.

»Zieh du deinen Mantel an, du freches Ding«, gab Caitlin zurück.

»Red nicht so mit deiner Mama, meine Kleine«, sagte Glass.

»Lass sie doch«, sagte Lorna. »Sie tut ja keinem weh.«

»Sie sollte nicht …«

»Nick, bitte.«

»Entschuldigung, Daddy«, sagte Caitlin. »Streit nicht mit Mami.«

»Schon gut«, sagte Glass. »Wir streiten ja gar nicht.«

Lorna schüttelte den Kopf. »Ich warte draußen.«

Die Luft war kühl. Der Himmel war grau, und ein angenehmer novemberlicher Nieselregen bestäubte Glass' Wangen.

Er wollte gerade sagen, wie schön das sei, als Lorna sagte: »Mistwetter. Ich hasse dieses Land.«

»Ich mag Regen«, sagte Caitlin.

»Ich auch«, sagte Glass. »Mami meckert nur gern.«

Das war natürlich nicht das Klügste, was er hätte sagen können, und er bereute es augenblicklich. Er wünschte, sie würde ihn nicht so leicht nerven, aber die ständige negative Einstellung war etwas, womit er bei so wenig Schlaf nicht umgehen konnte. Kein Wunder, dass er ab und zu ein bisschen chemische Unterstützung brauchte.

Sie blieb stehen und fragte: »Findest du? Ich meckere gern?«

»Ich …«

»Also doch. Du denkst, ich hab nichts Besseres zu tun, als mich zu beschweren.« Ihre Augen verengten sich, ihre Lippen wurden schmal. »Na ja, du weißt ja nicht, wie es ist, ein Kind praktisch alleine aufzuziehen.«

»Das ist unfair. Einer von uns muss arbeiten gehen.« Er sah die Feindseligkeit in ihren Augen und fuhr fort, bevor sie antworten konnte. »Ich kritisiere dich nicht, Lorna. Ich sag nur, wie's ist.«

»Du denkst, ich hab keine Lust zu arbeiten? Mir fehlen andere Leute.«

»Ich weiß.«

»Ach, wirklich? Weißt du, wie belastend es sein kann, immer nur Mutter zu sein?«

»Nicht jetzt«, sagte Glass. Er nahm Caitlin bei der Hand. Sie drückte seine Finger.

»Überraschung!«, sagte Lorna. »Es ist nie die richtige Zeit, über diese Farce zu reden, die wir Beziehung nennen.«

»Das ist keine Farce«, sagte er.

»Was ist eine Farce, Daddy?«

»Und ob es eine ist«, sagte Lorna.

Und fast hätte er gesagt: »Nein, ist es nicht.« Er lachte. Vielleicht war das ein Fehler. Er hatte sie auch so schon genug provoziert. Aber auf ein bisschen Provokation mehr oder weniger kam es auch nicht mehr an. Lorna war eben total irrational. Er lachte noch einmal.

»Werd erwachsen«, sagte Lorna. »Du kannst einfach nichts ernst nehmen. Schlimmer als 'n kleines Kind, verdammt noch mal.«

»Steig ein, Caitlin«, sagte Glass. »Ich muss mal ein ruhiges Wort mit deiner Mutter sprechen.«

Caitlin schaute, als würde ihr der Ton dabei nicht gefallen. »Und ihr streitet euch auch nicht?«

Er schüttelte den Kopf.

»Was ist eine Farce?«

»Das ist was Komisches«, sagte er. »Ehrlich.«

»Okay«, sagte sie.

Als Caitlin die Autotür geschlossen hatte, stemmte Lorna die Hände in die Hüften und sagte: »Na, dann lass mal dein ruhiges Wort hören.«

»Hör auf.« Glass legte ihr die Hände auf die Schultern. »Du bist die Mutter von meinem Kind. Du bist meine Frau.«

»Himmel, ist das deprimierend.«

»Wir müssen's versuchen.«

»Ich versuch's ja«, sagte sie. »Glaub mir. Ich versuch's immer wieder. Und zwar sehr, verdammte Kacke.«

Er ließ die Hände sinken, nahm seinen Ehering zwischen Mittelfinger und Daumen. Drehte ihn. Drehte ihn noch mal.

»Und es wird immer schwerer«, sagte sie.

Sie gab ihm zu verstehen, dass sie ihn nicht liebte. Na schön, das wusste er. Man schlief nicht mit jemand anderem, wenn man seinen Partner liebte. Er hatte ihr verziehen. Sich Mühe gegeben, dass es funktionierte. Aber anscheinend konnte es keiner von beiden vergessen.

Es gab Zeiten, da tat es nicht weh, da fühlte er sich wie betäubt. Wie jetzt. Und das waren die besten.

»Fahren wir«, sagte sie. »Der Regen wird stärker.«

Im Auto hörten sie eine von Caitlins CDs. Als sie am Kinnaird Terminal ankamen, hatte es aufgehört zu regnen, und der Himmel war klar.

»Ich hab's mir anders überlegt«, sagte Lorna beim Aussteigen. »Ich bin nicht in Stimmung, mir 'nen Film anzuschauen.«

»Och, Mami«, sagte Caitlin.

»Geht ihr beide nur«, sagte Lorna. »Ich mach 'ne Runde durch die Läden.«

»Ich hab die Karten doch schon bestellt«, sagte Glass.

Sie öffnete ihre Handtasche, nahm ihr Portemonnaie heraus und ließ es aufschnappen. Hielt ihm einen Fünfer hin.

Er schaute sie an. Dann nahm er das Geld.

Im Einkaufszentrum, Hand in Hand mit Caitlin, auf der Rolltreppe nach oben. Er musste zur Seite gedreht stehen, aber sie wollte nicht loslassen, und er konnte es ihr nicht verdenken.

Er blickte nach oben zum Ende der Rolltreppe. Und da war er.

Winkte.

Ein Schuss. Blut.

Glass schaut auf seine Hand, auf die Pistole darin, lässt sie fallen.

Wäre schön gewesen, aber da Glass die Pistole nicht dabeihatte, blickte er stattdessen Watt finster an.

»Hallo, Caitlin«, sagte Watt, als sie oben an der Rolltreppe angekommen waren. Er schaute Glass an. »Wo ist denn die schöne Lorna?«

»Wieso sind Sie hier?«, fragte Glass.

»Was glaubst du wohl?«

»Egal.« Glass zerrte an Caitlins Hand. »Wir gehen.«

»Ich sagte Hallo, Caitlin«, sagte Watt. »Sehr ungezogen, nicht zu antworten. Bringt dir dein Daddy kein Benehmen bei?«

Glass drehte sich um. »Ich bin nicht in Stimmung für Spielchen«, sagte er. Er neigte sich dicht zu Watt und flüsterte: »Also, verpiss dich.«

»Ohhh«, sagte Watt. »Da kriegt man ja Angst.« Sah Caitlin an. »Ein böser Mann, dein Dad, hm?«

»Nein, das ist er nicht. Du bist ein böser Mann. Daddy hat recht. Verpiss dich.«

»Caitlin!« Watt grinste. »Kluges Kind. Hat mehr Mumm als du. Die gefällt mir.«

»Geben Sie Ruhe, Watt.«

»Okay«, sagte Watt. »Du brauchst mir nur zu sagen, wo ich Lorna finde.«

Glass drückte Caitlins Hand in der Hoffnung, sie würde

merken, dass sie nichts sagen solle. Sie merkte es. Kluges Kind. Da hatte Watt recht.

»Na, dann muss ich sie wohl suchen, schätze ich«, sagte Watt. »Keinen Tipp, wo ich anfangen soll?«

»Daddy, lass los.« Caitlin zupfte mit der freien Hand an seinem Ärmel. »Der Film fängt gleich an.«

»Tut mir leid, mein Kleines«, sagte er. »Ich glaub nicht, dass wir heute einen Film sehen können.«

»Aber Daddy.«

»Ein anderes Mal.«

»Doch nicht meinetwegen, hoffe ich«, sagte Watt. »Ich will dir doch nicht deinen freien Tag versauen.«

Glass ging mit Caitlin los zum anderen Ende des Einkaufszentrums, wo sich die Rolltreppe nach unten befand.

Watt folgte ihnen. »Hey«, sagte er, »du kommst nie drauf, wer mich angerufen hat.«

Glass blieb stehen.

Watt sagte: »Ja, ich hab mir gedacht, dass du Bescheid weißt. Mein Bruder scheint dich zu mögen. Ich weiß nicht, wieso. Weißt du's, Caitlin? Du magst doch deinen Dad, meine Kleine?«

Glass packte ihre Hand fester.

»Au«, sagte sie.

»Vorsicht«, sagte Watt. »Du tust ihr weh. Alles okay, meine Kleine?«

»Lassen Sie uns in Ruhe«, sagte Glass.

»Ich seh nichts, was man da mögen könnte«, sagte Watt. »Außer deiner Familie. Die beiden Mädels sind das Attraktivste an dir.«

Bilder von Watt mit weit offenem Mund blitzten vor Glass' Augen auf, und das Geräusch seiner Schreie gellte in seinen Ohren.

»Was auch immer Caesar will«, sagte Glass. »Ich mache da nicht mit.«

»Das glaub ich dir«, sagte Watt. »Wenn du nicht machen willst, was Caesar verlangt, ist mir das recht. Macht 'n bisschen mehr Arbeit, aber das ist kein Problem. Ich hab überhaupt nichts gegen Arbeit. Freu mich sogar drauf, ehrlich gesagt.«

»Klar«, sagte Glass.

»Klar«, sagte Watt. »Genau. Ich lass euch jetzt besser allein. Gehe Lorna suchen. Du solltest ihr helfen, das Trinken aufzugeben, weißt du? Ist 'n bisschen problematisch, wenn du mich fragst. Man muss aufpassen auf Leute mit Suchtpersönlichkeit. Das kann ansteckend sein.«

»Ich pass schon auf sie auf«, sagte Glass. Überzeugte ihn selbst nicht, geschweige denn Watt.

»Und wer passt auf dich auf?«, fragte Watt.

SONNTAG

Glass hatte sich vergewissert, dass mit Lorna alles in Ordnung war, und sich auf die Nachtschicht eingerichtet. Pantoffeln angezogen. Klar, hört sich bescheuert an, aber so war es einfach viel bequemer: Wenn man Schuhe trug, weckte der Krach die Häftlinge auf.

Es hätte wohl niemand angenommen, dass es jemanden scherte, ob die armen Teufel aufgeweckt wurden. Aber wenn sie nicht schliefen, benahmen sie sich am nächsten Tag schlecht. Es war daher in aller Interesse, dass sie ihren Nachtschlaf bekamen. Und wenn man einen aufweckte, dann fing er an, zu schreien und an seine Zellentür zu hämmern, und dann machte ein anderer mit und dann noch einer und so weiter, bis ein ohrenbetäubender Radau im Gange war.

Und das konnte dann die ganze Nacht so gehen, wenn sie wollten.

Der Diensthabende musste alle halbe Stunde seine Runde drehen, daher konnte man einen Spaziergang nicht einfach ausfallen lassen. Manche Aufseher trugen Turnschuhe, aber die hatte Glass nie gemocht. Bei ihm hieß es Schuhe oder Pantoffeln.

In seiner ersten Nachtschicht hatte er Müdigkeitsanfälle gehabt, und ein paarmal gegen Ende waren ihm die Lider schwer geworden. Er war nie ganz an den Punkt gekommen, wo er hochschreckte, aber er wollte kein Risiko eingehen. Er musste stöpseln. Wenn man eine Runde verpasste, kriegten sie einen am Arsch. Keine zweite Chance. Er hatte allerdings dazugelernt, und jetzt nahm er ein bisschen Speed, bevor die Schicht anfing, und hielt so problemlos durch.

Er ging zum Wasserkocher. Füllte ihn und summte dabei vor sich hin. Die Nachtschicht war eine seltene Erholungspause. Es war schön, allein zu sein. Keiner, der ihn schikanierte. Wäre Watt nicht wieder auf der Bildfläche aufgetaucht, wäre er zufrieden gewesen. Aber allzu große Sorgen machte Glass sich nicht. Nach dem Zwischenfall vor dem Kino hatte er sich ein bisschen Zeit verschafft. Hatte Caesar gesagt, er würde sich's überlegen.

Dem Speed würde er noch einen starken Kaffee hinterherschütten, dann war er bereit.

Er holte seinen Becher aus dem Schrank. Ging rüber zum Kühlschrank. Fand Milch, die noch okay aussah, schnüffelte aber daran, um sicherzugehen. Er nahm den Deckel von der Kaffeebüchse ab. Es war so eine überdimensionale Dose mit billigem Instantdreck. Genau die richtige Größe.

O mein Gott, nein.

Tränen liefen ihm über die Wangen. Wollten nicht aufhören.

Er schraubte den Deckel wieder zu. Konnte den Anblick nicht ertragen.

Blinzelte sich die Tränen aus den Augen.

Ein Witz war ein Witz, aber diese Wichser waren bösartig. Er konnte sich vorstellen, dass einer der Häftlinge so etwas machte. Peeler vielleicht, so irre wie der war. Aber das hier war ein Aufseher gewesen, ein Kollege von Glass, und der hatte es nur getan, um Glass zu quälen.

Er öffnete den Deckel erneut. Schaute hinein auf das dreifarbige Kätzchen. Darkos Kätzchen.

Glass steckte die Hand hinein und streichelte das Rückenfell. Es war noch warm, aber nicht mehr lange.

Wie es so dalag, mit schiefem Unterkiefer, aus dem Mund hängender Zunge zwischen scharfen blitzend weißen Zähnen, den Kopf auf der Seite, war es klar, dass irgendein Schwein ihm den Hals umgedreht hatte.

Fox höchstwahrscheinlich. Glass hoffte, irgendwer würde Fox mal den Hals umdrehen.

Glass würde derjenige sein, der es Darko sagen musste. Scheiße, Scheiße, *Scheiße.* Er erwog, das arme Vieh in Zeitungspapier einzuwickeln und in den Mülleimer zu werfen, aber vielleicht wollte Darko es ja beerdigen, und das wollte Glass ihm nicht nehmen.

Er würde ihm das Kätzchen gleich bringen. Es hinter sich bringen. Diese Kaffeedose aus seinen Augen schaffen.

Um Himmelherrgotts willen noch mal. Diese Wichser waren doch total beschissener Abschaum.

Auf dem Weg zu Darkos und Mafias Hütte wurde Glass bewusst, dass er genau das machte, was er Caesar gegenüber als total bescheuert bezeichnet hatte. Er war drauf und dran, mitten in der Nacht ohne jede Verstärkung eine Zelle zu betreten.

Andererseits war er ja nicht aus einer der Zellen angesummt worden. Nein, es war seine Entscheidung. Darko würde keinen Ärger machen. Machte er nie. Und mit Mafia hatte sich Glass versöhnt, da war das auch in Ordnung. Aber selbst wenn Mafia einen Fluchtversuch machen sollte, würde er außerhalb seiner Hütte wegen seiner schlechten Augen keine zwei Meter weit kommen.

Glass war also sicher.

Vor der Zelle fragte er sich, ob er nicht vielleicht leise an die Tür klopfen sollte. Wenn ihm schon nicht wohl dabei war, tagsüber unangekündigt ihre Hütte zu betreten, dann kam ihm das nachts noch unendlich viel schlimmer vor. Vor allem wenn Mafia nicht sehen konnte, wer da war.

Er könnte womöglich ausrasten. Zu schreien anfangen. Einen Aufruhr verursachen.

Glass klopfte also an die Tür.

Wartete.

Nichts.

Er schlug mit den Knöcheln dagegen, fester.

Immer noch nichts.

Also zog er den Schieber zurück und flüsterte: »Darko. Hier ist Officer Glass.«

Hörte ein Stöhnen von drinnen.

»Darko.« Ein wenig lauter. »Darko. Es geht um dein Kätzchen.«

Er hörte ein Brabbeln auf Serbokroatisch oder was immer Darkos Muttersprache war.

»Darko. Hörst du mich?«

Ein gedämpftes »Moment«. Dann das Tappen nackter Füße, und kurz darauf erschien Darkos Gesicht hinter dem Schiebefenster.« Er gähnte. »Weswegen wecken Sie mich auf?«

Das erste Mal für Glass, dass Darko sich wie ein Ausländer anhörte. »Dein Kätzchen.«

»Mein Kätzchen, ja.«

Wie sollte Glass es ihm beibringen? »Es hat einen Unfall gegeben«, sagte Glass.

Darko gähnte erneut.

Es half nichts. Glass musste es ausspucken. »Das Kätzchen ist tot«, sagte er.

Darko gähnte zum dritten Mal, sagte kein Wort.

»Hast du mich verstanden?«, fragte Glass.

»Das Kätzchen ist tot«, sagte Darko. »Und?«

»Ich dachte, du würdest es wissen wollen.«

Darko erhob die Stimme. »Sie haben mich aufgeweckt, um mir zu sagen, dass das Scheißkätzchen tot ist?«

Glass sagte: »Ich dachte, du würdest es vielleicht …«

»Crystal«, sagte Darko, »ich wär dir dankbar, wenn du mich jetzt wieder weiterschlafen lassen würdest.«

»Du willst das Kätzchen nicht haben?«

»Ich will das Scheißkätzchen nicht haben.«

»Willst du nicht mal auf Wiedersehen sagen?«

»Ich will das Scheißkätzchen nicht.« Er drehte sich um.

»Soll ich's für dich aufheben?«, fragte Glass. »Für morgen früh?«

Darko brüllte: »Ich will das Scheißkätzchen jetzt nicht, und ich will's auch nicht morgen früh, verdammte Scheiße.«

Glass schloss das Schiebefenster.

In der nächsten Zelle schrie Wireman: »Haltet eure Scheißmäuler!«

Auf Zehenspitzen schlich Glass den Umlauf entlang und hoffte, keine Kettenreaktion ausgelöst zu haben. Aber alles war in Ordnung. Keiner sonst regte sich.

Als er wieder zum Aufenthaltsraum kam, stellte er die Kaffeedose beiseite. Er würde das Kätzchen auf dem Heimweg beerdigen.

Er kramte in den Schränken und fand schließlich das Glas, in das der Kaffee umgefüllt worden war. Jemand hatte mit rotem Filzstift auf den Deckel geschrieben: »Nur Kätzchen hinzufügen.«

Als Glass seinen Kaffee endlich gekocht hatte, war es Zeit zum Stöpseln.

Es war gegen zwei Uhr früh, als der Summer aus Caesars Zelle auf der Anzeigetafel aufleuchtete.

Glass hätte ihn gern ignoriert, aber wenn er einen echten medizinischen Notfall anzeigte und er nicht darauf reagierte, war er seine Arbeit los. Er würde hingehen und nachsehen, worum es sich handelte, und wenn er die Tür aufmachen musste, würde er sich an die Vorschriften halten und die Jungs von der Pforte anrufen, damit sie jemanden vorbeischickten.

Wenn Glass Glück hatte, war es ein echter Notruf. Vielleicht hatte Caesar sich ja mit einer tödlichen Krankheit angesteckt und kotzte sich die Seele aus dem Leib. Konnte man nur hoffen.

Als Glass zu der Hütte kam, zog er den Schieber zurück, und auf der anderen Seite war direkt Caesars Gesicht.

Glass trat zurück.

»Was hat dich aufgehalten?«, flüsterte Caesar.

»Was willst du?«, flüsterte Glass zurück.

»Konnte nicht einschlafen. Geht mir zu viel im Kopf rum. Komm rein. Dann können wir in Ruhe reden.«

»Ich mach die Tür nicht auf.«

»Vertraust du mir nicht? Jetzt bin ich aber gekränkt.«

»Mit wem redest du, Baby?«, fragte Jasmine verschlafen.

»Halt die Fresse«, sagte Caesar. »Komm schon, Glass. Das ist doch bescheuert, durch das Scheißloch hier zu reden.«

»Mir gefällt's«, sagte Glass.

»Okay«, sagte Caesar. »Du unterhältst dich gern durch 'n Loch. Ehrlich gesagt, erstaunt mich das nicht bei 'nem Blödmann wie dir. Willst du wissen, wieso ich nicht einschlafen kann?«

»Eigentlich nicht.«

Caesar knurrte und fuhr trotzdem fort: »Deinetwegen.«

Glass sagte nichts.

»Ich bin auch nicht ganz gefühllos«, sagte Caesar. »Ich hab drüber nachgedacht, wie das alles für dich sein muss. Du musst dir bedroht und schikaniert vorkommen.«

»Mir geht's gut«, sagte Glass.

»Red keinen Mist«, sagte Caesar. »Dir geht's alles andere als gut. Du bist 'n Scheißwrack, und du könntest keine Schicht durchstehen, ohne dir was von dem Scheiß reinzuziehen, den du dir geklemmt hast. Du musst ja 'ne halbe Apotheke zu Hause haben, stimmt's?«

»Ich hab nicht …«

»Wenn du nichts mehr hast, gib mir Bescheid.«

»Ich bin versorgt.«

»Na schön, du weißt, wohin du kommen kannst, wenn's nicht mehr so ist. Egal, deshalb hab ich dich auch nicht sehen wollen. Ich wollte dich überraschen.«

Glass gefiel nicht, wie sich das anhörte. »Wie meinst du das?«

»Das siehst du dann morgen.«

»Rühr sie nicht an«, sagte Glass. »Wenn Watt auch nur in die Nähe von einer der beiden kommt, bring ich dich um.«

»So ist's recht, denk nur das Schlimmste von mir«, sagte Caesar. »Ich werd was *Nettes* für dich tun, Crystal.«

Glass versuchte, an etwas Nettes zu denken, das Caesar für ihn tun könnte, aber ihm fiel nichts ein. »Wieso solltest du?«

»Weil du dann vielleicht was Nettes für mich tust. Ich hab's dir doch gesagt, ich bin ein anständiger Kerl.«

»Einer, der gern Fußball mit den Köpfen anderer Leute spielt.«

»Wenn du den Wichser gekannt hättest, dann hättest du mitgespielt.«

»Ich will keine Gefälligkeiten von dir.«

»Wir werden sehen«, sagte Caesar. »Hör dich um, wenn du morgen zur Arbeit kommst. Ich hoffe, dir gefällt, was du hörst.«

Er zog sich in die Dunkelheit zurück.

MONTAG

Es war 9.30 Uhr, als Glass durch die Haustür trat. Er hatte so lange wie möglich herumgetrödelt, nachdem er das Kätzchen in einen ausgehöhlten Baum im Park gelegt hatte, aber er konnte das Nachhausegehen nicht ewig aufschieben. Lorna war nicht zu Hause und Caitlin in der Schule, daher duschte er und ging zu Bett.

Das Bett war noch warm, roch nach Lavendel.

Er versuchte einzuschlafen. Ohne Erfolg. Er hatte noch Speed im Kreislauf. Er lag unruhig im Bett und kickte die Laken von sich, weil ihm zu warm war und sie kratzten. Dann wurde ihm kalt, und er zog sie wieder über sich. Fragte sich unaufhörlich, was Caesar vorhatte. Ihm fiel nichts ein, was Caesar »Nettes« tun konnte. Der irre Wichser wusste doch nicht mal, was »nett« überhaupt war.

Die Gardinen waren geschlossen, aber das Licht knallte trotzdem rein. Er brauchte schwereres Zeug. Etwas, das alles abhielt. Er musste sich das aufschreiben, sonst würde er's vergessen.

Er sollte einfach aufstehen. Sich eingestehen, dass er nicht mehr einschlafen würde.

Aber er musste versuchen, wenigstens ein paar Stunden Schlaf zu bekommen. Morgen noch eine Nachtschicht. Vier hintereinander, dann drei Tage frei. Musste man sich erst mal dran gewöhnen.

Wenn Caesar wirklich etwas plante, dann würde Glass es in weniger als zwölf Stunden erfahren.

Schlaf. Er brauchte Schlaf. Er hatte noch ein paar Schlafpillen in der Garage. Zwei von denen hätten ihn innerhalb von zehn Minuten umgehauen.

Er hörte, wie sich eine Tür schloss. Kein Knall. Da war jemand leise. Absichtlich.

Dann war Lorna gut drauf. Er fragte sich, wie spät es wohl war, konnte sich aber nicht aufraffen, die Augen aufzumachen und nachzusehen.

Er musste gedöst haben. Richtig eingeschlafen war er nicht, trotz der Nachhilfe mit Nembutal. Aber wach auch nicht. Hätte schwören können, dass das Kätzchen ihm den Finger leckte. Er konnte ein Kribbeln spüren, wo die raue Zunge seine Haut berührt hatte.

Er gähnte. Fragte sich, ob Lorna wohl direkt auf den Alkohol lossteuerte. Ihre »neue Seite« hatte sie nicht lange durchgehalten. Er musste das abstellen. Sie hatte recht. Nee, Scheiße, Watt hatte recht. Sie wirkte eigentlich ganz normal, aber in diesem Zustand würde er sie nicht mal hinters Steuer lassen, wieso also sollte er sie da für eine Fünfjährige sorgen lassen?

Sie musste aufhören. Sie war gefährlich. Das hatte er ihr allerdings schon öfter gesagt. Verdammt, er würde es ihr noch mal sagen.

Ihre Schritte näherten sich dem Schlafzimmer.

Er machte sich auf alles gefasst. Hätte das jetzt nicht unbedingt gebraucht. Vielleicht sollte er einfach so tun, als würde er schlafen, bis er ihre Laune einschätzen konnte. Es hatte nämlich keinen Sinn, mit ihr zu reden, wenn sie betrunken war.

Wie spät war es überhaupt?

Mühsam öffnete er die Augen, blinzelte, sah auf die Uhr. Konnte die Ziffern erkennen, genau 11.30 Uhr.

Früh. Viel zu früh.

Er schloss die Augen.

Hörte, wie sie ans Bett kam. Spürte, wie die Matratze sich senkte, als sie sich draufsetzte. Spürte, wie sich ihre Hand auf seine Schulter legte. Spürte Hitze in seiner Schulter. Pochen.

Sie war okay. Hätte ihn so nicht angefasst, wenn sie einen ihrer Zustände gehabt hätte.

Er musste nicht so tun als ob. Er konnte zugeben, dass er wach war, mit ihr reden. Sie vielleicht fragen, ob sie auf ein paar Minuten zu ihm ins Bett kommen wolle.

Er drehte sich um, schlug die Augen auf.

Um Scheißhimmels willen.

Krabbelte panisch rückwärts, rammte die Fersen in die Laken, bis sein Rücken sich ans Kopfende drückte, die Knie fest an die Brust gezogen.

Scheiße noch eins.

Um Himmels willen.

Watt blickte ihn an. Er hatte eine Kanone in der Hand. Die von Glass. Er zielte damit auf Glass' Kopf. »Sag mir einen guten Grund, dass ich's nicht tu, Nick.«

Glass konnte keinen Gedanken fassen. »Was machen Sie hier?«, fragte er.

»Musste dich sehen, Kumpel.«

Glass zitterte am ganzen Leib. »Woher haben Sie die, verdammte Kacke?«, fragte er.

»Wo du sie gelassen hast.«

»Wie haben … wie?« Er konnte es nicht fassen. Wusste nicht, was er fühlen oder was er fragen sollte. Hätte sich nicht gewundert, wenn sich rausgestellt hätte, dass er noch schlief.

»Wie? Komische Frage. Vielleicht weiß ich, was du weißt. Vielleicht hab ich nachgesehen. Und bin fündig geworden.«

Glass zerrte an der Überdecke, aber konnte sie nicht fester um sich ziehen, weil Watt draufsaß.

»Und mach dir keine Sorgen«, sagte Watt. »Deine Vorräte hab ich nicht angerührt.«

»Warum tun Sie das?«

»Den meisten Leuten wär's egal. Aber du, Nick, du interessierst dich wirklich für Menschen. Das hab ich gleich beim ersten Mal gespürt, als wir uns unterhalten haben.« Watt tätschelte Glass seitlich das Knie. »Also sag ich's dir. Ist ganz einfach.«

Glass wartete.

»Ich bin so 'n bisschen 'n Arschloch.«

»Sie sind krank«, sagte Glass.

»Durchaus möglich.«

»Das ist nicht fair.«

»Mach mich nicht sauer.« Er schaute für eine Sekunde weg. Dann wieder zurück. »Ich werd sauer, wenn Leute das sagen, weißt du. Ihr Scheißjammerlappen. Beklagt euch, weil irgendwas nicht fair ist. Wer hat gesagt, es ginge fair zu, verdammte Kacke? Ihr Arschlöcher denkt alle, ihr seid mit irgend'nem Anrecht auf die Welt gekommen. Weißt du was, Nick? Schau dich mal an. Wunderschöne Frau. Allerliebstes Töchterchen. Perfekte Familie. Wohl kaum fair mir gegenüber, oder? Wo sind meine?«

»Ihre Frau und Ihr Kind?« Hatte er das gemeint? Glass blickte Watt an der Waffe vorbei in die Augen. Sein Ausdruck wirkte echt. Nichts als Schmerz und Wut. »Ist was mit ihnen passiert?«, fragte er.

Watt beugte sich vor und flüsterte: »Du denkst wohl, du weißt alles.«

»Nein«, sagte Glass. »Ich …«

»Psst. Hör einfach zu. Weißt du, warum Mafia im Gefängnis sitzt?«

»Wegen Mordes.«

»Und weißt du, wen er ermordet hat?« Watts Gesicht verzog sich für einen Moment, als hätte ihn gerade ein Stromschlag getroffen.

»So was würde Mafia nie tun.« Glass konnte nicht glauben, was Watt da andeutete. Mafia hatte Watts Frau und Kind umgebracht? »Ausgeschlossen.«

»Frag ihn. Frag ihn, was er gemacht hat.«

»Sie sind verrückt.«

»Caesar hat mich gewarnt«, sagte Watt. »Meinte, Mafia würde ausrasten. Weißt du, Caesar hat mich nie im Stich gelassen. Er ist der, der für mich da war, der, der sich wie ein richtiger Bruder benommen hat. Ich hab ihn gebeten, Mafia nichts zu tun, und er hat ihm nichts getan. Okay, nicht viel.« Er tätschelte Glass die Hand, und Glass zog sie weg. »Ich versteh dich ja. Er hat gesagt, du würdest Mafia wirklich lieben. Nette kleine Gefängnisromanze hat er's genannt. Aber ich weiß, wie das ist. Mir geht's mit Caesar genauso. Ist nichts Schwules dabei. Stimmt's?«

Glass beachtete ihn nicht. »Ich glaub Ihnen nicht. Mafia ist kein Killer.«

»Du hast keine Ahnung, wie weh es getan hat zu denken, dass mein Bruder so was getan haben könnte. Aber inzwischen seh ich das alles philosophischer. Ich hab 'ne Menge über den Tod nachgedacht. Und weißt du, zu welchem Schluss ich gekommen bin, Nick? Jeder kann zum Mörder werden. Die Umstände, weißt du? Scheiße passiert nun mal. Du guckst 'nen Moment nicht hin. Und wenn du wieder hinguckst, ist jemand tot. Du weißt, wie das ist.«

»Nein, weiß ich nicht.«

»Ich glaube doch. Hast du nie davon geträumt, Lorna oder Caitlin umzubringen?«

»Natürlich nicht.«

»Komisch«, sagte Watt. »Ich schon.«

»Raus. Mach, dass du rauskommst, verdammt noch mal.«

»Klar«, sagte Watt. »Mach ich ja. Aber zuerst sollst du die hier haben.« Er drehte die Pistole um. Hielt sie Glass hin.

Glass machte keine Anstalten, sie zu nehmen.

»Na los.«

»Wieso sollten Sie sie mir geben?«

»Weil ich böse bin und denke, dass du mich erschießen solltest. Bevor ich etwas mache, was ich bereue.«

So weit waren sie schon mal gewesen, beim ersten Mal am Schloss. Glass würde sich nicht noch einmal da reinziehen lassen. Vielleicht *sollte* er den Wichser ja abknallen.

»Sie sollten nicht hier sein«, sagte Glass. »Caesar hat gesagt, er würde mir Zeit zum Nachdenken geben.«

»Hindere ich dich am Nachdenken?«

Glass langte nach der Pistole. Watt zog sie nicht weg. Glass' Finger legten sich um den Griff. Watt ließ die Hand aufs Bett sinken. Glass' Finger glitten an den Abzug. Die Pistole fühlte sich leichter an, als er sie in Erinnerung hatte.

»Na los.« Watt lächelte nicht. Es war ihm ernst.

»Gehen Sie«, sagte Glass. »Lassen Sie uns in Ruhe.«

»Ich weiß nicht, ob ich das kann. Ihr habt mir gefehlt.«

»Macht Ihnen das Spaß? Genießen Sie das?«

»Es ist lange her, dass ich was genossen habe.«

Glass hob die Hand.

»Genau«, sagte Watt. »Erschieß mich. Das ist die einzige Möglichkeit, Lorna und Caitlin zu beschützen. Glaub mir. Ich muss es schließlich wissen.«

Glass' Finger lag am Abzug. Es war so verdammt verlockend. So verdammt scheißverlockend.

»Hast du die Sicherung gecheckt?«, fragte Watt.

Glass starrte ihn an.

»Du musst den Hebel umlegen. Sonst klappt's nicht.«

Und Glass erinnerte sich, dass Mad Will ihm das auch gesagt hatte. Oder hatte er sich das eingebildet? Er legte mit dem Daumen den Hebel um.

»Aus dieser Entfernung«, sagte Watt, »werd ich echt 'ne Riesensauerei machen. Gehirnteile quer über dem schönen sauberen Bettzeug. Nichts zu machen, fürchte ich.« Er lächelte. »Du hast es wirklich vor, stimmt's? Oder bist du am Ende doch nur 'n Arschloch ohne Eier?«

Glass drückte den Abzug.

Es klickte. Keine Explosion.

Watt schüttelte den Kopf. »Nick«, sagte er. »Du bist genau wie ich.« Er stand vom Bett auf und ging zur Tür. Als er an der Kommode vorbeikam, steckte er die Hand in die

Tasche. Zog sie heraus und hielt sie über eine Schale, in der Lorna Krimskrams für ihre Haare aufbewahrte. Watt machte die Hand auf und ließ das Magazin hineinfallen. »Zum Glück hab ich die Kammer auch gecheckt.« Er griff wieder in die Tasche, holte eine einzelne Patrone heraus und ließ sie in die Schale klimpern. »Ich seh dich dann in deinen Träumen, wenn nicht schon vorher.«

»Wieso bist du angezogen?«, fragte Lorna, als sie zurückkam.

»Konnte nicht schlafen.« Er hatte die Pistole wieder geladen, kaum dass Watt gegangen war. Hatte das Magazin wieder in den Griff gesteckt. Den Schlitten zurückgezogen, um eine Patrone in die Kammer zu laden. Den Sicherheitshebel wieder umgelegt. Die Pistole hinten in den Hosenbund geschoben.

Während er auf Lorna wartete, überprüfte er seine Vorräte in der Garage. Watt hatte die Finger davon gelassen, wie er gesagt hatte. Er steckte voller Überraschungen. Glass warf zwei Speedies ein. Er musste jetzt wach bleiben. Musste darüber nachdenken, was passiert war und was er jetzt machen sollte. Er musste sie aufhalten.

Gern hätte er Lorna alles erzählt, aber er wusste, dass sie ihn dann mit Caitlin verlassen würde. Er konnte nicht mit ihr gehen, alles aufgeben, Watt gewinnen lassen. Und er konnte nicht allein hier leben. Sie würde wieder zu David gehen. Glass wäre der Gefickte. Irgendein anderes Schwein würde sein Kind aufziehen.

Er hatte eine Entscheidung getroffen.

Er hatte Watt schon einmal zu erschießen versucht. Beim nächsten Mal würde er dafür sorgen, dass die Pistole geladen war.

Der erste Schritt war, herauszufinden, wo der Wichser wohnte.

»Alles okay?«, fragte Lorna.

»Na klar«, sagte er.

»Und wieso weinst du dann?«

Sie legte die Arme um ihn, und ihre Wärme und ihre Gestalt erinnerten ihn daran, wie schön es früher gewesen war.

Glass hatte erwogen, die Pistole zu verstecken, bevor er zur Arbeit fuhr, aber wohin damit? Er konnte sie nicht an ihrem üblichen Platz lassen, wo Watt sie wieder finden würde. Schließlich entschied er sich für das Handschuhfach im Auto. Vorerst wenigstens, bis ihm was Besseres einfiel.

Auf der Fahrt dachte er daran, den Stoff ebenfalls woanders unterzubringen, kam aber zu dem Schluss, Watt hätte ihn sich schon unter den Nagel gerissen, wenn er gewollt hätte. Glass hatte noch nie gesehen, dass Watt bei Mad Will auch nur an einem Joint gezogen hätte. Schien ihn überhaupt nicht zu interessieren. Vielleicht vertrug es sich ja nicht mit den Pornos. Oder vielleicht war er ein Junkie auf Entzug.

Nachdem er geparkt hatte und auf dem Weg zur Pforte war, wäre Glass fast zum Auto umgekehrt. Am liebsten hätte er die Pistole mit ins Hilton genommen und Caesar und Horse die Scheiße aus dem Hirn geblasen. Problem gelöst. Okay, zum Teil. Da war dann immer noch Watt, mit dem er fertig werden musste. Aber wenigstens wäre das Problem verkleinert. Natürlich hätte er die Kanone nie durch den Metalldetektor gebracht.

Er ging weiter, unbewaffnet.

Drinnen machte Crogan allein Dienst und sah gelangweilt aus. Als Glass ankam, belebte sich sein Gesicht mehr und mehr, bis er aussah, als stünde ihm jemand auf den Zehen.

»Irgendwas los?«, fragte Glass.

»Einige Leute wollen dich sehen. Shaws Büro.«

»Wer denn?«

»Du gehst besser direkt rauf. Ich geb ihnen Bescheid, dass du da bist.« Crogan drehte sich um und nahm den Hörer ab.

Einige Leute wollten Glass sehen? Jetzt am Abend? Das hörte sich nicht gut an.

In Oberaufseher Shaws Büro sagte Shaw: »Es geht um eine Lakenparty, wie sie das nennen.«

»Nie gehört«, sagte Glass.

Er schaute die beiden Anzugträger an, die auf Stühlen, die sie an den Schreibtisch gezogen hatten, neben Shaw saßen. Der eine sah aus wie um die fünfzig und paffte in vornehmen Zügen an einer Meerschaumpfeife. Der andere war fünfundzwanzig Jahre jünger und schaute sich fortwährend im Zimmer um, als erwartete er, dass jeden Moment ein Laster durch die Wand brechen würde, nur damit er sagen könnte: »Ich hab gewusst, dass das passiert.«

Sie hatten sich vorgestellt, als Glass ins Büro gekommen war: Detective Sergeant Fitch und Detective Constable Richmond. Sagten, sie wollten nur ein wenig plaudern. Bis jetzt hatten sie allerdings noch überhaupt kein Wort von sich gegeben und Shaw das Reden überlassen.

Auf dem Schreibtisch lag ein Päckchen. In Goldpapier verpackt. Genau das gleiche Papier, das Watt benutzte, wenn er Caesars Drogen an Glass weitergab.

»Also nicht«, sagte Shaw mit Blick auf die Detectives. »Zum Glück kommen Lakenpartys nicht allzu häufig vor.«

»Was ist denn passiert?«, fragte Glass. »Und« – er blickte zu den Bullen – »wieso müsst ihr Jungs mit mir sprechen?«

»Kein Grund, feindselig zu werden.«

»Bin ich gar nicht.« War er auch nicht. Aber er hatte nicht lange geschlafen, und da war es wohl kaum verwunderlich, dass er ein bisschen gereizt war. Er musste achtgeben, was er antwortete. Er musste herausfinden, was eine Lakenparty war und was er damit zu tun hatte.

Und wieso diese beiden Polizisten mit ihm sprechen wollten. Und was in dem Scheißpäckchen auf dem Schreibtisch war.

Scheiß drauf. Er musste runterkommen. Er zuckte die Achseln. Hoffte, wie die Gelassenheit in Person zu wirken. Er atmete eine Lungevoll Rauch ein und musste husten. Er hoffte, seine Augen würden nicht anfangen zu tränen. Das hätte ihm noch gefehlt.

Shaw fuhr fort: »Fox liegt im Krankenhaus.«

Glass' erster Gedanke war, dass Fox möglicherweise von einem Virus befallen worden war. Einem besonders bösartigen natürlich, wenn er ins Krankenhaus musste. Oder vielleicht hatte er eine Blinddarmentzündung. Oder Nierensteine. Etwas in der Art. Aber dann wurde ihm klar, dass Shaw nicht auf diese Weise sprechen würde, wenn es etwas so Einfaches war. Und die Polizei wäre auch nicht hier.

Shaw sagte: »Er wurde zusammengeschlagen.«

Ein Glücksmoment, in dem Glass dachte: *Genau das, was die Sau verdient hat.* Er musste ein Lächeln unterdrücken. »Wann?«, fragte er.

»Heute Nachmittag«, sagte Shaw. »Von ein paar Häftlingen.«

»Wer war's?«

Shaw zuckte die Achseln. »Das wissen wir nicht. Eine Lakenparty. Sie machen das so, dass sie sich an das Opfer ranschleichen und ihm ein Laken über den Kopf ziehen. Einer hält es fest, während die anderen ihm – entschuldigen Sie meine Ausdrucksweise – die Scheiße aus dem Leib prügeln. Das Opfer hat keine Ahnung, wer die Angreifer sind. Es kann sie hinterher nicht verpfeifen.«

»Und was ist mit den Kameras?«

»Die Wichser haben sich den richtigen Tag ausgesucht.« Shaw setzte einen schmerzlichen Blick auf. »Die Kameras waren aus.«

»Hoppla«, sagte Glass. »Sie haben also keine Ahnung, wer es gewesen sein könnte?«

»Doch, natürlich«, sagte Shaw.

»Aber das ist Spekulation«, sagte D. S. Fitch.

Glass musste erneut husten, räusperte sich, fragte: »Ist Fox schwer verletzt?«

»Ziemlich schwer«, sagte Shaw. »Gebrochene Rippen. Gebrochenes Handgelenk. Jede Menge Blutergüsse. Hat etwas Blut verloren. Aber er wird's überleben.«

Shaw fixierte Glass so lange, dass Glass den Blick abwenden musste.

»Was empfinden Sie dabei?«, fragte Richmond.

»Bin natürlich froh, dass er durchkommen wird«, sagte Glass.

»Natürlich«, sagte Fitch. Er rückte die Pfeife in den Mundwinkel. Legte beide Hände auf das Päckchen auf dem Schreibtisch.

Glass' Gesicht lief rot an. Die Temperatur im Zimmer schien um mehrere Stufen gestiegen zu sein.

Fitch drehte das Paket Glass zu. Jemand hatte außen drauf geschrieben: *Zuhänden fon Nick Glass.*

»Das wurde nach dem Angriff in der Tasche von Officer Fox gefunden«, sagte Fitch. »Wir haben uns schon erlaubt, es zu öffnen.«

Glass sah, dass die äußere Verpackung lose war. Er wusste, dass sie auf ihn gewartet hatten, um hineinzusehen. Es war ihm allerdings nicht wohl dabei.

Er griff nach dem Paket. Seine Hände zitterten. Er hoffte, dass sie es nicht merkten. Das Goldpapier ging ganz leicht ab. Es war nur lose um eine Luftpolsterfolie gewickelt. In der Luftpolsterfolie war etwas, das Glass auf Anhieb erkannte.

Aber er musste weitermachen. Er fand das Ende der Folie und rollte sie auf. Pfriemelte die Tonbandkassette aus der Verpackung. Drehte sie um. Tat, als prüfte er sie. Legte sie auf den Tisch.

Dann steckte er die Hände unter den Tisch, verschränkte die Finger und drückte. Schaute hoch zu Shaw, aber Shaw achtete nicht darauf, was er tat. Shaw blickte ihm ins Gesicht und versuchte zu ergründen, was er dachte.

Die Bullen starrten ihn ebenfalls an.

Glass war sich nicht sicher, was er davon halten sollte. Oder was er sagen sollte.

Er schaute wieder auf den Tisch, auf die Kassette, die da lag. Mann, sein Gesicht glühte. »Was ist …« Seine Kehle war ausgetrocknet. Er setzte erneut an: »Was ist auf dem Band?«

»Das Päckchen ist an Sie adressiert«, sagte Fitch. »Ich frage mich daher, ob Sie nicht mal raten möchten.«

Glass schüttelte heftig den Kopf. »Sollten Sie das … Ding … nicht analysieren lassen?«

»Meinen Sie?«, fragte Fitch. »Es auf Fingerabdrücke untersuchen und alles? Ich dachte mir, ich nehm's einfach mit nach Hause und überspiel es.«

Glass brauchte eine Sekunde, um zu merken, dass Fitch einen Scherz gemacht hatte. Er lachte nicht. »Oberaufseher Shaw sagte, er hätte eine Ahnung, wer hinter der Sache steckt. Sie sollten dieser Ermittlungsrichtung folgen.«

Fitch schaute Richmond an, nickte. »Dieser Ermittlungsrichtung folgen. Hmmm. Was meinen Sie, Constable?«

»Schwer zu beweisen«, sagte Richmond.

»Darum geht es doch gar nicht«, sagte Glass. »Sie können die Kerle doch nicht damit durchkommen lassen.«

»Welche Kerle?«, fragte Fitch.

»Die, die es Ihrer Meinung nach getan haben.«

»Was getan haben?«

»Die Fox zusammengeschlagen haben.«

»Und was ist mit dem Band?«

»Was soll damit sein?«

»Gute Frage«, sagte Richmond.

Und gleich darauf sagte Fitch: »Was, wenn wir denken, Sie waren es?«

Glass starrte ihn an. Dann schaute er zu Shaw, der den Blick auf den Schoß gesenkt hatte. Was hatte das Schwein verdammt noch mal gesagt? Was, wenn sie dachten, er sei das auf dem Band? Erkannten sie seine Stimme? Na ja, würden sie wohl. Davon hing alles ab.

Shaw richtete sich auf und nickte. »Officer Glass, es ist kein Geheimnis, dass Sie und Officer Fox nicht sehr gut miteinander auskommen.«

»So würde ich das nicht sagen«, sagte Glass.

»Nun ja, ich schon. Und das ist auch nicht schwer zu belegen. Möchten Sie, dass ich Vorfälle nenne?«

Richmond sagte: »Wir wissen von dem Kätzchen.«

Um Himmels willen. »Das war nicht meins«, sagte Glass.

»Der Rundgang mit ›Headcase‹ Harris«, sagte Fitch. »Er über und über mit Exkrementen bedeckt. Das muss ein schreckliches Gefühl gewesen sein.«

Sie hatten ihre Hausaufgaben gründlich gemacht. War vermutlich auch nicht so schwer gewesen. Es bedurfte sicher keiner großen Überredungskunst, um Shaw zum Quasseln zu bringen. »Ja, ich verstehe, wieso Sie vielleicht annehmen, ich sei provoziert worden«, sagte Glass. »Ich mag Fox nicht. Das ist kein Geheimnis. Aber ich habe nicht dafür gesorgt, dass er zusammengeschlagen wird. Das ist die Wahrheit.«

»Ach ja?« Fitch griff in seine Jacketttasche, und seine Hand kam mit einem gefalteten Zettel wieder zum Vorschein. Er faltete ihn demonstrativ auseinander. »Der lag bei dem Päckchen.« Er reichte ihn Glass. »Sehen Sie sich das mal an.«

Auf dem Zettel stand: *Auftrag ausgeführt. Fox abserviert! Du & deine Lieben sind doch hoffentlich wohlauf, oder watt?*

Caesar. Wenn es noch die Spur eines Zweifels für Glass gegeben hatte, dann war sie jetzt verschwunden. Er schluckte. »Was ist auf dem Band?«

»Ein Popsong. Drogenfreundlich offenkundig. ›Ebeneezer Goode‹.«

Glass holte tief Luft.

»Vielleicht ist das ja eine Botschaft«, sagte Fitch. »An Sie.«

»Das ist eine Falle«, sagte Glass. »Wenn ich diese Lakenparty organisiert hätte, hätte ich den Wichsern doch gesagt, dass sie keinen Kontakt zu mir aufnehmen sollen. Und vor allem hätte ich gesagt, dass sie nicht ein an mich adressiertes Päckchen mit einer bescheuerten Nachricht und einem Scheißpopsong liegen lassen sollen. Das können Sie doch nicht ernst nehmen.«

»Nicht?«, fragte Richmond.

»Nein«, sagte Glass. »Nur ein Schwachsinniger würde annehmen, dass ich damit zu tun habe.«

»Na«, sagte Richmond. »Da haben wir ja Glück, dass wir das nicht annehmen.«

Jetzt, da er wusste, dass das Band nicht das war, was er gefürchtet hatte, war Glass drauf und dran, weiterhin wütend zu sein, aber Richmonds Bemerkung ließ ihn stutzen.

»Es ist durchsichtig, wie Sie sagen«, sagte Fitch. »Jemand wollte Sie hineinziehen, und da hat er dieses kleine Spielchen ausgeheckt. Nur für Sie.«

»Sieht ganz so aus«, murmelte Glass.

»Was ich wissen möchte«, sagte Fitch, »ist, warum?«

Glass spürte, wie sich sein Unterkiefer verkrampfte. Er sagte nichts. Fragte sich, ob der Polizist die verschleierte Drohung in Caesars Notiz erkannte. Es war schwer zu sagen, wie ein Außenstehender diese Worte las: *Du & deine Lieben sind doch hoffentlich wohlauf, oder watt?*

Glass jedoch wusste genau, was sie bedeuteten. Caesar hielt das vermutlich für sehr raffiniert.

»Wieso gerade dieser ›Scheißpopsong‹?«, fuhr Fitch fort. »Wissen Sie etwas über Drogen und dieses Gefängnis?«

Vielleicht sollte er der Polizei alles sagen. Jetzt waren sie da. Er konnte es ihnen erzählen. Und die Sache endlich hinter sich bringen.

Aber was war die Strafe dafür, wenn man Drogen in ein Gefängnis brachte? Für illegalen Schusswaffenbesitz? Um Gottes willen, nein, er konnte es ihnen nicht sagen. Dazu war es zu spät. Er musste selbst die Verantwortung für sich übernehmen. Sein Handeln hatte ihn hier reingeritten. Sein Handeln würde ihn auch wieder herausbringen.

Glass schüttelte den Kopf.

»Na schön«, sagte Fitch, »wenn Sie nicht wissen, warum, dann würde ich mich zufriedengeben mit, wer.«

»Jemand, der schreiben kann«, sagte Shaw. »Womit zwei Drittel der Gefängnispopulation ausgeschlossen wären.«

Glass stand auf. »Ich habe keine Ahnung.«

»Sie haben wirklich keine Ahnung, wieso Ihnen jemand das hier schicken sollte?«, fragte Richmond.

Glass steckte die Hand in die Tasche. »Diese Menschen sind schwer zu verstehen. Ich weiß nicht, warum jemand einem anderen die Kehle aufschlitzt und ihn dann zu Tode fickt. Oder was jemanden dazu bewegt, einem Kerl den Kopf abzuschneiden und damit auf der Straße Fußball zu spielen. Nein, ich habe keine Ahnung. Vielleicht habe ich jemanden falsch angesehen. Oder ich bin zu groß. Oder zu klein. Oder meine Haare sind zu lang. Oder zu kurz. Oder ich habe einen bescheuerten Namen. Oder …«

»Ich verstehe«, seufzte Fitch. »Möglicherweise müssen wir Sie noch einmal sprechen, Officer Glass.«

»Sie wissen ja, wo Sie mich finden«, sagte Glass. »Was dagegen, wenn ich an die Arbeit gehe?«

Crogan kam in den Umkleideraum, in Zivil. »Wie isses gelaufen?«

»Solltest du nicht schon zu Hause sein?«, fragte Glass.

»Wollte dich noch abfangen. Hören, was war. Nachsehen, ob's dir gutgeht.« Er grinste. »Okay, ich bin einfach nur 'n neugieriger Wichser.«

Crogan war mehr als das. Er war nicht gerade ein Busenfreund, aber er war immer freundlich gewesen. Und das war im Hilton schon so eine Seltenheit, dass Glass es riskierte.

»Ich bräuchte einen Gefallen«, sagte er.

Crogan rieb sich mit dem Daumen das Kinn. »Von mir?«

»Es hat mit Caesar zu tun.«

»Diese Drecksau.« Crogan hörte auf, sich das Kinn zu reiben. »Leg los.«

In dieser Nacht stöpselte Glass alle halbe Stunde, wie es Vorschrift war, ging die Flure auf und ab, überprüfte, dass alles in Ordnung war.

War es. Bis auf Caesar. Sein Zellenalarm ging immer und immer wieder los.

Glass ignorierte es. Caesar konnte morgen früh eine offizielle Beschwerde einreichen. Glass glaubte allerdings nicht daran.

Caesar wollte nichts weiter als mit Glass reden, sehen, ob er inzwischen genügend eingeschüchtert war, so eingeschüchtert, dass er bei dem Fluchtplan mitmachte. Aber Glass war überhaupt nicht eingeschüchtert. Nicht mehr.

Er hatte selbst einen Plan. Allein der Gedanke daran versetzte ihn in Hochstimmung. Fühlte sich an wie ein Kokain-Kick.

Caesar hatte Glass' Leben schon viel zu lange beherrscht, und damit sollte bald Schluss sein.

DIENSTAG

Mit einem Schrei wachte Glass auf. Sein Finger fühlte sich an, als hätte ihn jemand bis auf den Knochen abgeraspelt und angezündet. Es pochte und brannte so entsetzlich, wie er es noch nie empfunden hatte. Er lag im Bett und fragte sich, in welche Hölle er gestürzt war.

Er warf die Decke zurück und hob die Hand. Sein rechter Zeigefinger war weg. Okay, der größte Teil davon. Am Knöchel hing ein Stumpf, darüber ein blutbefleckter Verband. Als der Schock nachgelassen hatte, versuchte er sich zu erinnern, was passiert war.

Er entsann sich, vom Hilton aus nach Hause gefahren zu sein. Das Letzte, was er noch wusste, war, dass er vor dem Haus vorgefahren war. Danach nichts mehr.

Er rief nach Lorna. Da sie nicht kam, rief er noch mal. Vielleicht war sie ausgegangen. Dann fiel ihm etwas ein. Sie hatte gepackt. Er erinnerte sich, ihren Koffer gesehen zu haben. Er dachte, sie hätte vielleicht gesagt, sie ginge mit Caitlin zu ihrer Mutter. Hatte sie ihn verlassen? Und danach? Hatte er etwa einen Eimer Pillen geschluckt und dann einen schrecklichen Unfall gehabt?

Seine Pistole lag auf dem Nachttisch. Vielleicht hatte Lorna sie ja gefunden und war sauer geworden, weil er sie nicht weggeschafft hatte, wie er es ihr versprochen hatte. Zwei Durchdrückpackungen Pillen lagen auch auf dem Nachttisch. Und ein handgeschriebener Zettel. War allerdings nicht Lornas Schrift. Da stand: *Oxys. Starkes Schmerzmittel. Alle vier Stunden eine nehmen.*

Die eine Packung war zur Hälfte leer. Mit der linken Hand drückte er eine weitere Pille heraus, bis sie durch die Folie kam, nahm sie zwischen die Zähne. Schluckte. Machte dasselbe noch mal.

Er starrte auf seine Hand, versuchte, durch Willenskraft

den Finger wieder dahin zu zwingen, wo er hingehörte. Vielleicht stimmte ja mit seinen Augen was nicht. Er schaute auf seine andere Hand, und alle seine Finger waren da.

Er musste sich doch daran erinnern, wenn er seinen Finger verloren hatte, um Gottes willen. Er steckte die Hand wieder unter die Decke, damit er sie nicht sah, und versuchte zu erraten, wer den Zettel geschrieben haben konnte.

Als er aufstand, war er kein bisschen schlauer.

Auf dem Weg aus dem Schlafzimmer trat er gegen irgendwas. Ein Becher von Caitlin. Er bückte sich, um ihn aufzuheben. Roch saure Milch und etwas Fleischiges, sah rote Flecken auf dem Teppich. An den Wänden fielen ihm rosa Stellen auf, die sich gegen die Magnolien abhoben. Sah aus, als hätte er sich dort in den Finger geschnitten und versucht, die Sauerei wegzuputzen.

Er musste seinen Finger untersuchen, das Ausmaß des Schadens sehen.

Im Bad nahm er den Verband ab. Seine Hand zitterte. Er warf einen Blick auf den Stumpf, sah das verkohlte Fleisch, den durchschnittenen Knochen und erbrach sich ins Waschbecken. Nichts als schaumige Flüssigkeit und die beiden rosa-beigen Kapseln. Er kotzte weiter, bis er nichts mehr im Magen hatte. Trotzdem machte er weiter, erschauerte, als die Galle durch die Speiseröhre und aus seinem Mund quoll. Mit tränenden Augen nahm er die Pillen, drehte mit dem Handballen den Wasserhahn auf, ließ Wasser über die Pillen laufen und schluckte sie noch mal. Dann hielt er den Mund unter den Wasserstrahl und trank und spuckte, trank und spuckte.

Nach einer Weile ging er an den Medikamentenschrank, fand einen neuen Verband. Er brauchte mehr als das, aber für den Augenblick musste es genügen. Was er wirklich brauchte, war ärztliche Hilfe. Aber er wusste, was passieren würde, wenn er ins Krankenhaus gehen würde, ohne zu wissen, wie ihm der Finger abhandengekommen war. Sie würden ihn wegbringen und einschließen. Und dann würde er nicht mehr tun können, was er geplant hatte.

Der Verlust eines Fingers würde ihn nicht umbringen. Die Wunde war ausgebrannt. Er hatte Schmerzmittel. Die Oxys hatten angefangen zu wirken, und der Schmerz war erträglich.

Er hatte sogar erwogen zu duschen, aber bei dem Gedanken wurde ihm wieder schlecht. Als er an der Wanne vorbeischlurfte, fiel ihm auf, dass Lorna den Vorhang zugezogen gelassen hatte. Das sah ihr gar nicht ähnlich, aber ihn störte es nicht, und so ließ er ihn, wie er war. Beim Pinkeln fragte er sich, ob die Chance bestand, ihre Beziehung wieder zu kitten. Sie war so ganz anders, wenn sie nicht trank. Manchmal spürte er immer noch, dass sie ihn liebte. Aber sie war weggegangen. Vorerst. Sie würde zurückkommen, wenn er Watt ausgeschaltet hatte.

Nichts hatte sich geändert. Watt würde immer noch sterben. Aber damit Watt sterben konnte, brauchte Glass eine Adresse.

Mad Will würde sie wissen. Aber Glass nahm nicht an, dass Mad Will sie ihm sagen würde.

Mafia zu fragen, hatte keinen Zweck. Er würde seinen Bruder nicht reinreiten, selbst wenn sein Bruder üble Geschichten über ihn erfand. Er wusste, dass es ebenso wenig Zweck hatte, Caesar zu fragen. Aber da gab es einen Unterschied. Glass war nicht bereit, Mad Will oder Mafia zu erschießen, um die Information zu bekommen, bei Caesar allerdings …, okay, Glass wünschte sich beinahe, dass der Wichser sich weigerte zu reden. Wenn irgendjemand die Verantwortung dafür trug, dass Glass' Leben am Arsch war, dann Caesar.

Egal was passierte, diesmal würde Nick Glass es zu Ende bringen.

Wieder auf dem Gefängnisparkplatz. Genau wie letzte Nacht. Nur dass er diesmal die Pistole aus dem Handschuhfach nahm. Er hielt sie eine Weile in der Hand und vergewisserte sich, dass er die Sache wirklich durchziehen wollte.

Ein ganzer Tag ohne eine Spur von Watt. Vielleicht war er abgehauen.

Nee, der würde wiederkommen. Klar würde der wiederkommen.

Glass stieg aus, die Pistole in den Hosenbund geschoben und unter der Jacke versteckt. Als er auf die Pforte zuging, spürte er die Pistole unten am Rückgrat scheuern.

Crogan begrüßte ihn mit einem Kopfnicken, nachdem er eingetreten war. »Kalt?«

»Ja, 'n bisschen klamm«, sagte Glass mit einem Blick auf seine Handschuhe.

»Geht's dir gut?«

»'ne kleine Erkältung im Anflug«, schniefte Glass und wischte sich mit dem Rücken des Handschuhs die Nase, damit es überzeugend aussah. Tatsache war, dass er etliche Oxys eingeworfen hatte und sich großartig fühlte, überhaupt keine Schmerzen. Außerdem hatte er Kodein in seinem Vorrat gefunden und damit noch mal nachgelegt. Die restlichen Oxys hatte er lose in der Hosentasche für später. Allerdings hatten sie ihn müde gemacht, und deshalb hatte er das mit 'ner Ladung Speed ausgleichen müssen. Er wusste, dass das nicht gerade das Cleverste war, aber er musste die Nacht durchstehen, um tun zu können, was getan werden musste. »Bist du allein?«

»Wie schon gesagt.«

»Also, wie machen wir's?«

»Geh einfach durch«, sagte Crogan zu ihm. »Ganz einfach.«

Glass tat es. Als er durch den Metalldetektor trat, piepste es.

»Moment mal«, sagte Crogan.

Glass blieb direkt vor ihm stehen.

»Hast du irgendwas dabei, das du nicht dabeihaben dürftest?« Crogan blickte ihn an.

Glass' Magen krampfte sich zusammen. Was hatte Crogan vor, verdammte Scheiße?

»Ich muss Sie untersuchen, Officer Glass.«

»Ich hab dir vertraut, verdammt noch mal«, sagte Glass.

»Man muss immer aufpassen, wem man vertraut.«

»Scheiße«, sagte Glass. »Scheiße.«

Crogan grinste. Dann lachte er los.

»Um Scheißhimmels willen«, sagte Glass. »Herrgott, verfluchte Kacke.« Der Wichser verarschte ihn. Glass spürte, wie der Zorn sich wie Dolche in seine Schultern bohrte. Fragte sich einen Moment, ob etwa das Schmerzmittel nicht wirkte.

»Hättest dein Gesicht sehen sollen«, sagte Crogan. »Unbezahlbar.«

Glass atmete tief durch. Es half nicht viel. Er atmete noch mal durch. »Lass den Scheiß«, sagte er. »Mann.«

»Na los«, sagte Crogan. »Die Luft ist rein. Stell bloß nichts Dummes an.«

Gottverfluchte Scheiße. »Mach ich nicht.«

»Jetzt mal im Ernst«, sagte Crogan mit gesenkter Stimme, »wenn du in der Scheiße landest, dann geh ich nicht mit dir unter. Wenn du geschnappt wirst, dann ist es für uns alle ein Rätsel, wie du die Kanone reingeschmuggelt hast, aber du hast sie auf keinen Fall heute Abend an mir vorbeigekriegt. Vielleicht hast du sie ja schon reingebracht, bald nachdem du hier angefangen hast? Wahrscheinlich einen Schließer bestochen, damit er dich durchlässt. Einen, der jetzt nicht mehr da ist. Kapiert?«

'n richtiger Vortrag. »In Ordnung«, sagte Glass. Das fehlte ihm jetzt gerade noch. Aber echt. »Woher weißt du, dass ich 'ne Kanone hab?«

»Wenn du irgendwas aus Metall hier mit reinnehmen willst, dann ist es entweder 'n Messer oder 'ne Kanone.«

Da war was dran. »Dann ist es ja vielleicht 'n Messer.«

»Würde dir keine großen Chancen gegen Caesar geben, nur mit 'nem Messer. Und du auch nicht.«

»Wenn's 'ne Kanone wäre«, sagte Glass, »wär das okay für dich?«

»Sie zielt doch nicht auf mich, oder?« Er grinste wieder, ohne einen Schimmer, wie wütend Glass war.

»Sie wird auf niemanden zielen«, sagte Glass.

»Du hast nicht vor, Caesar abzuknallen? Jetzt bin ich aber enttäuscht.«

»Ich will ihm nur drohen.«

»Heikle Sache«, sagte Crogan. »Wenn du nicht bereit bist, sie zu benutzen, ist es 'ne ziemlich leere Drohung.«

Erstaunlich, wie viele einem Ratschläge geben wollten, wie man mit einer Pistole umzugehen hatte. »Ich dachte, du willst nicht, dass ich irgendwas Dummes anstelle«, sagte Glass.

»Stimmt ja auch«, sagte Crogan. »Zieh vor Caesar keine Kanone, wenn du nicht bereit bist, sie zu benutzen. Sonst lebst du nicht mehr lange genug, um's mir zu erzählen. Bist du sicher, dass es dir gutgeht?«

Gegen elf ruft Glass Lorna an.

»Du hast mich aufgeweckt«, sagt Lorna. Ja, sie hört sich verschlafen an. Oder betrunken. Ihre Sprache ist verwaschen.

»Wollte mich nur vergewissern, dass es dir gutgeht.«

»Wieso nicht?«

»Nur so«, sagt er. Er denkt daran, ihr zu sagen, was er vorhat. Aber dabei kann nichts Gutes herauskommen. Er hofft, sie wird es später verstehen.

»Also warum, verdammte Kacke, rufst du an und weckst mich auf, Scheiße noch mal?«

Muss sie das fragen? Sein bekloppptes Weib will wissen, wieso er sie anruft. Zwecklos zu hoffen, dass sie es kapiert.

»Weißt du was, Lorna?«, sagt er. »Es ist egal.«

Er legt auf. Bereut es sofort und spielt mit dem Gedanken, sie noch mal anzurufen. Schafft es, eine Minute lang zu warten.

Dann wählt er.

»Lorna, tut mir leid.«

»Es ist aus«, sagt sie. »Leck mich, Nick. Mir reicht's. Ich pack meine Koffer.«

Als er gedacht hatte, sie würde ihn verlassen, hatte er sich nie vorgestellt, dass es so sein würde. Er hatte sich immer vorgestellt, sie würde das mit den Drogen rausfinden. Vielleicht den Vorrat finden. Oder die Kanone.

Aber ihn zu verlassen, weil er sich am Telefon über sie ärgert?

Sie meint das nicht so. Sie ist sauer, das ist alles. Theatralisch. Sie wird gleich wieder einschlafen und vergessen, dass es je passiert ist.

Beinahe wählt er noch mal, um sie als Schlampe zu beschimpfen, ihr zu sagen, dass sie abhauen soll, dass es ihm nichts ausmacht. Aber es macht ihm was aus, das ist ja das Problem. Wenn es nur um sie gehen würde, wäre er sich nicht sicher, ob es nicht das Beste wäre. Aber Caitlin? Herrgott, nein.

Aber er braucht sich keine Sorgen zu machen. Nur verkaterter Blödsinn. Sie wird ihn nicht verlassen.

In Wirklichkeit nahm Lorna nicht ab, als Glass gegen elf anrief. Während das Telefon noch klingelte, stellte er sich vor, wie Lorna zu Hause im Dunkeln beschloss, nicht abzuheben, weil sie wusste, dass er es war. Aber nein, höchstwahrscheinlich war sie noch bei ihrer Mama.

Er hätte auch bei ihrer Mutter angerufen, aber das hatte

keinen Sinn. Er hatte schon zweimal angerufen. Jedes Mal hatte die alte Hexe steif und fest behauptet, Lorna sei nicht da. Wieso sie nicht sagen konnte, dass Lorna nicht mit ihm reden wollte, wusste er nicht.

Seit er aufgewacht war, hatte er gebetet, sich erinnern zu können, weshalb sie gegangen war. Es war möglich, dass er was gesagt hatte. Dass ihm vielleicht rausgerutscht war, dass Watt dagewesen war, und sie war ausgerastet, hatte Caitlin genommen und sich in den nächsten Zug nach Dunfermline gesetzt. Zurück zu Mami und Papi. Und David.

Er brauchte einen Kaffee. Der würde ihn auf Trab bringen. Aber er wollte sich keinen Kaffee machen. Er hätte es nicht ertragen, noch so ein kleines Geschenk in der Dose zu finden.

Verfluchte Scheiße, was war denn nur los mit ihm? Glaubte er wirklich, er könnte jemanden umbringen, wenn er sich davor fürchtete, sich 'ne Tasse Kaffee zu kochen?

Er ging zum Schrank, holte den Kaffee heraus, versuchte, den Deckel abzunehmen. Ging nicht mit den Handschuhen. Er zog den linken aus, versuchte es erneut.

Kein totes Kätzchen heute Abend.

Er löffelte Granulat in seinen Becher. Seine Hände zitterten so stark, dass er fast danebentraf. Goss Milch dazu. Verschüttete etwas über die Tischplatte. Nahm einen feuchten Lappen, denselben Lappen, der, seit er hier angefangen hatte, benutzt wurde, um die Spüle zu wischen. Widerliche Drecksäue waren das hier auf der Arbeit.

Nachdem er die Milch aufgewischt hatte, spülte er den Lappen aus, roch an seinen Fingern. Sie rochen säuerlich. Er ließ den Hahn offen, hielt die Hand unters Wasser. Ließ den Strahl über den Zeigefinger seiner heilen Hand laufen.

Die Spitze seines fehlenden Fingers kribbelte.

Und kribbelte.

Und kribbelte.

Er goss Wasser in seinen Becher. Rührte den Kaffee um, sah den Schaum oben wirbeln. Rührte wieder, in Gegenrichtung.

Hob den Becher an.

Trank.

Krallte die Zähne um den Rand des Bechers.

Verbrannte sich die Lippe.

Biss zu.

Biss fester zu.

Schrie in den Becher hinein.

Die Flüssigkeit schlug Blasen.

Hielt ihn mit den Zähnen fest.

Bis er herunterfiel.

Prallte vom Teppichboden ab, Flüssigkeit spritzte ihm an die Beine, den Hosenboden.

Er setzte sich auf den Fußboden. Richtete die Pistole in seinem Hosenbund. Betrachtete den Dampf, der vom Teppich aufstieg. Roch den Kaffee. Lauschte dem Geräusch des fließenden Wassers.

Er saß da, während die Zeit verging und Dinge in seinem Kopf passierten, und er vergaß sie, und dann passierten sie wieder, und er änderte, was passierte, denn was er in seinem Kopf sah, war nicht richtig, konnte nicht richtig sein, würde nicht richtig sein, war nicht richtig gewesen. Die Zeit verging, und er blickte zurück, und alles war falsch und in sich verdreht und verknotet, und er wusste, er musste es entwirren und tun, was getan werden musste.

Er nahm noch zwei Schmerzpillen und noch ein bisschen Speed gegen die Benommenheit.

Zwanzig Minuten später stand er auf. Er musste stöpseln.

Die Pistole bohrte sich bei jedem Schritt in sein Rückgrat. Es war lästig, aber es tat nicht weh.

Er konnte es allerdings nicht abwarten, sie endlich zu

ziehen. Sie Caesar in die Fresse zu schieben. Als ihm einfiel, dass er es mit der linken Hand machen musste, blieb er stehen, um zu üben. Ein paarmal fühlte es sich komisch an, aber dann lag sie in seiner Hand, und sein Finger fand mühelos den Abzug.

Er steckte die Pistole wieder weg und beendete seine Runde.

»Was zum Henker …?«, sagte Horse.

Licht flutete vom Korridor in die Zelle, so hell, dass Horse eine Hand vor die Augen hob, um sie zu schützen.

Glass zeigte ihm die Pistole. »Beweg dich«, sagt er.

Horse schwang die Beine aus dem Bett.

Sein Zellengenosse, ein dürrer junger Drogendealer, guckte erschrocken.

»Du hältst dein dreckiges Maul«, befahl ihm Glass.

Er nickte.

»Was machst 'n da, Glass, verfluchte Kacke?«, fragte Horse.

»Was ich schon längst hätte machen sollen.«

Horse schüttelte den Kopf. Er stand auf.

Er trug Unterhosen, sonst nichts. Aber so wie er dastand, voller Selbstvertrauen, hätte man denken können, er trüge einen schicken Maßanzug.

Glass hasste die Selbstsicherheit von dem Wichser. Er sagte es ihm.

Horse starrte ihn an. »Was für 'n Scheiß hast 'n du genommen?«

»Ich will die Scheißaufnahme von mir.«

»Die hab ich nicht.«

»Klar hast du sie.«

»Sie ist nicht hier.«

»Wo ist sie?«

Horse wartete, schaute auf die Pistole. »Wie komm ich dazu, dir das zu sagen, verdammt noch mal?«

»Dann lass es«, sagte Glass. »Komm, wir gehen Caesar wecken und fragen ihn.«

Horse starrte ihn an.

»Jetzt beweg deinen verschissenen Scheißarsch«, sagte Glass, »du verschissenes Scheißarschloch!«

Caesars erste Worte waren die gleichen wie die von Horse. Er sagte: »Was zum Henker ...?«

Jasmine begnügte sich mit quiekenden Geräuschen.

Glass dirigierte Horse vor sich her.

»Haltet die Schnauzen«, sagte Glass. »Ihr beiden Scheißkerle haltet eure Scheißschnauzen.« Er richtete die Pistole auf Caesar und Jasmine.

Jetzt hatte er das Sagen. Das mussten sie doch sehen.

Jasmine hörte auf zu quieken, zog die Decke um sich herum.

»Hör mal ...«, sagte Horse.

»Du hältst dein Scheißmaul«, sagte Glass. »Ich hab's dir gesagt, verdammte Scheiße. Ich lass mir nichts mehr bieten von euch Arschlöchern.«

»Was soll das denn?« Caesar machte Anstalten aufzustehen. »Da tut man 'nem Mann einen Gefallen, und das ist der Dank.«

»Bleib, wo du bist«, sagte Glass.

»Oder was?«, fragte Caesar. »Sonst schießt du?«

»Genau«, sagte Glass.

»Normalerweise«, sagte Caesar, »wär ich ja stinksauer, mitten in der Nacht aufgeweckt zu werden. Aber im Moment stört's mich überhaupt nicht.« Er gluckste. »Du bist echt 'n Scheißkomiker, Nick.«

Wichser, Wichser, Wichser. Beschissener Wichser. »Das ist kein Witz hier.«

»Ach, find ich aber schon.«

»Findest du?«

»Find ich. Was meinst du, Horse?«

»Ich find's auch.«

»Scheißwichser«, sagte Glass. »Ist mir scheißegal, was ihr denkt. Ihr beide.« Schaute zu Jasmine. »Ihr alle miteinander.«

»Ich wette, das ist nicht mal 'ne richtige Kanone«, sagte Horse.

Glass richtete sie auf den Wichser und drückte den Abzug. Nichts. Fühlte sich irgendwie komisch an. Dachte, er hätte nicht fest genug gedrückt. Dann merkte er, wo das Problem lag.

»Siehst du?«, sagte Horse. Aber jetzt hörte er sich nicht mehr so selbstsicher an.

Glass legte die Sicherung um, als Horse einen Schritt auf ihn zu machte. Drückte den Abzug erneut. In der engen Zelle fuhr ihm der Rückhall des Geräuschs bis in die Knochen.

Horse brach auf dem Boden zusammen. Und wie er zusammenbrach. Ein Fall, der wehtun musste, selbst wenn die Kugel nicht wehgetan hatte.

»Verfluchte Kacke«, sagte Caesar.

Jasmine fing wieder an zu quieken.

»Du hast ihn abgeknallt, verdammte Scheiße«, sagte Caesar. »Du hast ihn echt abgeknallt.«

»Und dich knall ich auch noch ab.«

»Was stimmt 'n nicht mit dir, Scheiße noch mal?«

Jasmine kreischte jetzt. Einen echt schmerzhaften, ohrenbetäubenden, grässlichen Krach machte sie. Wie ein Sack voller Katzen, den jemand angezündet hatte.

Und auf dem ganzen Korridor hatte das Rufen und Klopfen aus den anderen Zellen begonnen. Sie waren aufgewacht. Hatten einen Schuss gehört. Und das Einzige, was sie tun konnten, um darauf aufmerksam zu machen, dass sie in Gefahr waren, war, einen Riesenlärm zu veranstalten.

Der Aufseher an der Pforte hatte wahrscheinlich auch

was gehört. Die Pforte war ziemlich weit weg, und beim Diensthabenden lief oft das Radio. Aber selbst wenn der Ton so weit trug, würde eine Reaktion Zeit brauchen. Zeit, um zu entscheiden, was das für ein Geräusch war, was jetzt zu tun sei. Es würde dauern, bis Hilfe eintraf. Das hatte Hilfe so an sich, besonders an einem Ort wie diesem, wo niemand irgendwo rasch hingehen konnte. Glass würde noch eine Weile sicher sein.

So oder so, er konnte jetzt nicht hetzen. Das hier musste ordentlich gemacht werden. Aber bei dem Krach konnte er sich nicht konzentrieren.

»Halt die Fresse!«, brüllte er Jasmine an.

Sie kreischte.

Er richtete die Pistole auf sie und erschoss auch sie.

Jetzt hielt sie das Maul.

»Verdammte Scheiße, warum hast du das gemacht?«, fragte Caesar.

»Wenn sie die Scheißfresse gehalten hätte, würd sie noch leben.«

»Du bist total irre.«

Eins musste man Caesar lassen. Er war erstaunlich gelassen. Gerade waren direkt vor ihm zwei Menschen erschossen worden, und obwohl er wissen musste, dass er der Nächste war, atmete er nicht mal schwer. Glass merkte jedenfalls nichts.

Glass wäre fast in Tränen ausgebrochen, so sehr imponierte ihm Caesar. Überlegte, ihm die Pistole zu geben und zu sagen, er hätte sie verdient.

Wünschte sich, er selbst wäre so scheißcool.

Und weißt du was, zu sterben war ein Ausweg. Problem gelöst. Alle Probleme gelöst. Na schön, gelöst waren sie nicht, jemand anderes hatte sie. Aber auch das war verlockend.

Glass übernahm nicht gern zu viel Verantwortung. Caitlin war schon mehr als genug. Aber er wollte noch nicht gleich sterben. Das war zu einfach. »Horse und Jasmine wollten abhauen«, sagte er. »Da, jetzt sind sie abgehauen, verflucht noch mal.«

Caesar schüttelte den Kopf.

Glass vermutete, dass das etwas zu bedeuten hatte, er wusste nur nicht genau, was.

»Was willst du?«, fragte Caesar.

»Die Aufnahme.«

Caesar nickte. »Die ist weg. Rausgeschmuggelt. Watt hat sie.«

»Das ist sehr praktisch. Zu dem will ich sowieso. Wo find ich ihn?«

Caesar schüttelte den Kopf. »Wenn ich dir Watt gebe, bringst du mich um.«

»Vielleicht bring ich dich sowieso um.«

»Du bist am Arsch, Glass. Du hast grade zwei Menschen kaltgemacht.«

»Genau, ich bin am Arsch«, sagte Glass. »Meine Frau und mein Kind haben mich verlassen. Deinetwegen. Und wegen Watt. Also seid ihr beide auch am Arsch. Wir sind alle am Arsch. Frag Horse und Jasmine.«

»Ich hab dir Fox gegeben«, sagte Caesar.

»Ja, danke. Und mit deinem kleinen Zettel hast du mich reingeritten. Sehr nett von dir.«

»Hast du das nicht komisch gefunden? Dein Problem ist, dass du keinen Sinn für Humor hast, Glass.«

»Meinst du? Im Moment könnt ich mich ausschütten vor Lachen.«

»Das seh ich. Du fährst ab aufs Töten. Gutes Gefühl, stimmt's?«

»Das hab ich nicht gesagt.«

»Ich glaube, du würdest Horse gern den Kopf abschneiden und Fußball damit spielen.«

Glass schaute runter auf Horse und nahm aus dem Augenwinkel eine Bewegung wahr. Als er den Kopf wieder hob, warf Caesar sich gerade auf ihn, und ein stählerner Blitz kam auf ihn zugesaust. Ein großer Scheißblitz. Eine Klinge. Glass ließ sich zu Boden fallen, rollte ab, rutschte durch das Blut von Horse. Mit einem Klirren traf die Klinge auf etwas Hartes, auf etwas dicht neben seinem Körper.

Glass drehte sich, hob die Hand und feuerte.

Caesar blickte auf seinen Arm. Die Kugel hatte ihm ein Loch in den Bizeps gerissen. Er ließ die Klinge fallen. Sah verdächtig nach Peelers Machete aus.

»Wo hast du die her?«, fragte Glass.

Caesar bleckte die Zähne und hielt sich den Arm. Blut tropfte ihm durch die Finger. »Leck mich.«

»Du kannst sie nicht reingebracht haben. Hättest sie nicht durch die Metalldetektoren gekriegt.«

»Leck mich, Crystal, du dämliches Arschloch.«

»Also, woher?«

»Leck mich.«

»Ein Knacki hätte nicht …« Natürlich hätte es ein Knacki nicht geschafft. Musste ein Aufseher gewesen sein. Aber wer? Der einzige Aufseher, der zu dieser Zeit in der Werkstatt gewesen war, war Glass. Bis Fox eintraf. Fox und Ross. »Fox? Fox gibt dir 'ne Machete, und du zahlst es ihm mit 'ner Lakenparty heim?«

»Leck mich.«

»Nein«, sagte Glass. »Hör auf, mich sauer zu machen.« Er schoss ihm ins Knie. »Leck *mich*.«

Caesar krümmte sich. Schrie. Schrie weiter.

»War's Fox?«

Caesar brüllte. Vor Schmerz oder Wut oder beidem. Dann: »Nein.«

Dann musste es so sein: »Ross?« Was für ein Miststück.

»Leck mich.«

Und das war's.

Caesar gab nur noch ein stetiges Stöhnen von sich, kein Gebrüll mehr.

Inzwischen kam das Klopfen aus allen Hütten entlang des Korridors.

Glass musste sich beeilen. Er hob die Machete auf, steckte sie sich unter den Arm. Verdammt großes Scheißding. Wie zum Teufel hatte Caesar es geschafft, das die ganze Zeit in seiner Zelle zu verstecken? Konnte es ja wohl kaum in seinem Arsch gehabt haben.

»Meinst du, es wär witzig, wenn ich dir den Kopf abschneide?«

»Du bist total wahnsinnig, du Vollidiot«, sagte Caesar.

Glass schoss ihm in den Bauch.

Glass kniete nieder, legte Caesars Hand flach mit der Handfläche nach unten und gespreizten Fingern auf den Boden.

Der Krach, den die Häftlinge machten, hallte in Glass' Schädel wider. Konnte kaum hören, was er tat, so benommen machte ihn der Lärm.

Er richtete die Machete aus. Musste die richtige Stelle treffen, so dicht wie möglich am Knöchel.

Schwierig mit der linken Hand.

Caesar war noch nicht tot – Glass sah, dass seine Brust sich hob und senkte. Aber er sagte nicht viel, und seine Augen waren geschlossen.

Na denn, gebongt, okay.

Ignorier den Krach.

Und los.

Er ließ die Klinge so fest er konnte niedersausen. Sie schnitt sauber durch Caesars Zeigefinger und auch noch halb durch den Mittelfinger und die Spitze des nächsten.

Caesar schlug die Augen auf. Seine Lider flatterten. Dann schloss er sie wieder.

Glass ließ die Machete fallen, hob den Finger auf. Drückte Blut heraus. Schöner sauberer Schnitt. Keine Frage, dass er passen würde.

Er hielt ihn an seinen heilen Zeigefinger. Sah nicht schlecht aus. Selbst in dem trüben Licht konnte er sehen, dass die Hautfarbe nicht ideal war – die von Caesar war viel dunkler –, aber die Länge war gut. Als Erstes würde er den Nagel schneiden müssen. Caesars Körperpflege ließ 'ne Menge zu wünschen übrig.

Dreckiger Wichser.

Dreckiger Scheißwichser.

»Leck mich, du blöde Sau.«

Glass zog den Handschuh aus, setzte Caesars Finger über dem Verband an seinen eigenen an. Gut. Er zog den Handschuh wieder an, stopfte den Finger in die Tasche.

Das würde er später regeln. Im Augenblick hatte er Wichtigeres zu tun.

Musste rauskriegen, wo Watt wohnte.

Er schüttelte Caesar.

Kein Glück.

Schlug ihm ins Gesicht.

Kein Glück.

Packte seine Hand, quetschte die blutenden Stümpfe seiner Finger.

Kein Glück.

Presste ihm den Handrücken in die Wunde an seinem Bauch.

Kein Glück.

Knallte ihm die Faust auf das verletzte Knie.

Kein Glück.

Bevor er die Hütte verließ, jagte Glass eine Kugel durch Caesars Kopf.

Mafia und Darko waren in Unterhosen, als Glass in ihre Zelle kam. Beide hatten einen Schuh in der Hand, den sie benutzt hatten, um zusammen mit den anderen Häftlingen gegen die Wände zu klopfen.

»Was ist 'n los, verdammte Kacke?«, fragte Mafia.

»Das ist Glass«, sagte Darko. »Er hat 'ne Kanone.«

»Waren Sie das, der geschossen hat?«, fragte Mafia. »Was haben Sie gemacht?«

»Du musst mir sagen, wo ich Watt finde«, sagte Glass.

»Ich muss überhaupt nichts, Scheiße noch mal«, sagte Mafia. Glass hielt inne. Verdammt, er war ganz mit Blut beschmiert. Und bald würden es alle wissen. »Ich hab sie umgebracht«, sagte er. »Horse und Caesar. Und Jasmine.«

»Scheiße«, sagte Darko.

»Genau«, sagte Glass. »Scheiße.«

»Vielleicht solltest du's damit gut sein lassen, Nick«, sagte Mafia.

»Kann ich nicht«, sagte Glass. »Watt hat eine Aufnahme von mir, wo ich zugebe, dass ich Drogen für Caesar geschmuggelt habe. Und er ist bei mir zu Hause vorbeigekommen und hat meine Familie bedroht. Jetzt ist der Boss, auf den er so abgefahren ist, tot. Da wird er ganz schön angefressen sein.«

»Das ist übel«, sagte Mafia. »Caesar war wahrscheinlich das Einzige, das Watt in Schach gehalten hat.«

»Du musst mir helfen, ihn zu finden, Mafia. Wenn du mir hilfst, helf ich dir auch. Ich bring dich hier raus.«

Mafia nahm seine Brille ab, wobei seine Augen schneller hin- und herflitzten, als Glass es gewohnt war. »Er ist mein Bruder«, sagte Mafia. »Aber eigentlich hätt ich mich schon längst um ihn kümmern sollen. Seit ich hier drinnen bin, hab ich mich nur vor dem Problem gedrückt.«

»Du sagst mir also, wo ich ihn finde?«

»Ich mach noch was Besseres. Ich kann dich selber hinbringen. Wenn ich ihn schon verpfeife, dann würd ich ihm dabei gern ins Gesicht sehn.«

»Dann ziehst du dich jetzt besser an«, sagte Glass.

Mafia nimmt die Brille ab und sagt mit rollenden Augen: »Er ist mein Bruder. Den verpfeif ich nicht.«

»Du musst«, sagt Glass.

»Knallst du mich auch ab, wenn ich's nicht mache?«

»Scheiße«, sagt Glass. »*Scheiße.* Ich muss hier raus. Ich muss ihn finden.«

»Ich komm mit«, sagt Darko. »Aber wir müssen sofort los.«

»Mafia?«, sagt Glass.

»Geht, solang ihr noch könnt.«

»Dann ziehst du dich jetzt besser an«, sagt Glass zu Darko.

»*Welche ist es?*«, fragte die Stimme des Gefängnisseelenklempners in Glass' Kopf.

»Die erste natürlich. Mafia würde mich nicht im Stich lassen.«

»Sind Sie sich da sicher?«, fragte Riddell.

Glass war sich sicher.

Damit der Plan funktionierte, musste er die Pistole aus der Hand geben, damit es so aussah, als wäre er eine Geisel. Es war ein Risiko. Aber er musste Mafia vertrauen. Sonst würde er Watt nie finden.

Sie waren sich nahe gewesen, hatten sich entzweit, sich wieder versöhnt. Aber egal was Mafia zurzeit von Glass hielt, er war sicher nicht so dumm, einen Gefängnisbeamten umzubringen.

Glass hielt ihm die Pistole hin. »Vorsicht damit«, sagte er.

»Die nützt mir nichts«, sagte Mafia. »Ich seh nicht mal gut genug, um 'nen halben Meter vor mir 'ne Backsteinmauer zu treffen.«

»Gib sie mir«, sagte Darko. »Wenn ihr geht, komm ich mit.«

»*Und so ist Darko mitgekommen*«, *sagte Glass zu Riddell.* »*Obwohl wir ihn nicht dabeihaben wollten.*«

Nein, Glass kannte Darko nicht allzu gut; nach dem

Zwischenfall mit dem Kätzchen war Darko vielleicht doch nicht ganz so freundlich, wie Glass mal gedacht hatte. Glass schätzte die Lage ab, bis ihm klar wurde, dass er keine Wahl hatte. Er gab Darko die Pistole.

Mafia hielt Glass um den Hals fest, Darko mit der Pistole in der Hand an ihrer Seite. Sie stolperten die Treppe runter und durch den verlassenen C-Trakt, hörten die Rufe und das Klopfen aus den Zellen, an denen sie vorbeikamen. Jetzt näherten sie sich der Eingangstür und mussten für die Kameras überzeugend wirken.

Darko versetzte Glass einen kräftigen Schubs, um ihn zu zwingen, nach seinem Schlüsselbund zu greifen, den Schlüssel zu suchen und die Tür zu öffnen. Er fummelte daran herum, da er die linke Hand benutzte, aber dadurch sah es nur umso überzeugender aus, ein schwerer Fall von Tatterich.

Er öffnete die Tür, sie traten auf den Korridor.

Hier war die Stelle, wo die Korridore aus den vier Trakten zusammenliefen. Dort, wo sie sich trafen, führte ein Korridor zur Pforte. Glass hatte befürchtet, jemand von der Pforte sei vielleicht runtergekommen, um zu sehen, woher der Krach kam. Aber das war nicht Vorschrift. Vorschrift war, an der Pforte zu bleiben und Verstärkung zu rufen. Und dann zu warten, bis die Verstärkung eintraf.

Mit ein bisschen Glück würde das eine Weile dauern. Da alle eingeschlossen waren, hatte es keine Eile. Aber selbst wenn die Verstärkung bereits angekommen war, hatten die drei immer noch eine gute Chance rauszuspazieren. Eine Geiselnahme wie hier, die Häftlinge mit einer Kanone bewaffnet, na, da würden die Behörden ziemlich dumm dastehen, wenn sie zuließen, dass Darko ihn erschoss. Drei tote Häftlinge waren schon schlimm genug. Drei tote Häftlinge und ein toter Gefängnisaufseher wären der Presse bedeutend schwerer zu erklären.

Sie bewegten sich den Korridor entlang, und Glass sah den Umriss einer Gestalt in Uniform auf der anderen Seite der Tür.

»Kacke«, flüsterte Darko.

»Schon gut«, flüsterte Glass zurück. »Wir brauchen ihn. Wir können die Haupttür nicht von innen aufmachen. Es muss jemand auf der anderen Seite sein, der das macht.«

»Na, dann los«, sagte Darko. Er packte Glass fester. »Wichser!«, rief er. »Dreckiger Wichser!«

Mafia fing ebenfalls an, ihn zu beschimpfen.

Dann schrie Darko zum Aufseher rüber: »Du machst besser auf, sonst schieß ich. Glaub bloß nicht, dass ich's nicht tu!«

Glass bekam kaum Luft. Darko hatte ihn voll im Würgegriff. Die Sau lieferte eine Wahnsinnsvorstellung. Glass' Kopf war nach hinten gedreht, aber er linste den Korridor runter und erkannte den Wachhabenden.

Es war Crogan.

Eigentlich hätte Crogan nach Hause gehen müssen, als Glass seine Schicht angetreten hatte. Glass hoffte zu Gott, dass Crogan nicht daran dachte, den Helden zu spielen. Wieso war der Blödmann nur hiergeblieben, verdammte Kacke?

»Bitte nicht«, sagte Glass getreu seiner Rolle.

»Ich knall ihn ab, verdammte Scheiße«, sagte Darko.

»Leck mich, du kleiner Scheißer«, sagte Crogan.

»Ich will nur, dass du die Tür aufmachst und uns durchlässt.«

»Darko«, sagte Crogan, »du weißt, dass ich die Tür nicht aufmachen darf.«

Glass spürte einen Schlag. Einen Sekundenbruchteil darauf hörte er ein lautes Dröhnen, und in seiner Schulter flammte ein Schmerz auf. Er fiel nach vorn, bis ein Arm ihn packte und ihn wieder hochriss.

Nur dass seine Beine ihn nicht tragen wollten.

Glass spürte, wie sein anderer Arm gezogen und um einen Hals gelegt wurde. Den von Mafia, nahm er an.

»Scheiße«, sagte Mafia. »Scheiße.«

»Den nächsten Schuss«, rief Darko, »schieß ich ihm ins Rückgrat, Crogan. Und die letzte Kugel heb ich für seinen Kopf auf. Also mach endlich die Scheißtür auf!«

Glass wollte ihm sagen, dass das alles unnötig sei. Crogan hatte nur so getan, als wäre er stur. Er hätte die Tür ohne Umstände aufgemacht. Das war nicht nötig gewesen, dass Darko auf ihn schoss.

Um Scheißhimmels willen. Darko hatte auf ihn geschossen.

Das gehörte nicht zum Plan, verfluchte Scheiße.

Crogan öffnete die Tür, trat zurück, die Hände mit offenen Handflächen in der Luft. »Geht's dir gut?«, fragte er Glass, als sie durchgingen.

Glass versuchte zu lächeln, hatte aber nicht die Kraft dazu. Er hielt sich nur mühsam aufrecht. Dachte, er müsse gleich kotzen.

»Er braucht einen Arzt«, sagte Crogan.

»Scheiß drauf, was er braucht«, sagte Darko. »Du setzt dich jetzt hinter deinen Schreibtisch wie ein braves Arschloch. Und rührst dich nicht.«

Crogan zog die Augenbrauen hoch, tat aber, was man ihm gesagt hatte.

»Sind die Bullen draußen?«, fragte Darko.

Genau, dachte Glass. Überfallkommando. Es würde sein wie am Ende von *Butch Cassidy und Sundance Kid*, und sie würden in einem Kugelhagel hinausrennen. So weit war es nur noch nicht. Er freute sich darauf.

»Da wartet niemand«, sagte Crogan. »Nur zwei Aufseher auf dem Rückweg von Trakt B und D. Mehr nicht.«

»Erwartest du etwa, dass wir das glauben?«, fragte Darko.

»Das liegt bei euch«, sagte Crogan.

»Nur zwei?«

»Alle, die noch da sind«, sagte Crogan.

»Und wieso sind die noch nicht hier?«

»Weil's nicht eilt«, sagte Crogan. »Hab nur gehört, dass ihr Wichser im C-Trakt Radau macht, und dachte mir, ich hol mir besser 'n bisschen Gesellschaft. Für den unwahrscheinlichen Fall, dass ich welche brauche.« Er schaute Glass an. »Was war denn los?«

»Jasmine ist tot. Und Horse.« Glass hielt inne. »Und Caesar.«

»Grundgütiger«, sagte Crogan. »Da hat sich jemand 'nen Orden verdient.«

»Hört auf rumzuquatschen«, sagte Darko. »Wir müssen mal 'nen Blick rauswerfen, was da läuft.«

Mit umständlicher Schieberei bewegten sie sich zum Fenster.

Darko spähte durch die Gitterstäbe. »Nichts zu sehen von Bullen.«

»Ich hab's dir doch gesagt«, sagte Crogan.

»Welche Aufseher sind denn im Anmarsch?«, fragte Glass.

»McDee und Ross.« Crogan zuckte die Achseln. »Sogar im Normalfall sind das zwei stinkfaule Wichser.«

Glass hörte das ferne Dröhnen aus dem C-Trakt wie das unmelodiöse Wummern einer Party ganz in der Nähe.

»Aber du hast ihnen gesagt, dass du Hilfe brauchst?«, fragte Darko.

»Hab gar nicht gewusst, dass ich welche brauche«, sagte Crogan. »Hab sie nur gebeten, rüberzukommen. Für alle Fälle.«

»Das ist gut«, sagte Darko. »Dein Optimismus gefällt mir.« Glass fest im Griff, ging er zu der Tür.

Über Glass' ganze Schulter hatte sich Hitze ausgebreitet. Blut rann ihm den Rücken runter.

»Also, wenn sie ankommen«, sagte Darko, »bewahren wir

alle die Ruhe, und alles läuft glatt. Und Glass, du mach nicht so 'nen Krach, verdammt noch mal.«

Glass merkte, dass er stöhnte. Er machte den Mund zu. Er füllte sich mit Speichel. Er schluckte. Blinzelte heftig. *Noch mehr Schmerzmittel.* Wusste nicht, ob er ohne das Zeug Ruhe halten konnte. »Oxys«, sagte er. »Pillen. Meine Tasche.«

»Nimm deine Hand da weg«, sagte Darko.

Glass ließ die Hand an der Seite runterfallen.

»Tu so, als wär alles ganz normal«, befahl Darko Crogan, als sie auch schon Schritte im Korridor hörten.

Dann Stimmen, eine viel höher als die andere. Hörte sich an, als wären Ross und McDee unterwegs zusammengerasselt.

Die Stimmen wurden lauter. Glass hörte deutlich die weibliche Stimme von Ross, die fragte: »Crogan? Alles in Ordnung?«

»Scheint so. Was hat euch aufgehalten?«

»Hab mal 'nen Blick durch die Tür zum C-Trakt geworfen. Keine Spur von Crystal. Und die machen echt 'nen Riesenradau. Schätze, er hat's mal wieder vermasselt.«

»Kommt durch«, sagte Crogan. »Wenn Glass sich nicht meldet, holen wir 'nen Schlüssel und sehen mal nach.« Er drückte auf den Türöffner. »Wie geht's Fox?«

»Schon wieder besser«, sagte Ross. »Wird aber noch 'ne ganze Weile nicht zur Arbeit kommen. Vorausgesetzt, er will überhaupt noch mal wiederkommen.«

Ross und McDee traten in den Empfangsbereich, schauten zu Crogan hoch.

Hinter ihnen sagte Darko: »Hände hoch.«

McDee drehte sich um. »Leck mich«, sagte er. »Der hat 'ne Kanone.«

»Und er hat keine Angst, sie zu benutzen«, sagte Darko und versetzte Glass einen Stoß.

Schmerz spießte sich in Glass' Schulter, rutschte seinen Rücken runter. Er schrie auf. Er verspürte den heftigen

Impuls nachzusehen, wie seine Schulter aussah. Nicht dass er es gekonnt hätte, aber das hinderte ihn nicht daran, es sich zu wünschen. Konnte auch nicht schlimmer sein als sein Finger.

»Er blutet«, sagte McDee.

»Danke«, sagte Darko. »Du könntest für Mafia das Sehen übernehmen. Du hast da echt 'n Talent für.«

McDees Hände bewegten sich, als hätten sie ein Eigenleben. Schließlich begnügte er sich damit, die Fäuste zu ballen, sie dicht vor der Brust zu halten und die Knöchel gegeneinanderzuschlagen.

»Rauf mit deinen Scheißhänden«, sagte Darko.

»Wieso rufst du uns hierher, Crogan?«, fragte Ross. »Direkt in 'ne Scheißfalle, du Wichser.«

»Sie waren noch nicht da, als ich euch angerufen hab«, sagte Crogan. »Ich konnte gar nichts machen.«

»Erzähl das …«

»Ruhe, *kuja*«, sagte Darko. »*Psi ti jebu mater.* Und zwar in den Arsch. Und zum letzten Mal: Flossen hoch!«

Ross hielt den Mund, hob die Hände. McDee machte es genauso.

»Lass mich 'nen Krankenwagen rufen«, sagte Crogan.

»Er hat dir gesagt, du sollst still sein«, sagte Mafia.

»Heb deine Scheißflossen hoch«, sagte Darko.

Unter dem dumpfen *Wumm, Wumm, Wumm*, das aus dem C-Trakt zu ihnen rüberdrang, starrten sie einander an. Das würde jetzt die ganze Nacht so weitergehen.

»Hast du deine Autoschlüssel?«, sagte Darko zu Glass.

»Hinten …«, das Atmen fiel ihm schwer, »… in der … Hosentasche.«

»Und was machen wir mit denen?« Darko schwenkte die Pistole in Richtung der Aufseher. »Das Tor lässt sich nur von der anderen Seite aus aufmachen. Weißt du, wie man's aufkriegt, Glass?«

Glass nickte. »Knopf auf dem Schreibtisch.«

»Okay, Leute«, sagte Darko. »Runter mit den Klamotten.«

Crogan, McDee und Ross blickten einander an.

»Was machen sie jetzt?«, sagte Mafia zu Glass.

»Gar nichts«, sagte Glass.

Darko schrie sie an: »Runter mit euren Scheißklamotten!«

Einer nach dem anderen nahm die Hände runter. McDee fing als Erster an, sich die Jacke aufzuknöpfen. Danach kam Crogan. Ross schlug die Arme übereinander.

»Mach es, Ross«, sagte Glass. »Mach es, sonst knallt er mich ab.«

»Das wagt der dürre kleine Wichser nicht«, sagte Ross.

»Er hat schon mal geschossen.«

»Das da?« Sie drehte den Kopf zur Seite. »Das bringt dich nicht um.«

»Das ist kein Witz, verdammte Scheiße.«

»Der macht das«, sagte Crogan.

»Ist mir scheißegal«, sagte Ross. »Ich zieh meine Scheißklamotten nicht aus.«

»Du bist so was von 'ner blöden Fotze«, sagte Darko.

»Und du bist 'n dreckiges Balkanarschloch.«

»Jetzt mach, was man dir sagt, verfluchte Scheiße«, sagte Darko.

Ross rührte keinen Finger.

»Wir haben keine Zeit für so was.« Lächelnd richtete Darko die Pistole auf sie.

Sie schloss die Augen.

Darko schoss.

McDee fiel zu Boden.

»Was ist passiert?«, fragte Mafia.

»Raus hier«, sagte Darko.

»Hast du sie getroffen?«, fragte Mafia.

»Sofort raus hier, verdammte Kacke.« Darko packte Glass an der Krawatte.

»Wie schlimm ist es, Ross?«, fragte Glass.

Sie hatte sich über McDee gebeugt. »Der Wichser hat ihn in die Brust getroffen. Aber er atmet noch.«

»Hättest tun sollen, was man dir gesagt hat«, sagte Darko. »Jetzt seid ihr erst mal beschäftigt.« Er zerrte an Glass' Schlips. »Zeit zu verschwinden. Und zwar sofort, verflucht noch mal.«

»Ich kann nicht«, sagte Glass.

»Du machst auch, was man dir sagt.«

»Würd ich ja gerne«, sagte Glass. »Aber ich glaub wirklich, dass ich nicht kann.« Wie zum Beweis knickten seine Beine ein.

Darko und Mafia stützten ihn. Das hatten sie schon mal gehabt.

»Und ihr Wichser«, sagte Darko, »versucht bloß nicht irgend'nen Scheiß, ehe wir weg sind.« Schwerfällig bewegten sie sich durch den Raum in Richtung Ausgang.

»Lasst Glass hier«, sagte Crogan. »Er braucht 'nen Krankenwagen, genauso wie McDee.«

»Hör auf, mir zu erzählen, was ich machen soll, verdammte Scheiße«, sagte Darko. »*Drkadzijo.*«

Sie schleppten Glass weiter. Kamen zur Tür. Fanden die Klinke, öffneten.

Ein Windstoß traf Glass ins Gesicht. Möbelte ihn ein bisschen auf. Aber nicht so weit, dass er sich allein aufrecht halten konnte.

»Weiter«, sagte Mafia.

Ein letzter Blick zurück, und Darko sagte: »Auf drei.« Er zählte. Dann bewegten sie sich wieder.

Etwas drückte auf Glass' Wunde. Er schrie auf. Der Druck ließ nicht nach. Niemanden schien es zu kümmern.

Mafia und Darko hasteten über den Parkplatz, Glass' Zehen schleiften zwischen den beiden auf der Erde.

Er versuchte, sie anzuheben. Versuchte, die Knie anzuziehen. Aber dadurch wurden die Schmerzen nur noch schlimmer.

Musste wohl ohnmächtig geworden sein. Als Nächstes merkte er, dass sie zum Halten gekommen waren. Der Druck auf seiner Schulter war weg, Mafia und Darko schnauften schwer, und Glass' Gesicht brannte, als hätte er eine Ohrfeige bekommen.

»Welches ist dein Auto?« Darko war direkt vor ihm, von Angesicht zu Angesicht. Er *hatte* ihn geohrfeigt. »Dein Auto?«, wiederholte er.

Groß war die Auswahl nicht. Ein Dutzend oder so.

Glass fragte sich, ob er sie einfach raten lassen sollte. Irgendwann würden sie es finden. Sie wussten ja, wo seine Schlüssel waren. Konnten sie an einem Auto nach dem andern ausprobieren. Das wär witzig gewesen. Wachbleiben war viel zu anstrengend.

Aber sie ließen ihn nicht einschlafen.

Sein Kopf schlug nach hinten, als Darko ihn wieder ohrfeigte. Er schmeckte Blut diesmal. Spürte eine Schwellung innen an der Oberlippe. Wundes Gefühl an den Rändern.

»Auto?«, fragte Darko. »Letzte Chance, verflucht noch mal.«

Glass schaute sich um, deutete darauf.

»War doch ganz einfach, oder?«, sagte Darko.

Eigentlich nicht, aber das sagte Glass nicht. Seine Finger und Zehen kribbelten, als wären sie eingeschlafen. Gleich würde er wieder umkippen.

Er freute sich schon drauf.

MITTWOCH

Zuerst kamen die Stimmen. Vor den Schmerzen. Aber als die Schmerzen zuschlugen, machten sie ihn für alles andere taub.

Glass schlug die Augen auf. Licht drückte wie Daumen auf seine Augäpfel. Eine willkommene Ablenkung von dem Wahnsinn in seiner Schulter.

Dauerte einen Moment, bis seine Augen sich blinzelnd angepasst hatten.

Nach und nach verwandelte sich das verwaschene Streifenmuster in einen Raum. Einen, den er nicht kannte.

Keinen Schimmer, wie er hierher gekommen war. Mafia und Darko mussten ihn hier reingeschleppt haben.

Hier rein. Nicht dort, nein. Sie waren nicht im Hilton.

Sie waren entkommen.

Okay, Mafia und Darko waren entkommen.

Angesichts dessen, was Glass getan hatte, war es vielleicht angebracht zu sagen, dass Glass auch entkommen war. Er hatte Caesar umgebracht. Er hatte Horse umgebracht. Er hatte Jasmine umgebracht. Verdammte Scheiße, hatte er das wirklich getan? In der Erinnerung kam es ihm absolut real vor.

Er holte Luft und schaute sich um.

Zwei Einzelbetten mit je einem billigen Nachttisch. Eine Uhr auf dem Tisch, die ihm verriet, dass es 2.02 Uhr war. An der Wand gegenüber ein Schreibtisch. Ein Holzstuhl. Ein bequemerer Sessel, vor dem Darko auf- und abtigerte.

Glass hörte, wie Mafia seinen Namen sagte.

Die Vorhänge waren zugezogen, die Deckenlampe brannte. In der Ecke stand ein ausgeschalteter Fernseher. Auf einem Couchtisch stand ein Wasserkocher.

Wer hatte denn einen Wasserkocher im Schlafzimmer?, fragte sich Glass. Und überhaupt, wer hatte zwei Einzelbetten im Schlafzimmer?

Dann machte es klick: Das hier war ein Hotelzimmer. Natürlich. Da war sogar eine kleine Schale mit Kaffee- und Teebeuteln neben dem Kocher.

Glass blieb liegen, wo er war, und schloss die Augen. Er

hatte noch ein paar Schmerztabletten in der Hosentasche. Er musste nur nach unten langen. Aber dazu war er zu benebelt. Vielleicht würden die Schmerzen ja nachlassen, wenn er sich nicht bewegte. Daliegen, dem Gespräch zuhören, zu mehr brachte er nicht die Energie auf.

»Spielt keine Rolle«, sagte Mafia. »Sind wir uns einig, dass wir das Auto von Glass loswerden müssen?«

»Na klar«, sagte Darko. »Wir fahren's irgendwohin und lassen's stehen.«

»Dann wissen sie, dass wir in der Nähe sind.«

»Nicht, wenn wir uns direkt vom Acker machen.«

»Wir müssen wieder zu Glass zurück. In diesem Zustand können wir ihn nicht mitnehmen.«

»Den Babysitter können wir auch nicht spielen. Er muss ins Krankenhaus.«

»Wenn er ins Krankenhaus kommt«, sagte Mafia, »dann heißt das tschüss, Geisel!«

»'ne tote Geisel hilft uns auch nicht weiter.«

»Der stirbt schon nicht.«

»Sicher?«

Kurze Stille.

Dann sagte Mafia: »Wir besorgen jemanden, der ihn zusammenflickt. Nehmen ihn mit.«

»Wen denn? Der braucht 'nen Arzt.«

»Ich ruf jemanden an.«

Glass hörte Darko seufzen. »Selbst wenn wir ihn wieder auf Vordermann bringen, wird er uns aufhalten.«

»Das geht schon. Nur 'ne Schulterverletzung.«

»Könnte infiziert sein.«

»Das lassen wir untersuchen.«

»Könnte sich noch infizieren.«

»Dann amputieren wir halt, verdammte Scheiße.«

Pause.

Dann sagte Mafia: »Das haben wir jetzt davon, dass du ihn angeschossen hast.«

»Hättest du's getan?«, fragte Darko.

Wieder Stille.

»Also solltest du dich lieber bei mir bedanken. Nicht beschweren.«

Die Zeit schleppte sich dahin.

Mafia: »Hier können wir nicht bleiben.«

»Ich weiß.«

»Dann ruf ich jetzt an. Und du fährst besser mit dem Auto los. Bring es so weit weg wie möglich.«

Wieder Pause.

»Okay. Aber ich komm wieder«, sagte Darko.

»Lieber nicht. Die suchen nach uns beiden zusammen. Allein bist du sicherer.«

»Und wie willst du durchkommen?«

»Das krieg ich schon hin. Glass kann für mich sehen.«

»Dem traust du? Ich hab den Wichser angeschossen.«

»Stimmt, hast du«, sagte Mafia. »Lass mir lieber die Kanone hier.«

»Wenn du willst. Aber das ist 'ne Mordwaffe. Wir sollten sie besser fortschaffen.«

»Kein Problem. Die wisch ich ab. Ich geb sie Glass, wenn ich sie nicht mehr brauche.«

Glass richtete sich auf. Nein, er versuchte sich aufzurichten. Kriegte nicht mehr hin, als den Kopf zu heben. Konnte ihn allerdings nicht lange so halten. Stöhnend ließ er ihn wieder aufs Kissen zurückfallen.

»Dornröschen ist aufgewacht«, sagte Darko.

»Wi…« Glass' Lippen waren ausgetrocknet. Er leckte sie. Mafia war weg. Musste sich aufs Klo verdrückt haben. »Wieso bist du noch hier?«, fragte er Darko. »Geh. Hör auf Mafia. Er hat recht.«

»Du hast geträumt«, sagte Darko.

»Ich bin schon seit 'ner Weile wach«, sagte Glass. »Du musst los. Nimm das Auto. Stell's irgendwo ab. Komm nicht zurück. Natürlich kann Mafia mir trauen.«

»Mafia?« Darko wollte verschwinden. Das konnte Glass erkennen.

Und scheiß drauf, das war auch vernünftig.

»Kann ich meine Frau mal anrufen?«, fragte Glass.

»Du bist 'ne Scheißgeisel«, sagte Darko.

»Aber keine echte. Kriegt doch keiner mit.«

»Bist du total bescheuert?«, sagte Darko.

»Ach, komm schon. Sie wird sich Sorgen machen. Ich will nur, dass sie weiß, dass mir nichts fehlt.«

»Damit dann die ganze Welt erfährt, dass ich bluffe? Nein«, sagte Darko, »das kann ich nicht zulassen.«

Was vielleicht auch ganz gut so war. Glass hatte keine Lust auf eine Reaktion wie auf seinen letzten Anruf. Nein, das würde sie natürlich nicht machen. So herzlos war sie nicht. Wieso stellte er sich immer das Schlimmste vor?

Sie hatte gedroht, zu ihrer Mutter zu gehen. Hatte ihren Koffer gepackt. Und den von Caitlin. Er hatte sie überredet zu bleiben.

Ja, er hatte sie überredet zu bleiben. Oder?

Scheiße, nein. Er träumte *wirklich*.

Sie war weggegangen. Aber vielleicht *war* sie ja zurückgekommen.

»Egal«, sagte Darko zu Glass. »Dir geht's nicht gut. Du brauchst 'nen Arzt.«

Mafia stand in der Tür zur Toilette. »Und 'n paar neue Klamotten.«

Glass lachte. »Idealer Zeitpunkt für 'nen Imagewechsel.«

»Wer redet hier von deinem Image?«, fragte Darko.

»Aus rein praktischen Gründen. Blutflecken kommen nicht grade gut.«

»Ich weiß, was du vorhin gemeint hast«, sagte Glass. »Das läuft alles ganz falsch, weißt du? Du solltest dich freuen. Auf der Stelle hopsen wie 'n kleiner Junge an seinem Geburtstag.«

Mafia wandte den Kopf in Glass' Richtung. Wartete.

»Muss ich das noch erklären?«, fragte Glass. »Du bist frei.«

»Aus dem Knast raus vielleicht«, sagte Darko. »Aber noch lange nicht frei.« Er hielt inne. »Und wahrscheinlich werden sie versuchen, mich für Caesar und seine Bande dranzukriegen. Mir ist im Augenblick nicht nach Feiern.«

»Mir ist auch nicht so richtig danach, in Gesang und Tanz auszubrechen«, sagte Mafia.

»Darko.« Glass schloss kurz die Augen. »Wieso hast du McDee erschossen?«

»Weil ich Ross nicht kaltmachen konnte. Ich erschieß keine Frauen.«

»Das ist alles?«

»Musste irgendwen abknallen. Auf dich zu schießen, hat's irgendwie nicht so gebracht, wie ich gehofft hab.«

»Ist doch egal.« Mafia legte beruhigend die Hand auf Darkos Schulter. »Die Sache ist die, dass sie tot sind und wir mit den Konsequenzen fertig werden müssen.«

»Genau«, sagte Glass und entspannte sich. »Da hast du recht.«

»Du solltest verschwinden, Darko«, sagte Mafia. »Solange du noch kannst. Wenn wir zusammenbleiben, schadet das unserer Gesundheit.«

Bevor er geht, greift Darko zum Telefonhörer.

»Nicht«, sagt Glass. »Du darfst niemandem trauen.«

»Willst du hier rumliegen und verbluten?«

»Nein«, sagt Glass zu Riddell. »Es war nicht Darko. Darko ist gegangen. Mafia hat den Hörer abgenommen.«

»Sind Sie sich da ganz sicher?«

»Unbedingt.«

»Und Sie waren es nicht?«

»Wen hätte ich denn anrufen sollen? Außerdem hätten sie mich doch nicht mal mit Lorna sprechen lassen.«

»Wo war Lorna?«

»Ich weiß nicht. Aber ich hätte sie schon ausfindig gemacht.«

»Und was hätten Sie ihr gesagt?«

»Dass es mir leid tut.«

»Was leid tut?«

»Ich weiß nicht. Alles das, was sie dazu gebracht hat, wegzugehen.«

»Okay«, sagt Riddell. »Machen Sie weiter.«

Nachdem Darko gegangen war … wo war er stehengeblieben? Genau, nachdem Darko gegangen war, hob Mafia den Hörer ab.

So war es richtig.

»Nicht«, sagte Glass zu Mafia. »Du darfst niemandem trauen.«

»Willst du hier rumliegen und verbluten?«

»Ich komm schon klar.«

»Aber nicht mehr lange«, sagte Mafia. »Wir haben unser Bestes getan, um die Blutung zu stoppen, aber wir sind keine Ärzte.«

Glass schaute auf seinen Arm. Sie hatten den Ärmel abgeschnitten, anscheinend ein Hotelhandtuch zerrissen, es über seiner Schulter gefaltet und unter seinem Oberarm die Enden zusammengeknotet. Er trug immer noch seine Handschuhe. Sah total bescheuert aus. Mit den Zähnen zerrte er den linken herunter, kramte in seiner Hosentasche und fand ein paar Pillen. Warf noch zwei Oxys ein mit etwas Speed zum Runterspülen. Mafia wählte. Während er darauf wartete, dass jemand abnahm, fluchte er leise vor sich hin und schwenkte mit der anderen Hand lässig die Pistole.

»Vorsicht mit dem Ding«, sagte Glass.

Mafia legte die Pistole auf den Schreibtisch. »Komm schon«, sagte er. Er legte auf. Wählte erneut. Er musste dreimal anrufen, bevor er durchkam. »Gleichfalls.« Pause.

»Spielt doch keine Rolle, wie spät es ist, verfluchte Kacke. Ich brauch deine Hilfe.« Pause. »Ich bin's, Mafia.«

Glass hörte zu, während Mafia erklärte, dass sie einen Arzt und ein Auto brauchten. Der Typ am anderen Ende schien immer wieder dazwischenzureden, denn Mafia sagte: »Hältst du jetzt endlich mal die Schnauze, verdammt noch mal, und lässt mich reden? Ich kann das nicht alles am Telefon erklären. Mach einfach, was ich dir sage. Mein Freund hat Schmerzen. Er kommt hier nicht weg, ehe er bei einem Arzt war.«

Er nannte die Adresse des Hotels. Dann sagte er: »Nein, du musst sofort herkommen ... Ja, ich weiß, dass wir dein Auto nicht nehmen können ... Such dir einen, der eins klemmt, und bring's her. Sag ihnen, wir brauchen keinen Fahrer, nur ein Auto. Aber komm du jetzt rüber, und zwar flott.«

Er war ein Optimist. Glass konnte garantiert nicht fahren. Sein Arm war inzwischen total steif. Ganz zu schweigen von seiner kaputten Hand. Und Mafia konnte nichts sehen. Zu zweit hatten sie die nötigen funktionierenden Körperteile, aber individuell taugten sie nicht für viel.

Als Mafia aufgelegt hatte, sagte Glass: »Das war nett.«

»Was denn?«

»Mich deinen Freund zu nennen.«

»Ich versuch hier, dir den Arsch zu retten«, sagte Mafia. »Denkst du, da nenn ich dich 'nen Wichser?«

Glass beließ es vorerst dabei. Dann sagte er: »Es geht also nur darum, dass du 'ne Geisel brauchst? Oder würdest du auch so wollen, dass ich überlebe?«

»Du bist ein total bescheuertes kleines Kind.« Mafia sagte eine Weile nichts mehr. Begnügte sich damit, den geriffelten Griff der Pistole zu streicheln.

Glass störte ihn nicht dabei. Er hatte ja recht. Glass war ein bescheuertes kleines Kind.

Er hatte eine behütete Kindheit gehabt. War mit seiner

Mama und seiner großen Schwester aufgewachsen, Hazel. Hatte nie gewusst, wer sein Vater war. Gelegentlich tauchten irgendwelche Typen auf, klar, aber nur einer, der länger durchhielt. Er war okay gewesen, aber so richtig klick gemacht hatte es nie zwischen ihm und Glass.

Egal, Glass hatte Lorna kennengelernt, die erste Frau, in die er sich verknallt hatte, als er im Sommer in der Bäckerei ihres Vaters gejobbt hatte, um Geld für die Universität zu verdienen. Damals, bevor ihr Dad die Bäckerei verloren hatte, war sie intelligent und einschüchternd und sexy gewesen und hatte gewusst, was sie wollte, im Bett. Sie waren erst drei Monate zusammen, als sie schwanger wurde.

»Wie?«, hatte er sie gefragt.

»Was glaubst du denn?«

»Aber du nimmst doch die Pille oder so was«, sagte er. »Oder nicht?«

Sie hatten nie darüber gesprochen. Er war einfach davon ausgegangen.

»Nein«, sagte sie.

»Aber«, sagte er und versuchte zu verdauen, was er da hörte, »aber du musst doch irgendwelche Vorsichtsmaßnahmen getroffen haben.«

»Wieso denn?«, fragte sie.

»Weil«, sagte er, »weil sonst … du weißt schon, *das hier* passieren würde.«

»Denkst du, ich will nicht schwanger sein?«

»Ich, ich weiß nicht … willst du?«

»Ja. Und wie. Ich liebe es. Ich wünsch mir eine Familie. Du nicht? Geht's in einer Beziehung nicht überhaupt darum?«

Er war sich da nicht so sicher. Ging es darum? Er hatte nie über den Sex hinausgedacht. »Du hättest doch mal fragen können.«

»Hätte ich, ja.«

»Das wäre höflich gewesen.«

Sie lachte. »Stimmt. Tut mir leid. Hättest du Ja gesagt?«

»Ich will nicht Vater werden«, sagte er. »Ich bin noch zu jung.«

»Du wirst ein toller Vater«, sagte sie. »Na, egal, ist sowieso zu spät.«

Er war von der Schule abgegangen, hatte einen Teilzeitjob in der Bäckerei angenommen, war bei seiner Mama aus- und bei Lorna eingezogen.

Hazel war nicht glücklich gewesen. Nicht, weil er Mama allein ließ. Nein, Hazel war schon längst selbst weg. Hatte einen amerikanischen Anwalt kennengelernt, geheiratet und war nach Boston gezogen. Versuchte seitdem verzweifelt, Kinder zu bekommen.

Und da ging ihr kleiner Bruder hin und schwängerte seine Freundin gleich mit dem ersten Schuss. Nein, seine Schwester war nicht glücklich. Sie drohte damit, ihn zu besuchen und ein ernstes Wörtchen mit ihm zu reden, aber er hatte ihr gesagt, sie solle sich raushalten.

Damals war es ihnen gutgegangen, ihm und Lorna, in ihrer kleinen Wohnung über der Bäckerei. Und er hätte um keinen Preis der Welt auf Caitlin verzichten mögen.

Seine Mama war zwei Jahre danach gestorben. Bauchspeicheldrüsenkrebs. Wenigstens bekam sie ihre Enkeltochter noch zu sehen, bevor sie abtrat. Hazel erschien nicht zur Beerdigung, und Glass hatte sie seitdem nicht mehr gesehen. Sie hätte genauso gut gar nicht existieren können.

Gott, wie gern wäre er jetzt zu Hause bei der einzigen Familie gewesen, die er noch hatte, zusammengekuschelt im Bett, mit Lorna auf der einen Seite, auf der anderen Caitlin, die zu ihnen ins Bett kroch und die Sohlen ihrer kleinen kalten Füße gegen seine Schienbeine drückte und sich über die Haare darauf beklagte.

Aber er war in einem Hotelzimmer und sah Mafia zu, der mit seiner Pistole spielte.

»Kannst du die nicht mal in Ruhe lassen?«, fragte ihn Glass. »Du machst mich total nervös.«

Mafia seufzte. Trommelte mit den Fingern auf dem Schreibtisch.

Glass musste mit ihm reden. Konnte es nicht zurückhalten. Es gab Sachen, die er wissen musste. »Was passiert jetzt?«, fragte er.

Mafia wandte den Kopf von ihm ab. »Hab 'nen Arzt gerufen. 'n Auto besorgt.«

»Nein«, sagte Glass. »Mit uns. Jetzt. Bin ich jetzt 'ne Geisel? Ich weiß nicht, ob das hier echt ist oder nicht.«

Mafia fragte: »Tut dein Arm weh?«

»Nicht richtig schlimm, aber ja, ich spür ihn.«

»Dann ist es echt. Schmerzen sind echt. Vielleicht als Einziges.«

»Aber du hast dich nicht verändert, oder? Du bist doch immer noch derselbe Mensch, den ich drinnen gekannt hab?«

»Wir verändern uns ständig, wir alle. Wir sind ein anderer Mensch als der Mensch, der wir noch vor ein paar Sekunden waren.«

»Ich glaub nicht, dass sich Menschen sehr verändern.«

»Hängt davon ab, was mit ihnen passiert.«

»Soll das heißen, ich *bin* 'ne Geisel?«

Mafia gab keine Antwort.

»Du würdest mich nicht erschießen. Im Hilton vorhin hast du Darko die Kanone gegeben.«

»Aus rein praktischen Gründen. Ich kann nicht sehen, weißt du noch?«

»Aber wenn du könntest, hättest du sie nicht benutzt.«

»Wir sind aus unsrer Zelle geflüchtet. Mit 'nem Gefängnisbeamten. Wer weiß, was ich gemacht hätte, wenn ich die Kanone gehabt hätte.«

»Und was, wenn ich jetzt gehe?«

»Dann wirst du höchstwahrscheinlich sterben.« Mafia

schaute zu ihm herüber. »Ich brauch dich gar nicht abzuknallen.«

»Scheiße«, sagte Glass. »Ich versuch's doch nur zu verstehen.« Er atmete aus. »Ich kapier nicht, wieso Darko mich angeschossen hat.«

»Das tut mir leid.«

»Ich will keine Entschuldigung. Ich hätte nur gern 'ne Erklärung.«

»Nein, tut mir leid, dass du's nicht kapierst.« Mafia nahm die Brille ab, rieb sich, eins nach dem anderen, mit den Handballen die Augen. »Schien in dem Augenblick das Richtige zu sein. Den Wichsern zeigen, dass wir's ernst meinen.«

»Und der Preis war dir egal?«

»Welcher Preis?«

»Für mich, Mafia. Dass er mich hätte umbringen können.«

Er setzte die Sonnenbrille wieder auf. »So ein schlechter Schütze ist er nicht.«

»Aber ich könnte sterben. Hast du selber gesagt.«

»Nur, wenn du abhaust. Ein Arzt ist unterwegs. Bleib hier, dann schaffst du's.«

»Ein großer Trost ist das nicht.«

»Wenn du getröstet werden willst«, sagte Mafia, »dann redest du mit dem Falschen.«

Sie saßen stumm da und hörten dem Summen der Stromleitung zu.

»Du hast unrecht«, sagte Glass.

Mafia seufzte. »Womit?«

»Mit dem Mich-Trösten. Was du vorhin gesagt hast. Das bedeutet mir 'ne Menge.«

»Hältst du irgendwann mal die Schnauze?«, sagte Mafia.

»Ich mein ja nur. Als du gesagt hast, ich wär dein Freund.«

»Glass«, sagte Mafia. »Ich bin so scheißfreundlich, ich

würd dir sogar einen blasen, nur damit du aufhörst, so sentimental daherzulabern. Und wenn du nicht endlich das Maul hältst, verpass ich dir wirklich 'ne Kugel.«

Glass hielt das Maul.

Er hielt eine ganze Weile das Maul. Genau genommen redeten sie kein Wort mehr, bis Mad Will kam.

Als sie das Auto vorfahren hörten, hob Glass den Kopf und hielt ihn oben, so gut er konnte. Erwartete halb, dass Mafia zum Fenster gehen und durch einen Spalt im Vorhang hinausschauen würde. Dann fiel ihm ein, dass Mafia ja gar nicht sehen konnte.

»Schaffst du's bis zur Tür?«, fragte Glass.

»Herrgott«, sagte Mafia. »Ich bin ja nicht blind, verdammte Scheiße.« Er griff nach der Pistole, setzte sich in Richtung Tür in Bewegung, blieb nach zwei Schritten stehen. »Irgendwas auf dem Boden?«, fragte er.

»Der Weg ist frei.«

Gerade als er an die Tür gelangt war, klopfte es. Er tastete nach der Klinke, fand sie, öffnete die Tür einen Spalt. »Ja?«

»Lange nicht gesehen.«

»Was du nicht sagst.« Mafia öffnete die Tür. »Wie geht's?«

Und in diesem Augenblick sah Glass Mad Will und dachte für einen Moment, dass seine Schusswunde doch schlimmer war, als er gedacht hatte, dass er vom Blutverlust und den Drogen Halluzinationen hatte. Aber nein, es waren nicht nur das vertraute pausbäckige Gesicht und die großen Zähne, auch die Stimme klang wie die von Mad Will.

Glass ließ den Kopf aufs Kissen zurückfallen und entspannte seine Nackenmuskeln, die unter der Anstrengung, den Kopf hochzuhalten, zu ermüden begannen.

Was hatte Mad Will hier zu suchen, verdammte Kacke?

»Ah, da ist ja unser Patient.« Mad Will kam zu Glass herüber und drückte seine Selbstgedrehte im Aschenbecher aus. »Wir müssen aufhören, uns immer unter solchen Umständen zu treffen.«

Glass stöhnte.

»Na, was ist denn diesmal passiert?«

Glass blickte Mafia an, der sich die Brille am Ärmel abputzte, während seine Pupillen hin- und herschossen. »Ein Unfall«, sagte Glass.

»Wir müssen dich aufrecht hinsetzen«, sagte Mad Will.

»Ich hab's versucht. Hab nicht genug Kraft.«

»Keine Angst«, sagte Mad Will. »Ich helfe.«

»Okay«, sagte Glass. »Aber Sie dürfen meine Schulter nicht belasten.«

»Mann«, sagte Mad Will. »Wer ist hier der Arzt?«

»Keine Ahnung«, sagte Glass. »Sind Sie wirklich Arzt?«

»Na ja, schon«, sagte Mad Will. »Hab's wenigstens studiert.«

Genau was Glass fehlte. Ein Quacksalber. »Und Sie kennen sich aus?«

»Nur die Ruhe«, sagte Mad Will. »Ich bin der beste nicht zugelassene Arzt in Edinburgh. Hab ich vielleicht nicht deinen Finger behandelt?«

Mad Will wusste über seinen Finger Bescheid. »Sie waren das?«

»Ich hab getan, was ich konnte. War aber total am Arsch, als du damit fertig warst. Hast du noch Schmerztabletten übrig?«

»Zwei Stück.«

»Zum Glück hab ich noch 'n paar mitgebracht. Na, sehen wir mal, was du dir diesmal angetan hast.«

Und irgendwie schaffte er es, Glass in Sitzposition zu hieven.

Mad Will schüttelte die Kissen von beiden Betten auf und schob sie Glass in den Rücken. Er entfernte das Tuch von Glass' Schulter und nahm die Wunde in Augenschein. »Schusswunde«, sagte er nach einer Weile.

»Sie merken aber auch alles«, sagte Glass.

»Ich hab dir ja gesagt, dass nichts Gutes dabei rauskommt, wenn man mit Kanonen spielt.«

»Ich brauch keine Scheißvorträge. Wie sieht's aus?«

»Ziemlich sauber«, sagte Mad Will. »Glatter Durchschuss. Kein größerer Schaden. Ich kann nicht viel mehr tun als saubermachen, dich zusammenflicken, und dann können wir uns hinsetzen und gemütlich 'nen Joint durchziehen.«

»Geht nicht«, sagte Mafia. »Ich muss klar bleiben. Und dann nichts wie weg.«

»Du musst dich mal entspannen, Mann.«

»Drauf geschissen«, sagte Mafia. »Ich hab mich jahrelang entspannt.«

»*Du* brauchst allerdings Antibiotika«, sagte Mad Will zu Glass. »Ich hab dich schon mal gewarnt, dass du 'ne Infektion kriegst.«

»Wirklich?«

»Erinnerst du dich nicht?«

»Kein bisschen.«

»Trauma«, sagte Mad Will. »Und dazu noch die Drogen. Du warst total von der Rolle. Hätte mich nicht gewundert, wenn du gedacht hättest, ich hätt's gemacht.«

»Und? Hast du's gemacht?«

»Sehr komisch«, sagte Mad Will. »Du hast mir gesagt, dass du's ganz alleine gemacht hast.«

Glass schüttelte den Kopf. »Totaler Filmriss.«

»Eigentlich müsstest du ins Krankenhaus.«

»Geht nicht.«

»Nein«, sagte Mafia. »Er bleibt bei mir. Über was redet ihr beiden da eigentlich?«

»Genau, was ist passiert?«, fragte Glass Mad Will.

Mad Will schaute ihn aus zusammengekniffenen Augen an. »Wenn du's nicht weißt, wie dann ich?«

»Meinen Finger meine ich. Ich erinnere mich nicht mehr.«

»Ich weiß nur, was du gestern von dir gegeben hast.«

»Und was war das?«

»Ein Unfall. Noch einer.«

Klar, ein Unfall. Das hörte sich plausibel an.

»Beim Zwiebelschneiden.«

Scheiße. Vielleicht doch nicht. »War Lorna da? Bei mir zu Hause?«

»Hab sie nicht gesehen. Erinnerst du dich an *überhaupt* nichts mehr?«

»An gar nichts. Wieso hab ich Sie angerufen? Ich wusste doch gar nicht, dass Sie Arzt sind.«

»Du hast was gegen die Schmerzen gebraucht.«

»Ich hätte doch was in meinem Vorrat finden können.«

»Ich bin mir ziemlich sicher, dass du's versucht hast.«

Glass nickte. »Haben Sie … haben Sie die Wunde ausgebrannt?«

»Scheiße noch mal, nein. Das ist doch barbarisch. Das warst du selber.«

Glass zuckte zusammen bei dem Gedanken. War froh, dass er sich nicht dran erinnern konnte. »Haben Sie meinen Finger gefunden? Den Teil, den ich abgeschnitten hab?«

»Hast gesagt, den hättest du weggeworfen. Ihn irgendwo hingetan, wo er keinen Schaden anrichten könnte.«

Glass fragte sich, ob er ihn in den Müll geworfen oder draußen weggeworfen oder die Toilette runtergespült hatte. Er hatte keine Ahnung.

»Ich hab versucht, dich ins Krankenhaus zu bringen«, sagte Mad Will. »Wolltest du aber nicht. Hast gedroht, mich abzuknallen. Also hab ich's dir so angenehm gemacht, wie ich konnte. Hab dir ein paar Schmerztabletten gegeben und was, das dich umhaut. Soll ich noch mal nachsehen?«

»Ja, danke«, sagte Glass. »Und da ist noch was, das Sie tun könnten.« Er schaute sich um und sagte zu Mafia:

»Wo ist meine Jacke? Ich hab da was in der Tasche, was ich brauche.«

»Dein Portemonnaie hat Darko mitgenommen«, sagte Mafia. »Brauchte 'ne Kreditkarte von dir, zum Einchecken.«

»Das macht nichts«, sagte Glass. »Ich hab was anderes gemeint.«

Zuerst schmerzte Glass' Arm unter dem engen neuen Verband, und sein Finger pochte in seiner neuen Hülle, aber Mad Will sagte ihm, er solle notfalls die Dosis raufsetzen, und genau das hatte Glass gemacht. Jetzt war es da nur noch steif und juckte. Er wollte nicht einschlafen, aber er hatte kein bisschen Speed mehr. Er hoffte, das Adrenalin von den nächtlichen Ereignissen würde die sedierende Wirkung des Schmerzmittels aufwiegen.

Mad Will hatte sich geweigert, Caesars Finger an Glass' Stumpf anzunähen. Er sagte, es sei zu viel Zeit vergangen, und dann schaute er verwirrt und fragte Glass, wo er den Finger gefunden habe. Und als Glass erklärte, es sei nicht sein eigener Finger, schüttelte Mad Will nur traurig den Kopf.

Klar, Glass wusste, dass es keinen Sinn ergab. Aber ihm fehlte ein Teil von sich selbst, und den wollte er zurückhaben, selbst wenn er tot war und jemand anderem gehörte.

»Wessen Finger ist das?«, hatte Mad Will gefragt.

»Das spielt keine Rolle«, sagte Glass. »Er braucht ihn nicht.« Aber Mad Will war das egal. Er machte die Operation nicht.

»Na, und was hast du jetzt vor?«, fragte Mad Will.

»Jemand bringt doch ein Fahrzeug, oder?«, fragte Mafia.

»Ich hab um diese Zeit niemanden sonst erreicht«, sagte Mad Will. »Das einzige Auto, das wir haben, ist meins. Wie bist du hergekommen?«

»In meinem Auto«, sagte Glass.

»Wo ist es?«

»Darko stellt es irgendwo ab.«

»Mafias Zellenkumpel?«

»Genau«, sagte Glass, erstaunt, wie wenig es ihn aufregte. »Der Typ, der mich angeschossen hat.« Er musste sich zwingen, wütend zu klingen.

»Ihr hattet also ein Auto?«

»Ein höchst auffälliges«, sagte Mafia.

»Mit bekanntem Kennzeichen«, fügte Glass hinzu.

»Ihr hättet sie austauschen können«, sagte Mad Will. »Überhaupt kein Problem. Wann will Darko wieder hier sein?«

»Überhaupt nicht«, sagte Mafia.

»Der ist also weg, hm?« Mad Will rieb sich mit dem Daumen die Nasenspitze. »Bist du sicher, dass du dich nicht stellen willst?«

Glass lachte. »Mafia würde mich nicht lassen.«

»Nicht?«

»Fragen Sie ihn.«

»Hmmm«, sagte Mad Will. »Sicher, dass du's nicht bist, der sich nicht stellen will? Was hast du gemacht?«

Glass' Lider wurden schwer. Das Schmerzmittel haute ihn um. »Ich hab 'n paar Leute umgebracht«, sagte er. »Ich bin in Schwierigkeiten.«

»Ich hab gedacht, du erinnerst dich an nichts mehr.«

»Ich erinnere mich an heute Nacht. Wär mir lieber, wenn nicht.«

»Du hast heute Nacht jemanden umgebracht?«

»Genau«, sagte Glass.

»Scheiße«, sagte Mad Will. »Komm, ich schaff dich hier raus. Irgendwohin, wo dich keiner sucht. Denn wenn Darko geschnappt wird, ist die Polizei in null Komma nichts hier.«

»Was hab ich dir gesagt?«, sagte Mafia zu Glass. »Wir müssen hier weg.«

»Ihr Versteck?«, fragte Glass Mad Will.

»Genau. Es ist sicher. Da wohnt niemand. Es ist nicht besonders gemütlich, aber da sucht auch niemand nach dir. Du kannst dort ’ne Weile ausruhen. ’n bisschen ausschlafen, bevor du weiterfährst. Oder was sonst.«

»Okay«, sagte Glass, und Mafia stimmte zu.

»Nur eins noch«, sagte Mad Will. »Ich brauch die Kanone.«

Glass saß vorn, die Pistole war im Handschuhfach verstaut. Er lauschte dem stetigen Surren des Motors, während Mad Will sie über die gewundene Nebenstraße vom Hotel wegbrachte. Glass schloss die Augen. Sinnlos, dagegen anzukämpfen.

Als er aufwachte, erinnerte er sich, von Watt und Mafia als Kindern geträumt zu haben. Sie spielten mit einer Meute anderer Kinder, alle in Schuluniformen, zusammen in einer Schulturnhalle.

An einer Ampel fuhr Mad Will langsamer. Als sie umsprang, drehte Glass den Kopf zu Mafia auf dem Rücksitz um und fragte: »Habt ihr, du und Watt, euch früher mal nahegestanden?«

»Wie Brüder«, sagte Mafia.

Glass schaute nach vorn.

»Was hast du gesagt?«, fragte Mad Will.

Glass schüttelte nur den Kopf. »Wissen Sie, wo Watt wohnt?«

»Na klar.«

»Sagen Sie’s mir?«

»Wieso? Willst du auf seinem Fußboden verbluten?«

»Ich will ihn umbringen.«

»Schlaf weiter«, sagte Mad Will. »Vielleicht, wenn’s dir wieder bessergeht.«

Das Auto fuhr mit sanft schnurrendem Motor weiter dahin. Glass legte den Kopf ans Fenster. Die Vibrationen in seinem Schädel wirkten tröstlich. Er sah zu, wie Zaunpfosten in Sicht kamen, dann vorbeischossen.

Wusch, wusch, wusch.

Auf dem Rücksitz im Volvo seiner Mama, als Kind, hatte er immer so getan, als wäre er draußen und renne nebenher. In seiner Vorstellung hatte er nie Mühe mitzuhalten. Am liebsten rannte er über Felder. Weicher Untergrund, tolle Gerüche, keine Gefahr, überfahren zu werden, zahllose Hindernisse zu überspringen. Denn er konnte nicht nur rennen wie der Teufel, er konnte außerdem auch enorme Höhen und große Abstände überwinden.

Im Sommer fuhr seine Mama bei schönem Wetter gern mit ihm und seiner Schwester aufs Land. Mama mochte keine Strände, hatte lieber Gras als Sand. Jedes Mal fuhr sie in eine andere Richtung und fuhr, bis sie etwas gefunden hatten, das hübsch und grün aussah.

Dann machten sie halt. Picknickten. Nur einmal kamen sie in Schwierigkeiten. Und nicht etwa, dass sie von einem wütenden Farmer aufgefordert wurden, zu verschwinden. Kein so 'n »Runter von meinem Land«-Scheiß. Nicht ein einziges Mal. Aber auf irgendeinem piekfeinen Anwesen wurden sie von einer Handvoll Polopferde aufgefordert, zu verschwinden.

Glass hatte sich nie in seinem Leben so gefürchtet. Er hielt Pferde bis dahin für freundliche Wesen. Aber er ging ganz nah ran an diese Meute, und sie wieherten und stampften, als er näher kam. Er verstand die Hinweise nicht. Er war erst zehn oder so. Wäre schön gewesen, wenn er hätte behaupten können, er wäre mutig gewesen, aber das hätte nicht gestimmt, denn er wusste gar nicht, dass es da irgendwas gab, vor dem man sich fürchten sollte. Er tat nur, was neugierige kleine Jungs eben tun.

Eines der Pferde, ein Fuchs, bäumte sich auf den Hinterbeinen auf. Dann noch eins. Und erst da kam der kleine Glass auf den Gedanken, er könne in Gefahr sein. Aber trotzdem trat er näher, jetzt vielleicht mutig. Auf jeden Fall entschlossen. Entschlossen, nahe genug ranzukommen, um ihnen die Nüstern zu streicheln und eine Handvoll Gras zu geben.

Und da ging es los.

Zwei von ihnen drehten ihm mit ruckartigen Bewegungen eins nach dem andern den Rücken zu, so wie von Flöhen geplagte Hunde sich drehen, um an ihrem juckenden Hinterteil zu knabbern.

Sie richteten sich auf. Wieherten. Und traten aus.

Einer der Hufe verfehlte nur knapp seinen Kopf. Wenn er getroffen hätte, hätte Glass einen gefährlichen Schlag abbekommen. Einen Augenblick blieb er stehen, stellte sich vor, sein Kopf wäre eingeschlagen, und sah einen zweiten Tritt kommen.

Er zwang seine Beine, sich zu bewegen. Sprintete. Legte Abstand zwischen sich und die verrückten Biester.

Nach einer Weile warf er einen Blick über die Schulter.

Die Pferde jagten ihm nach. Alle. Im Rudel.

Er rief. Winkte seiner Mama und Hazel, die zweihundert Meter weiter auf einer Decke im Schatten eines Baumes saßen.

Mama schaute hoch. Winkte zurück.

Hazel sah aus, als würde sie lachen.

Glass rief noch einmal. Rannte weiter. Konnte das Wummern der Hufe der übers Gras galoppierenden Pferde hören. Es wurde lauter. Schloss zu ihm auf.

Immer näher.

Sie schnaubten. Er konnte ihren heißen Atem im Nacken spüren.

Und dort, seine Mama, Hazel, winkten jetzt beide. Hazel beugte sich vor, fragte seine Mama etwas. Seine Mama beachtete sie nicht.

Glass' Wangen waren heiß vor Tränen.

Er stolperte.

Hände knallten aufs Gras. Handgelenke verdrehten sich unter der Wucht.

Er versuchte zu schreien.

Bekam nicht genug Luft.

Gleich würde er sterben. Zu Tode getrampelt werden. Er wusste es.

Hinter ihm trommelten Hufe auf die Erde. Hallten in seinen Knochen wider.

Hände über dem Kopf. Machte sich auf das Krachen seines Rückgrats gefasst.

Aber die Pferde rannten an ihm vorbei. Sprangen über ihn hinweg. Ohne ihn zu berühren.

Sie kamen trabend zum Halt, und bebend schaute er von der Erde zu ihnen hoch.

Er stemmte sich auf die Füße.

Hazel lachte so heftig, dass Glass sie von da, wo er stand, hören konnte. Mama kam auf ihn zugekrochen.

»Geh weg!«, rief Glass Hazel zu. »Geh weg!« Immer noch rufend, rannte er seiner Mama entgegen.

Als er sie erreichte, packte sie ihn um die Hüfte und drückte ihn an sich. Sie keuchte ihm ins Ohr.

Über ihre Schulter sah er Hazel im Gras sitzen und lächeln. »Geh weg«, sagte er leise.

»Du willst, dass ich weggehe?«, fragte seine Mama.

»Nein, sie«, sagte er. »*Sie.*«

»Ach, Nick«, sagte seine Mama. »Lacht sie dich wieder aus?«

Glass nickte. »Mach, dass sie weggeht.«

Seine Mama ließ ihn los und drehte sich um. »Hazel«, sagte sie. »Du hast gehört, was Nick gesagt hat. Geh jetzt weg.« Sie hielt inne, fragte Glass: »Ist sie weg?«

Glass sah, wie Hazel die Augen zukniff, und dann flimmerte sie und verschwand, als hätte es sie nie gegeben. »Ja«, sagte er. »Sie ist weg. Warum hat sie mich ausgelacht, Mama?«

Aber seine Mama wusste es nicht. Hazel war ihr immer ein Rätsel gewesen.

Glass hatte ohne Verletzung überlebt, und Hazel war nach ein paar Monaten wieder erschienen und hatte gesagt, es tue ihr leid, aber seitdem hatte er Pferde nie wieder gemocht.

Aber im Auto auf den Ausflügen mit seiner Mama und seiner Schwester hatte er sich immer sicher gefühlt.

Ja, er hatte sich vorgestellt, er sei draußen auf freiem Feld, von Pferden gejagt, die wie verrückt schnaubten, aber er war vollkommen sicher. Er stampfte durchs Gras, flitzte durch Rapsfelder, tanzte über Rüben hinweg, die ausgelegt worden waren, damit die Schafe daran knabbern konnten. Er hüpfte über Zäune und sprang über Teiche.

Nichts da draußen konnte ihm etwas anhaben. Die Welt war nicht realer als seine Träume. Um ihn herum, draußen auf dem offenen Land, sah Glass die Lichter der Stadt ringsum. All das hatte etwas Tröstliches. Vielleicht lag es ja an den Schmerztabletten, die ihm ein Gefühl des Wohlbehagens bereiteten. Sein Fingerstumpf pochte.

Er hatte drei Menschen umgebracht.

Er war angeschossen worden.

Er hatte sich den eigenen Finger abgeschnitten.

Lorna hatte ihn verlassen.

Er würde es schaffen. Er brauchte nur etwas Schlaf.

DONNERSTAG

Glass schüttelte den Kopf. Scheißidee. Fühlte sich an, als würde ein Vogel in seinem Schädel versuchen, sich den Weg nach draußen freizupicken.

Er spürte das Wasser, das ihm übers Gesicht rann. Er konnte nichts sehen, und dann bohrte sich ein Lichtstrahl tief in seine Augen, und er schrie auf.

»Bist du wieder da, Nick?«

Glass versuchte, die Hand vor die Augen zu heben. Aber etwas hielt ihn davon ab. Seine Hand bog sich nach hinten, aber sein Handgelenk rührte sich nicht. Er spürte, dass sich knapp über dem Handschuh etwas in seine Haut grub.

Scheiße. *Scheiße.*

Versuchte es mit der anderen Hand. Dasselbe. Er zerrte heftiger. Mit beiden Händen. Nichts rührte sich.

Er konnte nichts sehen, das Licht blendete ihn. Er zog den Kopf ein.

»Blende ich dich?«

Glass schaute zu Boden und sah durch schmerzende, verquollene Augen, dass er auf einem Stuhl saß und seine Handgelenke an den Armlehnen festgebunden waren.

Um Scheißhimmels willen.

Er versuchte, die Füße zu bewegen. Scheiße. Seine Füße waren auch gefesselt.

Glass blinzelte das Wasser aus den Augen. Leckte sich die Lippen.

Verdammte Scheiße, *Scheiße, Scheiße.*

Das Licht entfernte sich, und er folgte dem Strahl.

Er sah Pizzaschachteln neben einem Kamerastativ, und ihm wurde klar, dass sie sich in Mad Wills Schlafzimmer befanden. Nur dass es anders aussah als in Glass' Erinnerung an den Pornodreh. Das Bett war verschwunden. Und so wie sich die Taschenlampe auf dem Boden spiegelte, sah es aus, als hätte jemand eine Plastikplane ausgelegt.

Zusätzlich drang etwas Licht durch das vorhanglose Fenster und tauchte den dunklen Raum in ein fahles Grau.

Er hob den Kopf. Erkannte Watt in einem Hemd mit aufgerollten Ärmeln, die Taschenlampe in der einen, die Pistole in der anderen Hand. Hinter Watt, etwa drei Meter entfernt, stand noch ein Stuhl. Glass glaubte, eine zusammengesunkene Gestalt darauf zu erkennen.

»Mafia?!«, schrie Glass.

»Der wird dir nicht helfen.« Watt bückte sich vor Glass und richtete die Lampe auf ihn.

Glass schaute weg. Sah zu seinen Füßen einen halbvollen Eimer Wasser. Ein Stück Seil.

»Ich will dich mal was fragen, Nick«, sagte Watt. »Hast du Caesar kaltgemacht?«

Gottverdammte Scheiße. Er wusste es. Mafia hatte es ihm gesagt. *Scheiße.*

Glass zerrte an den Stricken, mit denen seine Hände gefesselt waren. Es half kein bisschen. Nur dass seine Schulter wieder brannte wie Feuer. Er musste inzwischen schon so lange draußen sein, dass die Wirkung der Schmerzmittel nachgelassen hatte.

»Das sieht ganz nach Schuldeingeständnis aus«, sagte Watt. »Oder ist es nur Angst?«

Dann fiel Glass ein, dass Mafia es ihm gar nicht gesagt haben konnte. Wenn doch, dann hätte Watt nicht zu fragen brauchen. Glass brüllte: »Leck mich, du Stück Scheiße!«

»Nicht so laut«, sagte Watt. »Die Nachbarn könnten was hören.« Er lachte über seinen eigenen Witz. Sie wussten beide, dass es keine Nachbarn gab.

Glass kämpfte wieder gegen die Stricke an. Sie gruben sich in seine Haut.

»Du wirst mir die Wahrheit sagen, Nick.« Watt leuchtete das eigene Gesicht an. »Siehst du, wie ernst ich's meine?« Er hielt inne ohne eine Spur von Lächeln. »Die Wahrheit. Oder du stirbst.«

Glass hatte das Gefühl, als würden sich bei jedem Atemzug die Knochen seines Brustkorbs zusammenziehen. Gleich würden sie ihm das Herz eindrücken. Er brauchte etwas, um sich zu beruhigen. Schmerzmittel. Keine Chance, an sie ranzukommen. »Ich schwör dir, ich bring dich um«, sagte Glass in der Hoffnung, etwas von dem Druck in seinem Innern abzubauen.

»Ja, natürlich.« Watt richtete die Taschenlampe wieder auf Glass. »Und wie willst du das anstellen?«

Glass stemmte die Füße gegen den Boden und spannte alle Muskeln an. Es war nicht geplant. Es erschien ihm nur als das Richtige. Er warf sich vor und nach oben. Hoffte, er hätte Glück und könnte der Drecksau den Kopf unters Kinn rammen.

Watt sah es kommen und wich aus.

Glass verlor das Gleichgewicht und knallte auf die Seite. Japsend lag er da und schaute zu Watt hoch, während ihm der Schmerz durch die Schulter raste. Nicht gerade weich unter der Plastikplane. Außerdem hatte er auch noch die Schmerzen in seinem Finger angeworfen.

Watt trat ihm in die Fresse.

Blut schoss aus Glass' Lippe, spritzte auf seine Zunge. Er spuckte.

Wieder bewegte sich Watts Fuß. Glass kniff die Augen zu, aber der zweite Tritt kam nicht. Als Glass die Augen wieder öffnete, sah er, dass Watt über ihn gestiegen war. Er kam an die Seite, eine Hand an der Stuhllehne, die andere packte ein Stück von Glass' Hemd.

Watt drehte den Stuhl auf den Rücken. »Ich hab gehört, dass jemand Caesar abgemurkst hat«, sagte er. »Ihn verstümmelt hat.«

»Weiß ich nichts von«, sagte Glass mit unsicherer Stimme.

»Ihm die Finger abgesäbelt.«

»Ach«, sagte Glass. Er schluckte. »Was du nicht sagst.«

»Wieso macht jemand so was?«

»Vielleicht hat er ja einfach einen haben wollen.« Was redete er denn da?

Watt nickte. »Hat einfach einen haben wollen. Das ist schön. Ist ja okay, sich einen zu nehmen, wenn man einen haben will, stimmt's?«

»Caesar hat ihn nicht gebraucht.«

»Was redest du ’n da, verdammte Kacke?«

»Er hat ihn nicht gebraucht. Wo er doch tot war.«

»Aber *du* hast ihn gebraucht.«

»Ich hab nicht gesagt, dass ich ihn mir genommen habe«, sagte Glass.

»Und was ist dann das?« Watt hielt etwas unter die Taschenlampe.

Glass blinzelte. Watt hatte Caesars abgetrennten Finger gefunden. »Der gehört mir«, sagte Glass.

»Das glaub ich nicht.«

»Zieh mir den Handschuh aus.«

»Du spinnst doch.«

»Zieh ihn aus.«

Es musste etwas in Glass’ Stimme gelegen haben, denn Watt beugte sich vor und berührte den Zeigefinger des Handschuhs. Dann packte er zu und zog. Der Handschuh rutschte herunter.

»Siehst du?«, sagte Glass.

»Na, da schau her«, sagte Watt. »Überraschung, Überraschung. Das muss wehgetan haben. Wer war das?«

»Ich kann mich nicht erinnern«, sagte Glass. »Aber ich glaube, ich war’s.«

»War das, bevor du Caesar kaltgemacht hast oder danach?«

Glass sagte nichts.

»Du willst nicht reden. Aber ich sag dir, ich bin froh, dass wir dieses kleine Schwätzchen hatten. Jetzt weiß ich, dass du’s für okay hältst, dass ich mir ’nen Finger nehm, wenn ich einen haben will.«

»Das hab ich nicht gesagt.« Glass ballte die Fäuste und zog die Finger ein, dass man sie nicht mehr sehen konnte. Schmerz schoss durch seinen Stumpf, ließ ihn nach Luft schnappen.

»Doch, hast du. Egal, nur die Ruhe«, sagte Watt. »Hab ich gesagt, dass ich mir *deinen* nehme?«

Was hatte der irre Wichser vor? Mafia einen abzuschneiden? »Nimm meinen«, sagte Glass.

»Du bist 'n bisschen knapp.«

»Nimm meinen«, sagte Glass. »Bitte.«

»Also, damit ich das jetzt richtig verstehe«, sagte Watt. »Du bittest mich, dir 'nen Finger abzuschneiden?«

Glass war eine Sekunde lang still, dann flüsterte er: »Ja.«

»Na, wie könnte ich da Nein sagen?«, fragte Watt. »Ein Glück, dass ich mein Messer dabeihabe. Wart mal kurz.« Er verschwand im Dunkeln, kam Sekunden darauf zurück und beugte sich über Glass. Im Licht der Taschenlampe glänzte ein Steakmesser. »Meinst du, es ist scharf genug?«

Glass schrie, denn er erinnerte sich an den Schmerz beim ersten Mal.

Er erinnerte sich, dass er schon mal hier gewesen war. Nicht, als er Mad Will die Pistole abgekauft hatte. Nicht später, bei einer der Drogenübergaben. Nein, er erinnerte sich, hier in diesem Raum gewesen zu sein, an diesen Stuhl gefesselt. Nein, vielleicht war es doch nicht hier gewesen. Er erinnerte sich, zu Hause gewesen zu sein.

Ja. Watt kam ins Schlafzimmer gestürmt. Ins Schlafzimmer gestürmt, genau. Er hatte ein Messer. Watt hielt Glass am Boden fest, hielt ihn am Boden fest, ja, drückte seine Finger flach auf den Fußboden, so war es, ja.

Stieß zu.

Da war auch ein Geruch. Ein säuerlicher Geruch. Krieg den Geruch nicht aus dem Kopf.

Als der erinnerte Schmerz stärker wurde, als Glass ertragen konnte, sagte Riddell: »Es ist gut, sich zu erinnern.«

»Es ist 'ne Qual.«

»Es ist Ihre Qual.«

Glass sagte: »Das ist noch nicht das Schlimmste.«

»Das ist alles Vergangenheit.«

»Das stimmt nicht. Ich bin jetzt da.«

»Wer ist bei Ihnen?«

»Ich. Mafia. Watt.«

»Sind Sie sich sicher?«

»Konzentrier dich«, sagte Watt. »Tut es weh? Tut es weh? Na? Hat es Caesar wehgetan?«

Glass antwortete nicht.

»Gib Antwort, du Wichser, sonst mach ich's wirklich.«

Nach einem weiteren Eimer Wasser kam er wieder zu sich. Licht schien ihm in die Augen.

Sein Finger pochte bis tief in den Knochen. Die Erinnerung war nicht verblasst.

Watt hatte den Stuhl wohl wieder aufgestellt, denn Glass spürte festen Boden unter den Füßen.

Er schaute runter auf seinen Finger. Watt hatte den Verband heruntergerissen, bevor er den Knauf des Messers auf den Stumpf geknallt hatte. Er blutete wieder. Glass würgte. Sein Mund füllte sich mit Übelkeit. Die Säure fraß sich in seine wunden Lippen. Er spuckte aus, zielte auf Watts Schuh, traf aber daneben.

Watt richtete den Strahl weg von Glass, und Glass sah, dass er jetzt die Pistole in der Hand hatte, das Messer war weg.

Glass versuchte zu sehen, ob Mafia okay war, aber er konnte nichts ausmachen. Er traute es Watt durchaus zu, sich an seinem Bruder zu vergreifen, während der bewusstlos war. »Mach mit mir, was du willst«, sagte Glass. »Aber tu bloß Mafia nichts an.«

»Was hat denn der damit zu tun?«

»Gar nichts«, sagte Glass. »Ich schwör dir, dass er's nicht war.«

»Du stehst wirklich auf den, stimmt's? Bist am Ende doch noch schwul, was? Wundert mich, dass du 'n Kind hast.«

Glass wollte nicht, dass er von Caitlin sprach.

»Süßes kleines Mädchen«, sagte Watt.

Hör auf.

»Ich mag sie sehr.«

»Du dreckiger Pädo!«, brüllte Glass. »Du Scheißkinderficker. Beschissene Drecksau.«

»Sag nicht so was, Nick, das ist nicht nett.«

»Glaubst du vielleicht, Caesar wäre stolz auf dich? Glaubst du das? Umlegen würde dich der, du verschissenes Arschloch.«

»Hör zu«, sagte Watt. »Ich bin ja vielleicht manches, aber ich bin kein Pädo. Lorna mag ich allerdings auf ganz besondere Art. Werd vielleicht später 'n bisschen Spaß mit ihr haben, wenn du nichts dagegen hast. Oder auch wenn doch. Gerade wenn doch.«

»Sie haben nichts damit zu tun«, sagte Glass. »Lass sie in Ruhe, um Himmels willen.«

»Du bist ein Glückspilz.« Unter den Sohlen von Watts Schuhen raschelte die Plastikplane, als er auf- und abging. »Ich hoffe, du weißt das zu schätzen.«

»Ich flehe dich an«, sagte Glass. »Bitte.«

»Ich bin ein vernünftiger Mensch«, fuhr Watt fort. »Aber bei dir hab ich meine Zweifel. Schauen wir uns die Sache doch mal rational an.« Er ging noch ein paar Schritte weiter weg von Glass und drehte sich zu ihm um. »Jemand hat Caesar erschossen. Mit dieser Kanone hier. Die dir gehört, wie Mad Will mir gesagt hat, ehe er sich nach Hause ins Bett verpisst hat. Ich hab sie natürlich selber erkannt und brauche die Hilfe von dem Wichser nicht. Will möchte mit jedem gut Freund sein, das gehört sich nicht für 'nen Mann. Ich glaub nich, dass er mir von dir erzählt hätte, wenn ich's nicht selber gehört hätte, weißt du. Also nimm's ihm nicht krumm. Er hat dich nur hergebracht, weil er wusste, was ich mit ihm machen würde, wenn er's nich tut. Egal wer Caesar mit deiner Kanone umgebracht hat, der hat auch

Horse und Jasmine abgeknallt. Aber ehrlich gesagt gehen die beiden mir ziemlich am Arsch vorbei. Caesar war aber wie 'n Familienmitglied für mich.« Er hielt inne. »Anders als mein leiblicher Bruder. Egal, wenn du mich davon überzeugen kannst, dass du nicht für den Mord an Caesar verantwortlich bist, können wir alle nach Hause gehen. Aber wenn du Caesar kaltgemacht hast, dann musst du kriegen, was du verdienst.« Er bückte sich, bis er mit Glass auf gleicher Augenhöhe war, und schaltete die Taschenlampe aus. Seine Stimme kam direkt neben Glass' Ohr aus dem Dunkel. »Hast du Caesar umgebracht, Nick?«

Glass' Herz pochte so stark, dass er spürte, wie seine Schultern sich hoben. Er sagte nichts. Die Stille zog sich in die Länge, und sein Herz schlug immer schneller und lauter.

Schließlich richtete Watt sich auf und schaltete die Taschenlampe wieder ein. »Ich bin sicher, du würdest nicht wollen, dass deiner Familie was passiert.«

»Sie sind unschuldig.« Glass biss die Zähne zusammen, um mit den Schmerzen fertig zu werden. Stellte sich vor, eine Handvoll Schmerztabletten zu schlucken. Aber das machte es noch schlimmer. »Sie haben nichts damit zu tun«, sagte er. »Ich und Caesar, wir hatten beide mit der ganzen Scheiße zu tun. Es ist unsere Schuld.«

»Caesars Schuld? Willst du damit sagen, er hat verdient zu sterben?«

»Und ob, verdammte Scheiße«, sagte Glass.

Watt kniff die Augen zusammen. »Du hast ihn abgeknallt?«

»Das hab ich nicht gesagt.«

»Aber so gut wie, verflucht.«

Glass schüttelte den Kopf.

»Also war's Darko?«

Es wäre einfach gewesen, die ganze Schuld auf Darko abzuladen. »Das hab ich auch nicht gesagt.«

»Einer von euch beiden war's.« Watt starrte ihn an. »So viel weiß ich.«

»Woher willst du das wissen?«

»Jemand hat's mir gesagt.«

Und Glass wusste, wer dieser jemand war. Die Machete in Caesars Hütte hatte ihn verraten. Vielleicht würde Watt zugeben, was Caesar nicht zugeben wollte. »Ross«, sagte Glass. Es war keine Frage.

»Sehr gut«, sagte Watt.

Ein Wassertropfen rann von Glass' Kinn. »Was weißt du von ihr?«

»Gar nichts«, sagte Watt. »Sie war Caesars Geschäftspartnerin.«

»Herrgott.« Glass konnte diese Art von Gier nicht nachvollziehen. »Sie hat gewusst, dass ich mit drinstecke?«

»Tja. War allerdings nicht sehr glücklich drüber. Sie dachte, du würdest die Nerven verlieren und singen. So wie Fox.«

»Fox hat gesungen?«, fragte Glass.

»Wollte er. Er hatte das mit Ross rausgekriegt. Hat gedroht zu petzen.«

»Herrgott«, sagte Glass noch mal. Das war also der wirkliche Grund dafür, dass Caesar die Lakenparty organisiert hatte.

»Also«, sagte Watt, »das macht ja Spaß. Aber du hast meine Frage noch nicht beantwortet. Letzte Chance. Wer von euch beiden hat Caesar kaltgemacht?«

»Okay«, sagte Glass. »Darko hat Caesar umgebracht.«

»Ach je«, sagte Watt. »Das ist ja süß. Denkst du, ich merk nicht, wenn mich jemand verscheißert?«

»Es stimmt«, sagte Glass. »Du musst mir glauben.«

Watt leckte sich über die Unterlippe, saugte sie in den Mund, spuckte sie wieder aus. »Finde ich nicht«, sagte er. »Wenn das stimmen würde, hättest du's mir gleich gesagt. Du hast keinen Grund gehabt, Darko zu schützen.«

»Ich wollte nicht, dass du ihn umbringst.«

»Blödsinn. Du wolltest nicht, dass ich ihn umbringe, weil er unschuldig ist. Wenn er es gewesen wäre, hättest du's dir keinen Moment überlegt, ihn reinzureiten, um dich selber zu retten.«

»Nein«, sagte Glass. »Das stimmt nicht. Da liegst du total falsch.«

»Halt mal.« Watt legte die Taschenlampe so in Glass' Schoß, dass der Lichtstrahl auf ihn gerichtet war. Dann bückte er sich nach dem Stück Seil, das auf dem Boden lag. »Was liebst du am meisten auf der Welt?« Er maß das Seil ab. »Mafia?« Er schnitt das Seil durch. »Nee, glaub ich nicht. Das mit ihm ist rein sexuell, oder? Vielleicht liebst du ja dich selber am meisten.« Er machte eine Schlinge, dann noch eine, legte die eine Schlinge über die andere. »Aber wenn das stimmt, dann ist es schon ziemlich seltsam, das dadurch zu zeigen, dass man sich den eigenen Finger abschneidet.« Er ging hinter Glass, das Plastik raschelte unter seinen Füßen, und riss ihm den Kopf nach hinten. »Lorna?« Er schlang den Knoten um Glass' freigelegten Hals. Die Fasern des Seils kitzelten an Glass' Haut. »Caitlin?« Watt zog das Seil zusammen.

»Lass sie in Ruhe.«

Watt zog an den Seilenden, und Glass' Kopf ruckte nach hinten. Er musste würgen. Watt hielt das Seil gespannt. »Ich geb dir 'nen Rat«, sagte er. »Sitz ganz still. Ich binde das jetzt an den Stuhlbeinen fest. Wenn ich damit fertig bin, ist grade mal noch genug Spiel, damit du deinen Kopf gerade halten kannst, ohne dich zu erwürgen.«

»Das ist nicht nötig«, sagte Glass.

»Du bleibst einfach hier sitzen und versuchst nicht abzuhauen, bis ich wieder da bin, okay?«

»Ich war's«, sagte Glass. »Ich hab Caesar umgebracht. Ich geb's zu.«

Schweigen.

Dann spürte er einen scharfen Zug an seinen Haaren, und der Druck auf seine Kehle ließ nach.

»Ich würd dich gern umbringen«, sagte Watt. »Aber damit würd ich's dir zu leicht machen.«

»Tu, was du tun musst«, sagte Glass schnell atmend. »Aber tu's mit mir.«

»Dir noch 'n paar Finger abschneiden? 'n paar Zehen? Die Nase? Die Eier? Könnte ich alles machen. Vielleicht tu ich's auch. Aber zuerst muss ich noch Lorna und Caitlin 'nen Besuch abstatten.«

»Nicht«, sagte Glass. »Ich flehe dich an, tu's nicht.«

»Genug geredet«, sagte Watt. »Spar dir deinen Atem.« Er ließ Glass los und ging wieder in die Hocke.

Das Seil spannte sich. »Bitte«, sagte Glass.

»Bin fast so weit.«

Das Seil schnitt in Glass' Kehle, so dass er nur mühsam schlucken konnte. »Zu eng«, sagte er; seine Stimme klang verändert, näselnd, und hinter seiner Nase staute sich Druck auf.

»Das ist ein Webeleinstek«, sagte Watt. »Je mehr du zappelst, desto mehr zieht sich der hübsche kleine Knoten hier zu. Und wenn du genug zappelst, erwürgst du dich selber.«

»Ich rühr mich nicht.«

»Wenn ich du wäre«, sagte Watt, »dann würd ich mal lange und kräftig nachdenken.«

»Er blufft nur«, sagte Glass in den dunklen Raum hinein, sobald Watt gegangen war.

Glass wünschte, Mafia wäre wach. Er brauchte Bestätigung. Nach einer kurzen Erleichterung, seinen Peiniger von hinten zu sehen, gewann die Erkenntnis dessen, womit Watt gedroht hatte, die Oberhand.

Lorna und Caitlin waren nicht zu Hause, erinnerte sich Glass. Sie waren in Sicherheit. Watt konnte ihnen nichts anhaben. Sie waren nicht zu Hause. Sie waren bei Lornas Mutter. Jawoll, genau dort waren sie.

»Bin froh, dass der Wichser weg ist.«

»Mafia?«, sagte Glass. Er lebte. »Bist du okay?« Eine Weile blieb es still, und Glass fragte sich, ob Mafia wieder das Bewusstsein verloren hatte.

»Ging mir schon besser«, sagte Mafia endlich. »Der Kopf tut mir weh. Ich bin an einen Stuhl gefesselt, und ich hab 'ne Schlinge um den Hals. Ich kann mich nicht bewegen.«

Glass wusste, wie er sich fühlte. »Bist du schon lange wach?«

»'n paar Minuten. Dachte, ich halte Ruhe, bis ich spitzgekriegt habe, was hier abgeht.«

»Wir müssen hier raus«, sagte Glass. Er beugte sich vor. Sofort wurde die Schlinge um seinen Hals enger. Der Druck hinter seiner Nase stieg an. Er konnte ihn bis in die Wangenknochen spüren. Er konnte ihn in den Ohren hören. Er klopfte in seiner Schulter, in seinem Finger.

Vielleicht sollte er ja weiterkämpfen, sich selbst erdrosseln. Vielleicht hatte Watt ja recht. Mehr hatte er nicht verdient.

Der Strick grub sich in seine Kehle. In seinen Augen fing es an zu pochen. Glass bekam Angst, ließ den Kopf nach hinten fallen. Der Knoten lockerte sich nicht. Er versuchte, ihn durch Zucken zu lockern, hatte aber keinen großen Erfolg. Er würde mit eingeschnürter Kehle hier sitzen müssen, bis Watt zurückkam, und hoffen, dass er nicht ohnmächtig wurde.

»Ich kann mich auch nicht bewegen«, sagte Glass mit seltsamer Stimme. »Wir kommen nirgendwohin.«

»Na ja, wir können vielleicht versuchen, jemand auf uns aufmerksam zu machen«, sagte Mafia. »Vielleicht ist ja jemand in der Nähe.«

»Vielleicht«, sagte Glass. Vielleicht. Möglich war's. Genauso möglich wie dass Lorna es sich anders überlegt hatte und nach Hause gekommen war. Sie und Caitlin. Ohne zu wissen, dass Watt auf dem Weg zu ihnen war.

»Dann versuch ich's mal«, sagte Mafia, und Glass stellte sich vor, wie er die Lungen füllte. Dann rief er: »Hilfe!« Und noch mal: »Hi…« Der Schrei wurde abgeschnitten. »Herrje«, sagte er japsend.

»Halt den Kopf ruhig«, sagte Glass, der sich an den neuen Ton seiner Stimme gewöhnte. Schwerer war es, sich an den Druck in seinem Kopf zu gewöhnen. »Beug dich nicht vor beim Rufen.« Er holte Luft und rief: »Hilfe!«

Die Schlinge um seinen Hals erstickte den Schrei. Er tat so, als wäre sie nicht da. Versuchte es erneut. Laut genug, dass es jemand hören konnte, der in der Nähe war.

Mafia stimmte ein.

Zusammen schrien sie in die Dunkelheit hinaus.

Dann hielten sie inne, um Luft zu schöpfen.

Glass war schwindelig. Der Puls in seinen Schläfen schlug hart und schnell. Er wartete, hoffte, eine Antwort zu hören. Vielleicht war ja ein Hausbesetzer in irgendeiner Wohnung im Gebäude.

Aber er hörte nichts als das Wummern seines Herzens.

Ja, es war möglich, dass Lorna es sich anders überlegt hatte. Wahrscheinlicher war allerdings, dass die Polizei Kontakt zu Lornas Mutter aufgenommen hatte und dass Lorna, als sie hörte, dass Glass als Geisel genommen worden war, beschlossen hatte, sofort nach Hause zu fahren, um für ihn da zu sein, wenn er freigelassen wurde. Das war nicht nur möglich, das war sogar wahrscheinlich.

Er schrie wieder. »*Hiiiiilfe!*«

Und wieder stimmte Mafia ein.

Anfangs laut, herzhaft, voller Begeisterung. Rasch nur noch ein jämmerliches Geheul. Sie machten weiter, bis sie keine Luft mehr hatten.

Glass lauschte dem Rauschen des Blutes in seinen

Ohren. Wäre er nicht an den Stuhl gefesselt worden, wäre er runtergefallen.

Sie waren allein. Niemand kam zu ihrer Rettung. All das war jämmerlich.

Glass konnte Mafias Gesicht nicht erkennen, aber er wusste, wie er aussehen würde. Geschlagen. Glass empfand dasselbe. »Fällt dir gar nichts ein?«, fragte er. Aber eigentlich sprach er mit sich selbst. Es war nötig, dass er wieder wütend wurde. So, wie er es in Caesars Hütte gewesen war. Er musste den Druck in seinem Kopf nehmen und ihn nutzen. »Ich muss runter von diesem Stuhl. Ich muss …«

»Du stirbst, wenn du's versuchst«, sagte Mafia. »Halt einfach Ruhe.«

»Ich schaff's schon. Zuerst muss ich meine Hände freikriegen.«

»Mein Bruder weiß, wie man jemanden fesselt«, sagte Mafia.

Wenn die Polizei allerdings Kontakt zu Lorna aufgenommen hatte, dann war doch jemand bei ihr zu Hause. Oder nicht? Würde man sie etwa ganz allein zu Hause sitzen lassen?

»O Gott«, sagte Glass. »Er wird ihnen nichts tun. Sag mir, dass er ihnen nichts tun wird.«

Mafia sagte nichts.

»Er blufft nur«, sagte Glass. »Bitte, lieber Gott, sag mir, dass er nur blufft.«

Es war, als wären zwanzig Minuten vergangen.

Glass hatte noch mal um Hilfe zu rufen versucht. Er hatte sich die Kehle wund geschrien. Und er hatte mehrere Versuche unternommen, die Arme zu befreien. Der einzige Erfolg war, dass er sich halb erwürgt und in seiner Schulter und seinem Finger Schmerzen einer neuen Intensität ausgelöst hatte.

In seinem Kopf pochte es, als wäre sein Herz dort, wo sein Gehirn hätte sein müssen.

Aber er versuchte es noch einmal und kämpfte gegen das Seil an, das in seine Kehle schnitt, und versuchte, mit wie Feuer brennenden Muskeln die Hände von den Armlehnen des Stuhls zu heben.

Die Wirkung des Schmerzmittels hatte völlig aufgehört.

Watt würde jetzt bei Glass zu Hause ankommen. Glass durfte nicht aufgeben.

Er öffnete den Mund und schrie, auch wenn er wusste, dass ihn niemand hören konnte außer Mafia.

Ausgepumpt, mit schmerzenden Muskeln und schweißgetränkten Haaren, geschwollener Kehle, brennender Schulter, einem hackenden Pulsschlag im Finger, einem Ballon, der sich in seinem Kopf aufblähte, sagte Glass mit krächzender Stimme zu Mafia: »Erzähl mir, wieso du im Gefängnis warst.« Mafia sagte nichts.

»Lass mich nicht im Regen stehen«, sagte Glass. »Bitte.«

»Das willst du gar nicht wissen.«

Glass lachte so gut er konnte. Es hörte sich an wie ein Zischen. »Ich will's nicht nur wissen, ich finde, ich hab verdient, es zu wissen. Was hast du gemacht?«

»Jetzt ist nicht der richtige Zeitpunkt.«

»Jetzt ist der einzig richtige Scheißzeitpunkt. Sag's mir einfach. Ich bin 'n großer Junge. Ich werd schon damit fertig.«

»Da bin ich mir nicht so sicher …«

»Mafia, vielleicht hab ich nie wieder die Chance dazu.«

»Okay«, sagte Mafia leise.

Damals, als Mafia noch bei Caesar mitgemacht hatte, so erzählte es Mafia Glass, wollte Watt auch mit von der Partie sein. Mafia wollte es nicht zulassen. Watt war intelligent, hätte was aus sich machen können. Aber er zog zu oft mal einen durch. Schaffte es mehr oder weniger, die Finger von Heroin zu lassen, nahm aber sonst alles, was im Angebot war. Und bei Caesar war das Angebot immer sehr reichhaltig. Mafia wollte, dass Watt von ihm Abstand hielt.

Watt hatte andere Pläne. Dachte, er sei schon groß, alt genug, um selbst zu entscheiden, was er tun wollte, welche Drogen er nehmen wollte, welche Bekannte er haben wollte. Er hasste es, dass Mafia ihm Befehle gab.

Er heiratete jung und bekam bald darauf eine kleine Tochter.

Wie ich, dachte Glass.

»Genau wie Sie«, stimmte Riddell zu. »Ganz schöner Zufall, meinen Sie nicht? Erzählen Sie weiter.«

»Erzähl weiter«, sagte Glass zu Mafia.

Nun ja, es lief nicht gut zwischen Watt und seiner Frau. Watt war zu oft zugedröhnt für ihren Geschmack. Er sagte ihr, er könne jederzeit aufhören, wenn er wollte. Wer weiß, vielleicht stimmte das sogar. Das Problem war, er wollte nicht. Bestritt, dass die Drogen irgendeine negative Wirkung auf ihn hätten. Aber Mafia konnte sehen, dass er mehr und mehr verkam. Anzeichen zeigte, dass er nicht mehr ganz richtig im Kopf war. Man kennt das, Schlaflosigkeit, Verfolgungswahn, Aggressionen, Gedächtnisverlust, Selbstgespräche, Halluzinationen. Mafia und seine Frau wollten beide, dass er sich untersuchen ließ. Er weigerte sich.

Eins kam zum andern. Es wurde schlimmer mit ihm. Es kam so weit, dass er sich bei Mad Will eine Kanone besorgte. Später erzählte Watt Mafia, dass Mad Will sie ihm nicht gern gegeben hatte, aber Watt hatte ihn davon überzeugt, dass er die Kanone nur zum Schutz brauchte. Er hätte im Laufe der Zeit einigen Leuten auf die Füße getreten. Was durchaus stimmte: Es war nicht nur Verfolgungswahn.

Aber für seine Frau war die Pistole der Wendepunkt. Sie sagte, sie würde ihn nicht wiedererkennen. Er sei nicht mehr der Mann, den sie geheiratet hatte. Auf ihre verkorkste Ehe reagierte sie, indem sie anfing zu trinken. Mehr als einmal hatte sie gedroht, ihn zu verlassen, aber eines Abends packte sie einen Koffer für sich und ihre Tochter, sagte, sie hätte endlich genug, und sie würden zu ihrer Mutter fahren, und da flippte Watt aus.

An diesem Abend war Mafia die ganze Nacht mit ihm aus gewesen, wusste, dass er irgendwann auf dem Männerklo irgendeinen Scheiß eingeworfen hatte, und war mit ihm nach Hause gegangen, um sicherzugehen, dass es ihm gutging. Da Mafia selbst getrunken hatte, haute er sich auf Watts Couch und schlief ein.

Watt ging nach oben ins Bett.

Als er das Licht anknipst, regt sie sich. Er schaut rüber zu dem Koffer, offen auf dem Fußboden, ordentlich gepackt.

Sie dreht sich um, auf der Hut. Tut wahrscheinlich nur, als würde sie schlafen. So spät ist es noch nicht, die Kneipen haben grade erst dichtgemacht.

»Fahren wir in die Ferien?«, fragte er. »Ich kann momentan nicht. Hab 'ne Menge am Laufen.«

»Du hast gar nichts am Laufen«, sagt sie. »Gibst das bisschen Geld, das du verdienst, dafür aus, um mit Caesar und Horse und deinem blinden Bruder Drogen zu nehmen.«

Legt direkt los mit der Meckerei. »Er ist nicht blind. Und er nimmt keine Drogen.«

»Schön für ihn«, sagt sie. »Vielleicht könntest du was von ihm lernen.«

»Sei nicht so laut.«

»Denkst du, er hört uns quer durch die Stadt?«

»Er ist unten. Auf dem Sofa.«

»Noch was, auf das ich mich freuen kann morgen früh. Ich sollte jetzt einfach aufstehen und gehen.«

»Wohin? Was ist denn los?« Er hat keine Ahnung. Er hat es aufgegeben zu erraten, was sie will. Er ist der, der hier

Probleme hat, aber man braucht kein Genie zu sein, um zu sehen, dass sie sich bestenfalls irrational verhält. Aber wenn man jemanden liebt, spielt es keine Rolle, wie er ist, oder?

»Ich wollte dir keine Nachricht hinterlassen.«

»Ich komm da nicht mit.«

Sie packt eine Handvoll Haare in ihrem Nacken und schließt fest die Finger darum. Ihre Stimme ist tonlos. »Wir gehen weg.«

»Ich kann nicht, das hab ich dir doch gesagt.«

Sie zieht an ihren Haaren, und dabei hebt sich ihr Kopf. »Nein, wir gehen weg von dir.*«*

Da versteht er. Zumindest versteht er, was sie sagt. Aber er versteht nicht, warum. »Das dürft ihr nicht. Ich komm nicht zurecht alleine.«

»Typisch«, sagt sie. Sie lässt ihre Haare los, schlägt die Faust auf die Bettdecke.

»Was?«

»Dein Egoismus. Du kommst nicht zurecht, also muss ich für dich zurechtkommen.«

»Nein, nur mir helfen. Ich komm wieder auf die Reihe, versprochen.«

»Ich bin nicht die, die dir helfen kann. Ich kann's nicht.« Sie senkt den Blick. »Es ist nicht mehr sicher.«

»Was meinst du mit ›es ist nicht sicher‹?«, fragte er. »Ich bin da. Ich sorg für deine Sicherheit.«

»Du?«, sagt sie. »Du bist doch total am Arsch.«

Das stimmt nicht. Er war noch nie so gut beisammen wie gerade jetzt. Er ist unangreifbar, verdammt noch mal. Er zieht die Pistole. »Ich hab die hier«, sagt er. »Die sorgt dafür, dass wir alle drei sicher sind.«

»Ich hab doch gesagt, du sollst sie wegschaffen!«, schreit sie.

»Psst«, sagt er. Dann, als der schrille Ton andauert, lauter: »Sei still! Halt's Maul, um Himmels willen.«

Sie ist nur still, solange sie Luft holt. Dann schreit sie: »Schaff sie weg!«

»Es gibt keinen Grund für diese Scheiße!«, brüllt er zurück. »Hör auf.«

Kein Erfolg.

Sie kreischt mit verzerrtem Gesicht, weit offenem Mund, flatternden Wangen.

Seine Ohren saugen ihr Geschrei aus der Luft. Der Schrei bricht in Scherben. Winzige Nadeln aus Lauten bohren sich in sein Trommelfell und bleiben dort zitternd stecken.

Er brüllt: »Du weckst noch …«

»Streitet euch nicht, Papi, bi…!«

Er dreht sich um, sieht, wie die Kugel die Brust seiner Tochter durchschlägt. Dann die Explosion.

Eine Sekunde lang bleibt sie stehen, einen Becher mit Milch in Händen, dann sinkt sie zu Boden.

Das Schreien bricht ab.

Es ist vorbei, einfach so.

»Mein Gott«, sagte Glass. »Ich hab fast das Gefühl, ich wäre dabei gewesen.«

Watt blickt hinunter auf die Pistole in seiner Hand. Kann die Verbindung zwischen ihr und seiner Tochter nicht herstellen. Was geschehen zu sein scheint, kann nicht geschehen sein. Er kann nicht abgedrückt haben. Und selbst wenn, musste sie doch gesichert sein. Musste sie doch. Seine Ohren dröhnen vom Knall des Schusses, von den Schreien seiner Frau, die die Nadeln in seinem Trommelfell vibrieren lassen.

Wenn er sich nicht bewegt, geht vielleicht alles weg. Vielleicht, wenn er still stehen bleibt, sich nie wieder bewegt. Nie mehr blinzelt, nie mehr Atem holt. Vielleicht.

Ja, wenn die Zeit stehenbleibt. Wenn er sie anhalten kann. Er wird sie anhalten.

»Was hast du gemacht, verfluchte Scheiße!«, schreit seine Frau ihn an.

Er schüttelt den Kopf. Er weiß es nicht. Er ist sich nicht sicher. Er kann es nicht in Worte fassen.

Aber sie kann es.

»Du hast sie umgebracht«, sagt sie. »Du hast mein Baby umgebracht.«

»Nein.«

»Du Mörderschwein. Du hast unsere Tochter umgebracht. Du hast sie umgebracht!«

»Das kann nicht sein«, sagt er. »Nein. Das ist ein Irrtum.«

»Sie ist tot.«

»Wieso?«

»Du hast eine Scheißkanone gekauft«, sagt sie über ihre Tochter gebeugt, nimmt sie auf, wiegt sie in den Armen.

Er schaut wieder auf die Pistole. Sie ist riesig.

»Das wirst du büßen.« Ihr Blick ist irrsinnig. »Dafür sorge ich.«

Ihre Augen pumpen Tränen heraus, die ihr übers Gesicht rollen. »Ich hasse dich, verflucht noch mal. Ich habe noch nie jemanden so gehasst, wie ich dich gerade hasse.« Sie streichelt das Gesicht ihrer Tochter. »Wenn du mir nicht aus den Augen gehst, dann kann ich nicht mehr für mich garantieren.« Sie küsst die glänzende glatte Stirn ihrer Tochter. »Mein Baby«, sagt sie.

»Sie kann nicht tot sein«, sagt Watt.

Seine Frau lässt das Kind zu Boden sinken, springt auf die Füße. »Mach, dass du hier rauskommst, du Scheißkerl«, sagt sie. »Mach, dass du rauskommst, verdammte Scheiße. Oder so wahr mir Gott helfe …«

»Ich will sie halten«, sagt Watt.

»Raus!«, kreischt sie. »Ich bring dich um, verdammt noch mal.« Sie stürzt sich auf ihn, lässt die Fäuste fliegen. Sie trifft ihn aufs Kinn. Grabscht nach der Pistole.

Er reißt die Hand weg.

Ihr Gesichtsausdruck erstarrt, und sie erschlafft, ein kleines rotes Loch in ihrer Stirn.

Sekunden später, wie es ihm scheint, hört Watt den Knall, und die Nadeln in seinen Ohren singen so laut, dass er das Gefühl hat, in dem Geräusch zu ertrinken.

»Fällt mir schwer, das zu glauben«, sagte Glass nach einer Weile. »Ein versehentlicher Schuss, vielleicht. Aber zwei, das geht zu weit.«

»Na ja, so hab ich mir's gedacht«, sagte Mafia. »Ich kann nicht wissen, ob es stimmt.«

»Wie meinst du das?«

»Als ich nach oben kam, hockte Watt in einer Ecke. Hab kein Wort aus ihm rausgekriegt.«

»Er hat's dir also später erzählt?«

»Kann man so nicht sagen. Wir hatten nicht viel Zeit zum Reden.«

»Woher weißt du dann, dass es so passiert ist?«

»Das ist das, was ich mir zusammengereimt hab.«

»Um Himmels willen. Du vermutest das nur?«

Mafia hielt inne. »In dem Augenblick, in dem ich ins Schlafzimmer gekommen bin, war das die einzige Version, die einen Sinn ergab.«

»Du vermutest das nur«, wiederholte Glass, diesmal nicht als Frage.

»Die Tatsache, dass Watt mir nicht sagen konnte, was passiert war, spielt keine Rolle. Es ist so abgelaufen, wie ich gesagt habe.«

Glass stritt nicht mit ihm. Mafia hatte das lange mit sich herumgetragen, und wenn das seine Art war, mit dem umzugehen, was passiert war, dann gab es nicht viel, was Glass sagen konnte, um daran etwas zu ändern. Aber es hörte sich für Glass nicht richtig an. »Und was hast du dann gemacht?«

Aus Watt war nichts Vernünftiges rauszubekommen, und Mafia wusste, dass es übel aussah. Es sah übler als übel aus. Watt durfte nicht ins Gefängnis, keine Chance, dass er das überstehen würde. In seinem Kopf war auch so schon genug Durcheinander. Wahrscheinlich würden sie ihn nach Carstairs oder sonst wohin schicken, ihn zu den Irren sperren. Und weil Watt sein kleiner Bruder war, beschloss Mafia zu tun, was er konnte, um ihn zu beschützen.

Die einzige Möglichkeit, Watt vor dem Gefängnis zu bewahren, war, es jemand anderem anzuhängen. Und selbst dann konnte die Polizei dahinterkommen. Es sei denn, der Sündenbock gestand.

Mafia löste die Pistole aus den Fingern seines Bruders. Er zielte auf die Wand und drückte ein paarmal ab. Dadurch kamen seine Fingerabdrücke auf die Pistole und Spuren von Schießpulver auf seine Haut und seine Kleider. Er tupfte die Manschette seines Hemds vorsichtig in das Blut, das aus dem Kopf seiner Schwägerin quoll. Es kam nicht mehr dabei raus als ein allgemeines rotes Geschmiere, aber das musste genügen. Er konnte sich nicht überwinden, das Gleiche bei seiner Nichte zu machen.

Aber er hatte genug getan. Er war sich sicher, dass niemand bezweifeln würde, dass er es war, der abgedrückt hatte.

Er schleppte Watt aus dem Haus, schaffte es stolpernd zum Auto, sagte ihm, er solle losfahren. Watt tat nichts, saß nur da und glotzte, ohne ein Wort zu sagen. Mafia zerrte ihn wieder heraus und befahl ihm zu gehen, einfach wegzugehen, Caesar zu suchen. Er hasste sich dafür, seinen Bruder Caesar in die Arme zu treiben, aber ihm fiel kein anderer ein, der sonst für ihn lügen würde.

Watt sagte nichts, aber Mafia musste einfach hoffen, dass er zuhörte. Auf keinen Fall, sagte er, dürfe Watt Caesar die Wahrheit darüber sagen, was passiert war. Das brauchte Caesar nicht zu wissen. Er sollte Caesar sagen, dass Mafia schuld war. Mafia hatte den Umstand ausgenutzt, dass Watt zugedröhnt im Koma auf der Couch lag. Mafia hatte mit üblen Absichten seiner Schwägerin einen Besuch im

Schlafzimmer abgestattet. Die Sache war außer Kontrolle geraten. Hatte zu einem Unfall geführt.

Watt reagierte immer noch nicht. Mafia konnte nicht mal die Augen seines Bruders sehen, um festzustellen, ob sich da drinnen überhaupt etwas tat. Er musste darauf vertrauen, dass Watt ihn hörte. Dass er ihn verstand. Dass er die Lüge aufgenommen hatte.

Es war nötig, dass Caesar Watt ein Alibi verschaffte. Hatte Watt das verstanden?

Aber Mafia war sich inzwischen ziemlich sicher, dass er nur mit sich selbst redete, die Sache in seinem Kopf klärte. Watt bekam nicht ein einziges Wort mit.

Mafia ging wieder ins Haus, tastete sich zum Telefon vor und rief die Polizei an. Dann rief er Caesar an. Erzählte ihm die Geschichte, die er sich gerade für Watt ausgedacht hatte.

»Erst machst du das mit Watt, und dann rufst du mich an?«, sagte Caesar. »Was für ein Arschloch bist du eigentlich?«

»Watt ist auch hier. Er braucht ein Alibi.«

»Für das, was du mit seiner Frau und seinem Kind angestellt hast?«

»Er ist total schlecht drauf. Redet nichts. Wandert nur draußen rum. Ich muss wissen, dass du dich um ihn kümmerst, solange ich im Gefängnis bin.«

»So weit kommst du gar nicht«, meinte Caesar und legte auf.

Vielleicht würde die Polizei vor Caesar ankommen.

Mafia ging nach draußen, um zu sehen, wie Watt zurechtkam, aber er war weg.

»Ich hab immer gewusst, dass du unschuldig bist«, sagte Glass, der versuchte zu verdauen, was Mafia ihm erzählt hatte. »Ist es so gelaufen, wie du's geplant hast?«

»So ziemlich. Die Polizei kam. Hat mein Geständnis akzeptiert. Ich war am Tatort, hatte Blut an mir, hatte sogar die Mordwaffe. Hatten keinen Grund, mir nicht zu glauben.«

In dem Raum entstand ein Schweigen, das viel zu lange dauerte.

»Und was ist mit Watt passiert?«, fragte Glass schließlich.

»Caesar hat ihn ein paar Straßen weiter gefunden, saß da auf einer Mauer.« Mafia räusperte sich. »Die Polizei nahm einfach an, er würde aus Kummer so reagieren. Und dann hat Caesar ihn unter seine Fittiche genommen. Wurde seine neue Familie. Und so sind sie so dicke Freunde geworden.«

»Ich kann verstehen, wieso Caesar dich hasst. Aber wie kommt es, dass du ihn hasst?«

»Keine Ahnung. Er war der Einzige, an den ich mich wenden konnte. Obwohl ich wusste, dass Caesars Vorstellung von sich kümmern darin bestand, Watt ins Drogendealen und in Pornos reinzuziehen. Ich hab ihn dafür gehasst, dass er mir diese Wahl aufzwang.«

»Aber du hast doch früher auch mit Caesar gearbeitet. Warst du da nicht auch in solche Sachen verwickelt?«

»Ab und zu«, sagte Mafia. »Aber für Watt wollte ich immer was Besseres. Caesar nicht. Caesar hat ihn mit billigen Kicks geködert. Seinen Ehrgeiz zerstört. Machte ihn zu einem irren Junkie, der mit 'ner geladenen Kanone herumfuchtelte und seine Familie in Gefahr brachte. Und als der Schaden angerichtet war, hat Caesar versucht, ihn gegen mich aufzuhetzen.«

»Kannst du's ihm verdenken? Caesar dachte, du hättest Watts Familie umgebracht.«

Mafia zögerte. »Das glaub ich nicht«, sagte er.

»Watt hat ihm die Wahrheit erzählt?«

»Ich stell mir vor, Caesar hat es sich selber zusammengereimt. Ich bin nicht der Kerl, der sich 'ner Frau aufzwingt. Das wusste Caesar. Und ich bin vielleicht blind wie ein Maulwurf, aber ich würd niemanden erschießen. Auch nicht versehentlich. Das wusste Caesar auch. Aber er tat lieber so, als wüsste er's nicht. Das passte besser dazu, wie er mich sehen wollte.«

»Aber wieso hat Watt nichts gesagt? Er hat doch gewusst, dass du dich für ihn geopfert hast.«

»Na ja, das ist es ja.« Mafia stockte. »Ich bin mir da nicht so sicher. Ich glaub's nicht. Watt erinnert sich an gar nichts aus dieser Nacht. Er brauchte Hilfe. Psychiatrische Hilfe. Vielleicht die Art von Hilfe, die er nicht bekommen hätte, wenn er ins Gefängnis gegangen wäre, ich weiß nicht. Vielleicht hätte er's tun sollen. Vielleicht war ich auf dem Holzweg. Draußen konnte er keine Hilfe bekommen, ohne zuzugeben, was er getan hatte. Und ohne Hilfe konnte er nicht verarbeiten, was passiert war.«

»Das könnten nur wenige.«

»Also hat er die Geschichte geglaubt, die ich ihm erzählt habe. Hat die wirklichen Ereignisse verdrängt. Hat sich aus dem, was ich ihm gesagt habe, eine Alternativversion gebastelt. Die Geschichte, die Caesar dann wiederholt und verstärkt hat. Und das alles hat meine Version der Ereignisse real gemacht. Wir haben seit dieser Nacht kaum miteinander gesprochen. Ich hab nie gewusst, was in seinem Kopf abgeht. Ich hab's vermutet. Aber bis heute Nacht hab ich nie was Genaues gewusst.«

Glass nahm sich einen Moment Zeit, um sich zu vergewissern, dass er richtig verstanden hatte. »Er glaubt wirklich, dass du seine Frau und sein Kind umgebracht hast?«

»Ja, ich denk schon.«

»Das ist ja echt totale Scheiße.« Glass blinzelte ein paar Tränen weg.

»Totale Scheiße ist, dass ich hier an einen Stuhl gefesselt bin, während er …«

»Du hast getan, was du konntest.«

»Ich muss dauernd dran denken, dass sich das alles hätte vermeiden lassen.«

»Ja, vielleicht. Wenn wir alle als andere Menschen geboren worden wären.«

»Ich kann ihn nicht mehr beschützen. Ich kann's nicht mehr.«

»Da hast du recht«, sagte Glass.

»Er muss auf seinen eigenen Füßen stehen. Sich den Konsequenzen seiner Handlungen stellen.«

»Ja.«

»Es ist Zeit für mich loszulassen.«

»Bitte.«

»Und dafür gibt's nur eine Möglichkeit.«

Glass fragte sich, was er meinte. Aber bald darauf hörte Glass ein Würgen, Zischen, Pfeifen. Und da wusste er genau, was Mafia meinte.

Er rief Mafias Namen. Zuerst laut. Dann leiser. Immer wieder. Bis das Würgen aufhörte und er den Namen seines Freundes nur noch flüsterte.

Die folgende Stille krallte sich mit kalten Händen in Glass' Kopf. Drückte ihm die eiskalten Lippen auf die Stirn. Hauchte ihm eisige Luft auf die Wangen. »Lass mich nicht umsonst sterben«, sagte sie mit Mafias Stimme. »Es gibt noch Hoffnung.«

Es gab wirklich noch Hoffnung. Genau genommen hatte Mafias Geschichte Glass die Hoffnung gegeben, die er brauchte. Wenn Watt glaubte, dass Mafia seine Familie umgebracht hatte, dann würde Watt sich nicht als Mörder betrachten. Wenn er daher mit der realen Situation konfrontiert war, würde er feststellen, dass er es nicht tun konnte.

Zu drohen, abzudrücken, war leicht. Es zu tun, war schon viel schwerer.

Glass musste einfach daran glauben. Wenn nicht, dann würde er nicht mit der Qual in seinem Kopf leben können. Da Mafia tot war, war nicht er es, der sagte: »Lorna ist bei ihrer Mutter.« Er glaubte nicht daran. Der Schmerz in

Glass' Kopf kam nicht allein von dem Druck des Seils um seinen Hals. »Sie ist nicht zu Hause.« *Doch, ist sie.* Es war etwas anderes. Es fühlte sich an, als wäre sein Gehirn aus Glas und alles wäre inzwischen da drinnen zerbrochen. »Sie ist nicht alleine im Haus mit meinem kleinen Baby.« *Hör auf zu lügen.* Als brauchte er etwas, um es zu reparieren. Er hätte die Teile gern wieder zusammengestrickt. Die Stille daran gehindert, in ihn einzudringen, sich in die Lücken in seinem Verstand zu drängen. Er war es, Glass, der laut sprach: »Die Polizei wird da sein. Eine Polizistin.« *Nein, sie ist allein. Nur sie und Caitlin.* Seine Brust hob und senkte sich viel zu schnell. »Watt wird ihnen nichts tun.« *Doch, wird er.* Und da war ein Krachen in seinen Ohren.

Er konnte Riddell gerade noch sagen hören: »Guter Versuch. Wir kommen immer näher ran. Es wird nicht mehr lange wehtun.«

Glass' Magen verkrampfte sich, als er hörte, wie die Wohnungstür ins Schloss fiel. Schritte stampften über den Flur, und einen rasend kurzen Herzschlag später öffnete sich die Tür, und eine Taschenlampe blitzte auf.

Glass kniff die Augen zu Schlitzen zusammen, spähte hindurch und versuchte, allein durch Sehen zu erraten, was passiert war. Glass stellte sich vor, er könne die Wahrheit aus den Augen des Wichsers ablesen. Aber als Watt ihn anschaute, konnte Glass seinem Blick nicht lange genug standhalten, um es rauszufinden. Er merkte, dass er es gar nicht wissen wollte. Er wollte nicht wissen, ob Lorna wieder nach Hause gekommen war. Es war okay, es nicht zu wissen. Solange er es nicht wusste, würde es ihm gutgehen.

Watt lutschte an seiner Lippe, als ob sie bluten würde. Mit einem Plopp spuckte er sie aus. Er kam näher. Leuchtete ihm ins Gesicht. »Schau mich an.«

Glass hatte sich geirrt. Er konnte überhaupt nichts aus Watts Gesichtsausdruck ablesen. So wie der Strahl auf sein Gesicht traf, konnte er benommen oder wütend sein, froh oder entsetzt. Seine Augen gaben nichts wieder, nicht einmal Glass' winziges Spiegelbild.

»Ich hab die Polizei angerufen«, sagte Watt tonlos. Er berührte Glass an der Wange, dann zog er die Hand wieder zurück. »Ich war's nicht.«

»Was?« Glass starrte ihn an. »Was warst du nicht?«

»Ich hab gedacht, es wär niemand da.«

»Ja«, sagte Glass rasch, »Lorna war bei ihrer Mutter.«

»Nein«, sagte Watt. »Sie war zu Hause. Ich hab sie gefunden.«

O *Gott*. »Was hast du mit ihr gemacht?«

»Gar nichts.«

»Lass mich laufen. Lass mich hier raus.«

»Ich war's nicht.«

»Hör auf, das zu sagen.«

»Jemand anders ...«

»Nein. Nicht.«

»Jemand anders hat sie zuerst erwischt.«

»Das glaub ich dir nicht. Ich glaub dir nicht. Was sagst du da, verdammte Scheiße noch mal?«

»Gib dir keine Schuld.«

»Sie leben!«, schrie Glass. Seine Stimme wurde leiser, als sie mit einem Beben sagte: »Du hast sie nicht angerührt. Sie leben. Im Bett. Schlafen.«

Er schloss die Augen und hörte Watt sagen: »Tief und fest.«

»Alle beide?«

»Alle beide.«

Watt log.

Glass erschauerte. Er atmete scharf ein. »Bring mich um, wenn du willst«, sagte er. »Aber sag mir die Wahrheit. Was hast du grade gemacht?«

»Ich schwör dir, ich lüg dich nicht an. Ich hab ihnen kein Haar gekrümmt.« Er nickte. »Aber sie sind tot.« Er brach ab. »Sie sind beide tot.«

»Nein!«, schrie Glass und warf sich nach vorn, so dass sich das Seil um seinen Hals zuzog. »Nein!«, schrie er noch einmal, aber seine Stimme war weg, und es kam nichts als ein Krächzen heraus. Er stieß sich noch fester ab, versuchte, Watt zu erreichen, seine Schläfen summten, es war ihm egal, dass er sich erdrosselte.

Watt trat einen Schritt zurück.

Glass zerrte erneut heftig an dem Seil, quetschte einen weiteren erbarmungswürdigen Schrei heraus. Das Seil legte sich eng um seine Luftröhre. Sein Gesicht lief blutrot an, und er hatte das Gefühl, die Augen wollten ihm herausplatzen. Er saugte Luft ein, aber da war nichts. Er atmete nicht. Er japste ins Leere.

Watt flitzte hinter ihn und krabbelte unter dem Stuhl herum.

Glass wusste, was er vorhatte, und fragte sich, warum. Er hoffte, der Wichser würde es nicht schaffen, selbst wenn das hieß, dass er selbst dabei draufging.

Scheiß drauf.

Glass war bereit dazu.

Seine Ohren dröhnten.

Und dann spürte er, dass der Knoten um seinen Hals ein Stück nachgab. Ein winziger Luftstrom fuhr durch seine Kehle.

Noch ein Atemzug. Dann noch einer.

Dann hörte er, wie Watt sich hinter ihm regte, und es dauerte nicht lange, bis das Seil sich lockerte, bis da überhaupt kein Druck mehr war.

Glass schluckte gierig Luft.

Watt ging um ihn herum nach vorn, ein Messer in der Hand. Er hob die Schlinge über Glass' Kopf und warf das Seil beiseite.

Glass holte noch einmal tief Luft. »Du hättest mich laufen lassen sollen.«

»Ich tu's grade.« Watt hackte auf die Seile los, mit denen Glass' linker Arm an den Stuhl gefesselt war.

»Was machst 'n da?«

»Wonach sieht's denn aus?«

Ihn davor zu bewahren, sich selbst zu erdrosseln, damit Watt noch etwas Spaß haben konnte, war eines. Aber das hier? Glass blickte da nicht durch. Fand keine Antwort. Das letzte Stück Seil riss, und Glass' Arm war frei. Er ballte die Faust und löste sie wieder, um Blut in seine Hand zu pumpen.

»Hier«, sagte Watt und hielt Glass die Pistole hin.

Wie schon mal. Zu Hause. Im Schlafzimmer. Das war also sein Spiel. Noch mehr psychologische Folter. Als hätte es nicht schon gereicht, ihm zu erzählen, dass Lorna und Caitlin tot waren.

»Denkst du, ich fall da noch mal drauf rein?«

»Auf was fällst du rein?«, fragte Watt.

»Wenn du mich auslachen willst, wenn du dich über mich lustig machen willst, nur zu. Aber ich spiel nicht mit.«

»Du denkst, sie ist leer?« Watt zog die Pistole, trat zur Seite, zielte in Mafias Richtung und feuerte eine Kugel auf ihn ab.

Wusste er, dass Mafia schon tot war? Oder war er wirklich so roh?

»Kein Trick«, sagte Watt und hielt Glass die Pistole erneut hin. »Na los«, sagte er. »Du musst sie nehmen. Du musst mir vertrauen. Glaub mir, was ich dir sage.«

Langsam streckte Glass die Hand aus, gefasst darauf, dass Watt die Pistole wegzog. Aber er tat es nicht. Er ließ los, und Glass nahm die Pistole an sich.

»Ich hab sie nicht umgebracht«, sagte Watt. »Erschieß mich, wenn ich lüge.«

Gut möglich, dass es die letzte Kugel gewesen war, die

Watt gerade abgefeuert hatte. Aber es konnte auch sein, dass er total verrückt war.

Glass richtete die Pistole auf Watt. »Bist du sicher, dass du mich nicht noch ein bisschen quälen willst?«

»Das brauch ich nicht«, sagte Watt.

Glass befreite seinen anderen Arm, dann machte er sich ungeschickt daran, seine Beine loszubinden. Er stand auf und stampfte, um sie ein bisschen zu beleben.

Er schluckte ein halbes Dutzend Schmerztabletten.

Watt lag reglos zusammengesackt auf dem Fußboden. Glass hatte ihm einen kräftigen Schlag mit dem Knauf der Pistole versetzt, aber er konnte jeden Moment wieder aufwachen.

Glass steckte die Kanone hinten in seinen Hosenbund, beugte sich über Watt, suchte in dessen Hosentaschen, fand seine Autoschlüssel und eine Audiokassette.

Glass hatte nur zwei Dinge im Kopf. Nichts wie raus hier. Nichts wie nach Hause.

Watts Auto zu finden war überhaupt kein Problem. Glass zitterte zu stark, um zu fahren, aber er hatte keine Wahl. Er stieg ein, rutschte erschauernd auf den Sitz.

Der Motor sprang an. Das Radio schaltete sich ein. Jazz am späten Abend. Ein einsames Klavier spielte eine Reihe schräger Akkorde über einem trägen Bass und einem flirrenden, flattrigen Schlagzeug.

Er fuhr los. Langsam. Dachte an Mafia. Hatte das Gefühl, ihn im Stich zu lassen. Wusste, dass der Gedanke unlogisch war. Mafia war tot. Erdrosselt und erschossen. Glass ließ nur noch eine Leiche im Stich.

Das Klavier hackte eine Sequenz irrer Akkorde runter, während der Bass eine schnelle Melodie zupfte, die für sich stand und gegen das Klavier ankämpfte. Darunter wischte und tappte, tappte und wischte das Schlagzeug. Dann legten alle drei Instrumente los und spielten eine rasche Sequenz synkopierter Noten, mit einem Donnerschlag in den tieferen Lagen, unterstützt von einem Beckenwirbel und einem schnellen Beat auf der Basstrommel.

Glass hörte alles, und es wurde ihm zu viel. Er schaltete das Radio aus.

Die Scheinwerfer bohrten Löcher in die Dunkelheit. Hohe Gebäude erhoben sich vor ihm, kamen näher. Er drehte ab und bog in die Hauptstraße ein.

Die Stille war schlimmer als das Radio.

Er schaltete es wieder ein. Die Musik war dissonant und nervenzerfetzend, zerrte von innen an ihm, riss ihn auseinander, spaltete ihm das Gehirn.

Eine wiederkehrende hohe Note auf dem Klavier schmolz zu einem dünnen Speer, und die Spitze schob sich in seinen Finger und ließ ihn aufschreien.

Die Straße bewegte sich von einer Seite auf die andere.

Er schaltete das Radio wieder aus. Stille war besser. Mit der Stille konnte er leben. Aber es gab keine Stille mehr. Das Motorengeräusch zerteilte sich in scharfe Splitter, die sich in seine Ohren rammten.

Er grub das Band aus seiner Hosentasche. Schob es in den Kassettenrekorder. Dieser Scheißpopsong »Ebeneezer Goode«. Er drückte das Band wieder heraus, versuchte es mit der anderen Seite. Noch mehr Scheiß.

War wohl zu viel gewesen zu hoffen, das Band sei dasjenige, welches Horse aufgenommen hatte. Spielte aber keine Rolle. Jetzt änderte das auch nichts mehr.

Er kurbelte das Fenster runter, warf das Band hinaus.

Mit der Hand wischte er sich die Nase. Wischte sich den Mund. Wischte sich die Augen.

Er hatte es nicht weit.

Es war gleich da drüben. Über den Weg da. Er war gleich zu Hause.

Lichter im Garten. Autos, andere Fahrzeuge. Hektik. Menschen. Viel zu viele.

Er hielt sechs Meter davor, sprang aus dem Wagen. Fing an zu rennen.

Ein Mann in Uniform rief etwas. Glass beachtete ihn nicht, rannte weiter, rannte glatt an ihm vorbei.

»He«, sagte der Typ und jagte ihm nach.

Glass rannte gegen jemanden. Rannte gegen noch jemanden. Warf ihn um.

»Haltet ihn!«

Eine Hand auf seiner Schulter. Der guten. Fester Griff. Etwas zerriss. Nicht fest genug.

Scheiß drauf.

Dann packte noch eine Hand nach ihm.

Er zog die Pistole aus dem Hosenbund.

Rufe und Schreie.

»Das ist er«, sagte jemand.

Er beachtete sie nicht. Beachtete sie alle nicht. Ging mit gezogener Pistole ins Haus, bahnte sich den Weg durch einen Kordon raunender Bullen nach oben.

Der Treppenabsatz und das Bad waren vollgestopft mit Menschen in weißen Anzügen.

»Raus hier!«, rief er.

Sie wechselten Blicke.

»Raus hier, verdammte Scheiße.« Er hob die Pistole.

Sie hasteten hinaus, drängten sich mit erhobenen Händen an ihm vorbei.

Er schaute sich um. Die Tür zum Bad stand offen. Er ging darauf zu.

Der Duschvorhang war ganz zurückgezogen.

Lorna lag in ihrem Nachthemd im Bad. Caitlin lag auf ihr, das Gesicht an den Hals ihrer Mutter gedrückt, beide in eine lila Decke gehüllt.

»Gott sei Dank, ihr seid gesund«, sagte er. Er sank auf die Knie. »Gott sei Dank.«

Lorna starrte ihn an.

»Was?«

Sie sagte nichts.

»Red mit mir«, sagte er. »Bitte red mit mir.« Er schaute Caitlin an. »Caitlin, mein kleines Baby. Sag was.«

»Lass die Waffe fallen«, sagte Lorna. Ihre Stimme klang tief.

Glass war egal, wie sie klang. »Natürlich«, sagte er und legte die Pistole auf den Boden.

»Schieb sie hier rüber.« Ihre Stimme kam von hinter ihm.

Er stieß sie mit der Fußkante weg, und sie rutschte über den Badezimmerfußboden in Richtung von Lornas Stimme. »Keine Angst, Caitlin«, sagte er. »Alles wird gut. Ich kann dir 'ne Geschichte erzählen, wenn du willst.«

»Halt die Schnauze, verflucht noch mal.« Ein Mann mit Lornas neuer Stimme kam ins Bad. Er trug eine Uniform und hielt eine Pistole in der Hand. Hinter ihm duckte sich noch ein Mann. »Kopf runter.«

Glass tat wie geheißen. Kaum berührte seine Wange die kühlen Kacheln, spürte er, dass sich etwas in seinen Rücken bohrte.

»Was ich nicht kapiere«, sagte Lorna, »wieso bist du zurückgekommen, verdammte Scheiße?«

»Ich konnte dich doch nicht verlassen«, sagte er.

»Blödmann«, sagte sie, und dann explodierte etwas in seinem Schädel.

TEIL 3
KOGNITIVE DISSONANZ

DIENSTAG, 16. FEBRUAR 1993

»Würden Sie mir das noch einmal erzählen, bitte?«

»Noch mal?« Glass schaute Riddell an. Schottland war klein. Riddell war überall. Er war im Hilton gewesen. Jetzt war er hier. Genau genommen war er immer hier gewesen. Das hier war seine Ausgangsbasis, und das Hilton hatte er nur montags besucht. Er hatte ein eigenes Büro mit einem Teppich und einem Fenster (vergittert, zugegeben) und Bücherregalen an den Wänden.

Offenbar war es der perfekte Ort, um Glass aufzufordern, die Geschichte immer und immer wieder durchzukauen. Tag für Tag für Tag.

Glass hatte es satt.

»Nur das Ende. Von da an, wo Sie nach Hause gekommen sind.«

In Glass' Kopf stieg der Druck, wie immer, als würde er gewürgt. Er spürte wieder das Seil um seinen Hals. »Das kann ich nicht.«

»Aber Sie haben's doch gerade getan.«

Das stimmte. So weit war er noch nie gekommen. Aber er konnte nicht wieder zurückgehen.

»Versuchen Sie's noch mal.«

»Nein.«

»Was passiert, wenn Sie es versuchen?«

»Das wissen Sie doch. Das ist, wie wenn man versucht, mit 'nem Auto rückwärts durch 'ne Mauer zu fahren.« So hatte er es schon einmal beschrieben.

»Versuchen Sie's. Vielleicht haben Sie ja ein paar Steine gelockert, und die Mauer bricht einfach zusammen.«

Glass bezweifelte es, aber er konzentrierte sich, stellte sich im Kopf eine Mauer vor und schlug mit einem Vorschlaghammer dagegen. Licht erschien in den Ritzen im Mörtel, aber als er erneut gegen die Mauer schlug, prallte der Hammer von den Steinen ab, und ihm wurde übel. Je fester er gegen die Steine schlug, desto übler wurde ihm. Er schüttelte den Kopf, wandte sich ab, schaute sich im Büro um, in der Hoffnung, in der Vertrautheit des Raums die Antwort finden zu können.

Aber der Raum sagte ihm nichts. Es war nur ein Büro. Sauber, ordentlich.

»Schatten im Dunkeln?«, fragte ihn Riddell.

Glass hatte es ein- oder zweimal auch so erklärt. Sie konnten nicht verlangen, dass er auch noch das mit der Mauer erklärte.

»Da ist etwas, aber Sie wissen nicht, wie Sie das Licht einschalten sollen?«

Und auch so hatte er es erklärt. Unterschiedliche Bilder für verschiedene Tage. Es kam alles auf dasselbe raus. Da war etwas, das er nicht sehen konnte, und wenn er versuchte, es zu sehen, wurde ihm körperlich schlecht.

Riddell fummelte mit seinem Stift, schob ein Blatt Papier auf dem Schreibtisch herum. »Aber das war schon gut, Nick«, sagte er. »Sie haben es geschafft, die Ereignisse von Anfang bis Ende zusammenzufügen. Zweimal wäre vielleicht zu viel.«

Die Übelkeit kam wieder, und Glass schluckte. »Die Medikamente«, sagte er. Die Medikamente schalteten ihn an und aus. Manchmal zu schnell, dass er spüren konnte, wie er flackerte. Manchmal summte er beim Flackern. »Es geht mir besser. Ich brauch sie nicht mehr.«

»Wir haben Ihre Dosis schon reduziert«, sagte Riddell. »Ich werde sie noch weiter reduzieren.«

Ein scharfer Schmerz bohrte sich durch Glass' rechte Schläfe. Er wäre gern wütend geworden, wusste, dass er es sein müsste. Er wollte keine Medikamente nehmen, sie waren gefährlich. Aber er brachte die Energie nicht auf. »Setzen Sie sie ab.«

Riddell rückte seine Brille zurecht.

Mit pochendem Kopf sagte Glass: »Ich würde mich besser erinnern, wenn ich klar denken könnte. Das weiß ich. Sie helfen nicht mehr.« Er stand auf. »Ich will keine Medikamente. Sie wissen, welchen Schaden sie anrichten können. Man wird ganz verdreht im Kopf, wenn man Medikamente nimmt.«

»Setzen Sie sich«, sagte Riddell. »Setzen Sie sich bitte, Nick. Das sind verschreibungspflichtige Medikamente, das wissen Sie. Keine illegalen Drogen, die man auf der Straße kauft, um high zu werden. Ich bin Arzt.«

»Sie sind *Seelenklempner*.«

»Okay. Und welche Gefühle löst das bei Ihnen aus?«

Glass lachte nicht, wie es von ihm erwartet wurde. Oder wenigstens wie er glaubte, es werde von ihm erwartet. Eine flauschige Schicht hatte sich über Glass' Gehirn gelegt. Das passierte einfach so. Eben noch war alles in Ordnung, in der nächsten Sekunde konnte er sich kaum noch an etwas erinnern. Sich zu konzentrieren, war so gut wie unmöglich. Er hatte ein Buch auf seinem Zimmer, *Pilgrim … Pilgrim on the Hill,* so hieß es. Er musste es wohl fünfzigmal angefangen haben und war nie über Seite zehn rausgekommen.

»Ich hab die Frage vergessen«, sagte er.

»Setzen Sie sich, Nick.«

Stand er immer noch? Anscheinend. Er legte die Hand auf die Lehne des Stuhls, rückte ihn herum, setzte sich. Er sagte nichts. Nichts zu sagen, schien eine gute Taktik zu sein.

Riddell drehte seinen Bleistift um und kratzte sich den

Handrücken mit dem Radiergummi. »Hätten Sie etwas dagegen, wenn wir noch mal auf etwas zurückkommen, worüber Sie vorhin gesprochen haben?«

»Können wir nicht weitermachen?« Glass hatte die Schnauze voll. Er hatte genug über die Vergangenheit nachgedacht. Er war seit drei Monaten hier, und jeden Tag in den vergangenen zwei Wochen hatten sie über die Scheißvergangenheit geredet. Was war falsch an der Gegenwart? Die Vergangenheit war vorbei. Niemand konnte an ihr etwas ändern. Wieso spielte es eine Rolle, ob er sich genau erinnern konnte, was passiert war oder nicht?

»Wissen Sie noch, wie es Ihnen ging, als Sie hier ankamen?«

Na klar, daran erinnerte er sich. Der Schlag auf den Kopf hatte ihn umgehauen. Anscheinend hatten sie sich Sorgen um innere Blutungen gemacht. Aber er kam wieder zu sich, kein Problem, war nur groggy und verwirrt. Bis ihm wieder einfiel, was er im Bad gesehen hatte.

Da war er ausgerastet. Hatte das Krankenzimmer auseinandergenommen. Hatte alles zertrümmert, was brechen und splittern konnte. Alles zerfetzt, was reißen konnte. Einschließlich seiner eigenen Wunden. Als er damit fertig war, knallte er seinen Kopf so fest gegen die Wand, dass er blutete. Er prallte zurück und fiel auf den Arsch, aber das haute ihn nicht um. Vielleicht war der Knochen in seinem Schädel seit dem Wumms mit der Pistole des Polizisten im Bad härter geworden. Er rappelte sich wieder auf und setzte gerade zu einem zweiten Versuch an, als ein paar Pfleger in den Raum stürzten und ihn am Boden festhielten.

Er leistete keinen Widerstand.

Aber trotzdem hatten sie ihn hierhergebracht, in eine psychiatrische Hochsicherheitsklinik. Ein Gefängnis wie das Hilton. Aber anders als das Hilton war das hier kein modernes Gebäude. Es war ein viktorianischer Bau. Dunkel und kalt und düster. Voller Gespenster. Er konnte sie sehen und hören, und manchmal konnte er sie spüren.

Riddell hatte ihm eine Frage gestellt. Er hatte allerdings vergessen, was es war.

Manchmal sah er ... Scheiße, er konnte sich nicht mehr an ihre Namen erinnern. Seine Frau. Seine Tochter. War er schon so heruntergekommen? Er sah ihre Gesichter. Lorna? *Ja*. Caitlin? *Ja*. Flammen lohten in seinem Schädel auf, brannten ihm das Gehirn sauber. Scheiße, es tat weh, und es fühlte sich gut an, fühlte sich *verdient* an. Er sah sie im Bad liegen. Lornas Stimme. Nein, nicht ihre.

»Sie hat sich anders angehört«, sagte er laut.

»Wer?«

»Vielleicht war es ja der Schlag auf den Kopf. Vielleicht erinnere ich mich ja falsch daran.«

»Wer, Nick? Wer hat sich anders angehört?«

»Sie hat sich angehört wie ein Mann.«

»Ah, Lorna.« Riddell spreizte die Finger.

Glass hob die eine Hand zum Kopf. Fuhr sich damit über den Schädel. Keine Knoten, keine Stiche. Tat nicht mal weh, wenn er draufdrückte. Allmählich gewöhnte er sich an die Veränderung. Er hatte jetzt auch wieder Haare.

»Ich möchte, dass Sie mir noch ein paar Fragen beantworten«, sagte Riddell. »Würden Sie das tun?«

Glass zuckte die Achseln. Jeden Tag dasselbe Programm.

Es lief so ab: Wecker klingelt. Er steht auf. Er wäscht sich. Er zieht sich an. Er wartet. Pfleger bringt ihm sein Frühstück. Er nimmt seine Pillen. Wartet. Pfleger bringt ihn zum Ausgang im Hof. Dann wieder zurück in seiner Zelle. Er wartet. Anderer Pfleger bringt ihm sein Mittagessen. Er nimmt seine Pillen. Wartet. Pfleger bringt ihn zu Riddell. Er spricht über das, was passiert ist. Riddell stellt Fragen. Zurück zur Zelle. Er wartet. Wieder anderer Pfleger bringt ihm sein Abendessen. Er nimmt seine Pillen. Wartet. Er sieht fern mit den Zombies. Er ist auch ein Zombie gewesen. Er erinnert sich nicht mehr genau daran, aber man hat es ihm gesagt. So schlimm kann es nicht gewesen sein. Manchmal wünscht er, er wäre immer noch ein Zombie. Er redet mit den wenigen, die reden können. Pfleger bringt ihn wieder in seine Zelle. Er nimmt seine Pillen. Liest ein paar Seiten in seinem Buch.

Schläft. Träumt. Wacht auf. Schläft. Träumt. Wacht auf. Bleibt wach. Am Morgen schrillt der Wecker, und alles fängt von vorn an.

Es war sein Leben, und er kam damit zurecht.

»An diesem Abend im Hilton«, sagte Riddell gerade. Er hielt inne, und Glass nickte ihm zu, fortzufahren. »Wieso haben Sie Caesars Finger mitgenommen?«

Das war einfach. Das war jetzt alles ganz klar in Glass' Kopf. Sein Gehirn zischte das ganze flauschige Zeug weg. So war's passiert. Manchmal hatte er das Gefühl, sein Kopf sei so voll mit Scheiße, dass er gleich ohnmächtig würde, und dann ging es ihm fast augenblicklich wieder gut, und der ganze Mist war weggebrannt.

»Ich hatte meinen verloren.« Glass war sich darüber bewusst, dass das, was er sagen wollte, sich verrückt anhörte. Er sagte es trotzdem. »Ich dachte, vielleicht könnte mir jemand seinen anstelle von meinem annähen.«

»Das ist nicht möglich. Das wissen Sie.«

»Natürlich. Aber zu dem Zeitpunkt hab ich nicht sehr klar gedacht. Ich weiß nur noch, dass ich dachte, dass er dafür verantwortlich war, dass ich meinen Finger verloren habe. Schien mir richtig, dass ich dafür seinen nehmen sollte.«

»Denken Sie noch immer, dass er verantwortlich war?«

»Hängt davon ab, was Sie meinen«, sagte Glass. »Ich denke, ich hab ihn selber abgeschnitten.«

»Haben Sie irgendeine Ahnung, wieso?«

»Ich erinnere mich nicht.« Glass schloss die Augen, blies die Backen auf.

»Passen Sie auf, dass Ihnen nicht wieder übel wird«, sagte Riddell.

Ja, einmal hatte er spucken müssen. Er schaute Riddell an, sog Luft in die Lungen. »Ich will mich erinnern.«

»Ich weiß.« Riddell wandte den Blick ab. »Lassen Sie uns das Thema wechseln, bis es Ihnen wieder bessergeht.« Er verschränkte die Hände. »Erzählen Sie mir von Jasmine und Horse und Caesar.«

Glass stockte. Er hatte sie erschossen, aber er sprach es nur ungern laut aus. Jemanden zu erschießen, selbst wenn er es verdient hatte, war nichts, worüber man gern redete. Trotzdem, Glass hatte nie abgestritten, was er getan hatte.

Für Tränen war es jetzt zu spät. Glass war über Selbstmitleid hinaus. Er war ein Mörder. Daran führte nichts vorbei. Er war ausgerastet. Und deshalb war er jetzt in einer psychiatrischen Klinik. Und sie wollten wissen, warum. Konnte er ihnen nicht verdenken.

Er hätte selbst nichts dagegen gehabt, es zu wissen.

Er gab den Drogen die Schuld. Obwohl die nichts waren im Vergleich zu dem, was er jetzt bekam. Er hatte das Gefühl, als hätten zwei Hunde ihre Zähne in seine Schienbeine gegraben und schüttelten ihn durch. Nur weil er sich nicht bewegte, hieß das noch lange nicht, dass es nicht so war. Er konnte es spüren, grade so, als wären die Viecher da, unter dem Schreibtisch, und würden an ihm rummapfen. Er streckte die Beine aus, kickte die Biester weg. Dann riss er sich zusammen und sagte: »Ich hab die Wichser erschossen.«

Riddell lehnte sich zurück. »Und was ist mit Mafia? Haben Sie den auch erschossen?«

Also, das war mal 'ne Frage, die hatte Riddell noch nie gestellt. Normalerweise hörte er einfach nur zu, nickte, stellte eine Frage, die Glass half, mit der Geschichte voranzukommen. Nicht, dass er je so weit vorangekommen wäre. Aber das jetzt? Das war neu.

Wenn man es recht bedachte, hatte Riddell in den letzten beiden Tagen allen möglichen Scheiß gefragt.

Glass zog die Beine wieder an, weg von den Zähnen der Hunde. Schaute Riddell an, bis Riddell sich wieder vorbeugte, mit seinem Milchgeruch, der ihm anhing. »Das war Watt«, sagte Glass. »Wieso sollte *ich* Mafia erschießen?«

»Mafia hat sich selbst erwürgt, und dann hat Watt ihn erschossen.«

»Genau.«

»Das verwirrt mich. Mir ist nicht klar, wieso Mafia sich umgebracht hat.«

»Weil er wusste, dass er, solange er lebt, Watt beschützen würde.«

»Ich verstehe. Und wieso hat Watt ihn erschossen?«

»Ich weiß nicht. Wieso fragen Sie ihn nicht?«

»Gute Antwort.« Riddell näherte sich zentimeterweise. »Wenn Mafia sich selbst umgebracht hat, dann wäre seine Leiche doch in der Wohnung gewesen, stimmt's?«

Glass nickte.

»Und die Polizei hätte sie gefunden?«, fragte Riddell.

»Ich schätze schon, ja.«

»Sie haben Watt gefunden. Bewusstlos, dort, wo Sie ihn liegen gelassen haben.«

»Er war immer noch k. o.?«

»Glauben Sie nicht, was in den Büchern steht, die Sie gelesen haben. Wenn man jemanden k. o. schlägt, hält das eine ganze Weile an.«

»Ich wünschte, ich hätte ihn umgebracht, verdammte Scheiße.« Glass träumte manchmal, er würde abdrücken, wenn Watt ihm die Pistole gab. In dem Traum zerrte Lorna immer an seinem Arm und versuchte, ihm die Pistole aus der Hand zu winden. »Steht der Termin für den Prozess schon fest?«

»Nein«, sagte Riddell. »Darüber reden wir ein anderes Mal.«

»Werde ich hingehen dürfen?«

»Jetzt noch nicht, Nick.«

»Beantworten Sie mir nur die eine Frage. Es ist wichtig.« Riddell hatte keine Ahnung, wie wichtig. Aber Glass musste dabei sein. Er wollte hören, wie Watt erklärte, was er getan hatte.

»Ja«, sagte Riddell. »Sie werden beim Prozess dabei sein. Kann ich jetzt weitermachen?«

»Entschuldigung, ja.«

»Die Polizei fand also Watt«, sagte Riddell. »Auf dem Boden zusammengerollt. Wie zu erwarten.« Er hielt inne. »Aber da war nirgends eine Spur von Mafia.«

Das ergab keinen Sinn. Das ging ganz eindeutig in eine neue Richtung. »Was soll das heißen?«

»Was denken Sie, was das heißen soll?«

Glass dachte darüber nach. »Soll das heißen, dass Mafia aufgestanden und weggegangen ist?«

»Heißt es das?«

»Ich weiß nicht. Heißt es das?«

»Das ist nicht sehr wahrscheinlich, Nick. Tote Menschen neigen dazu, zu bleiben, wo sie sind.« Riddell wedelte wieder mit seinem Bleistift, klopfte damit auf den Schreibtisch, klopfte damit an sein Kinn. Er hatte seinen Bart wachsen lassen. Ein grauer Streifen zeigte sich darin, der im Licht schimmerte. »Wenn wir uns also einig darüber sind, dass er nicht aufgestanden und weggegangen ist, wo ist er geblieben?«

Es dauerte einen Moment, bis Glass begriff, dass die Frage nicht rhetorisch gemeint war. »Woher soll ich das wissen? Ich war ja nicht da. Ich war schon lange weg, als die Polizei kam.«

»Denken Sie trotzdem mal darüber nach. Sehen Sie zu, ob Sie mir eine Antwort geben können, so weit hergeholt sie auch sein mag. Lassen Sie sich Zeit.«

Glass versuchte es, konnte sich aber nicht konzentrieren.

Sah Caitlins Gesicht, hörte ihre Stimme, sie weinte: »Wo ist Mo?« Sie hatte ihren Teddy verloren. Dann ein Bild von einem anderen Mal, mit weißem, erschrecktem Gesicht, und die Worte: »Streitet euch nicht.« Ein Metalldorn knallte in Glass' Hirn, so schnell und hart wie eine Kugel.

Nicht beachten. Konzentrier dich.

Mafias Leiche. Riddell wollte wissen, wohin sie gekommen war. Leichen standen nicht einfach so auf und gingen weg, hatte er gesagt. Natürlich hatte er recht. Sogar als Glass ein Zombie gewesen war, konnte er sich nicht daran erinnern, aufgestanden und weggegangen zu sein.

Er schluckte einen Mundvoll Speichel und sagte das Erste, was ihm durch den Kopf ging: »Außerirdische müssen ihn entführt haben.«

Riddell lächelte. »Irgendeine Idee, die vielleicht ein bisschen weniger weit hergeholt ist?«

Das war weit hergeholt? Na ja, vielleicht schon. Was dann? Hmmm. »Jemand muss ihn weggeschafft haben.« Zischte ihm einfach so in den Kopf. Der Dorn hatte den Gedanken aus der Luft geschnappt, ein Blitzableiter für Gedanken, die sonst anderswo eingeschlagen hätten, in ein Stuhlbein, einen Papierkorb, einen Schirm.

Riddell nickte. »Und wer hat die Leiche weggeschafft?«

»Mad Will?«

»Denken Sie, Mad Will sei zurückgekommen, hätte Mafia weggeschafft und Watt liegen gelassen, damit die Polizei ihn findet?«

»Vielleicht hatte er nicht genug Zeit.«

»Sind Sie da absolut sicher?«

»Na ja, nein, ich hab keine Ahnung. War nur mal so geraten.« Glass streckte die Beine wieder aus und fragte höflich: »Können Sie's mir erklären?«

»Nein«, sagte Riddell. »Ich meinte, sind Sie absolut sicher, was mit Mafia passiert ist?«

»Wieso denn nicht? Ich hab ja erst danach eine über den

Kopf bekommen.« Glass wischte sich Schweiß von der Augenbraue. »Hören Sie, Mafia hat sich selbst erwürgt. Und ich hab gesehen, wie das Arschloch Watt ihm 'ne Kugel reingejagt hat.« Er streckte die linke Hand aus, ballte die Faust. »Ich kann die Kanone sehen, als wär sie genau hier in meiner Hand.« Er streckte zwei Finger aus, bildete die Form einer Pistole. Richtete sie auf Riddell.

»Werden Sie mich damit erschießen?«, fragte Riddell.

Glass spreizte die Finger, ließ die Hand an die Seite fallen. Sein Gehirn flimmerte. Blieb an, eine Frage breitete sich, um den Dorn gewickelt, in seinem Kopf drinnen aus, berührte beide Seiten seines Schädels, am einen Ende gekrümmt, am anderen ein Punkt. Er versuchte, sie zu packen, aber sie zerfiel zu Staub in seinen Fingern, und ein Wind erhob sich und blies sie fort. Es flimmerte. Er flimmerte.

»Ich habe noch eine einzige Frage«, sagte Riddell. »An dem Tag, als Sie aufwachten und feststellten, dass Ihr Finger fehlte und Lorna und Caitlin weg waren, wieso ist Ihnen da nie der Gedanke gekommen, dass Watt sie gekidnappt haben könnte?«

»Ich weiß nicht«, sagte Glass. »Er ist mir einfach nicht gekommen.«

»Kommt Ihnen das nicht komisch vor?«

»Nein.«

»Aber Watt hatte Drohungen ausgestoßen.«

»Es ist mir nicht komisch vorgekommen.«

»Vielleicht wussten Sie …«

»Es ist mir nicht komisch vorgekommen, gottverdammich noch mal«, sagte Glass. »Holen Sie mich endlich von den Scheißmedikamenten runter.«

»Vielleicht sollten wir es für heute gut sein lassen.«

»Bitte.« Glass fuhr sich mit der Hand über den Kopf, legte die Finger um die Spitze des Dorns, die aus seinem Schädel herausragte. »Die drehen meinen Kopf durch die Mangel.«

»Gut«, sagte Riddell. »Wir werden Ihre Dosis jeden Tag ein wenig reduzieren. Dann sind Sie davon runter, bevor Sie es merken.«

»Ich will mich einfach zur Abwechslung mal normal fühlen.«

»Natürlich.« Riddell nickte. »Ich rufe jemanden, der Sie auf Ihr Zimmer zurückbringt.«

In dieser Nacht wachte Glass so plötzlich und vollständig auf, dass er sich nicht einmal sicher war, ob er geschlafen hatte. Aber sein Zimmer war dunkler als zuvor, und alles, was er sehen konnte, waren bunte Kleckse, vor allem grüne und orangefarbene.

Seine Augen waren feucht. Seine Wangen waren auch feucht.

Er hörte Stimmen. Er setzte sich auf, horchte. Sie kamen näher, stoppten vor seinem Zimmer.

Dann öffnete sich die Tür, und das Licht wurde angeknipst. Er blinzelte ein paarmal, erspähte durch zusammengekniffene Schlitze ein halbes Dutzend weiß gekleideter Gestalten.

Er wollte sie hier nicht haben. Das war *sein* Zimmer.

»Raus hier!«, rief er mit einer Stimme so grell wie ihre Kleider.

Sie wechselten Blicke.

»Raus hier, verdammt noch mal.«

Sie trafen eine Entscheidung, kamen auf ihn zu. Er sah das Blitzen einer Nadel.

Er steckte die Hand unter sein Kissen. Seine Finger berührten etwas Festes. *Rasch. Bevor sie zu nahe rankommen.* Er packte den Griff mit der Faust, zog die Pistole heraus, richtete sie zur Zimmerdecke. Gib ihnen eine letzte Chance. »Ich warne euch.«

Sie erstarrten. Waren nicht sicher, ob er sie benutzen würde.

Er zielte mit der Pistole auf sie, jetzt mit aufgerissenen Augen, die das Licht aufnahmen. »Und bildet euch bloß nicht ein, ich würd nicht schießen.«

Sie wichen zwei Schritte zurück, wechselten Blicke. Einer drehte sich um, dann alle, liefen hastig weg.

Glass atmete die stille Luft ein. Steckte die Pistole wieder unter das Kissen. So schnell würden die nicht wiederkommen.

Sie hatten das Licht angelassen. Er hatte gewusst, als er im Dunkeln aufgewacht war, dass das hier nicht sein Zuhause war. Er konnte sich nicht anfreunden mit diesem Zimmer, egal wie lange er hier war. Es war nicht seins. Er war nur zu Besuch hier.

Das war nicht sein Bett.

Er hatte keine Lust, noch länger darin zu bleiben. Er hatte keine Lust, noch länger in diesem Zimmer zu bleiben.

Das war nicht sein Zimmer. Sie konnten es haben.

Er sollte gehen. Es ihnen überlassen.

Er sollte sie zurückrufen.

Warum tat er es nicht? Was hielt ihn davon ab?

Er konnte sich nicht erinnern.

Er hievte die Beine aus dem Bett.

Auf dem Fußboden, neben seinen Füßen, ein geöffneter Koffer. Jeans, Blusen, ein Föhn, alles ordentlich gepackt.

Der Dorn rammte sich wieder in seinen Schädel. Es tat weh, den Kopf zu drehen, aber er zwang seinen Hals herum. Die Sehnen knirschten.

Lorna saß einen halben Meter neben dem Koffer an den Bettpfosten gelehnt. Ihr gegenüber lag schlaff Caitlin an der Wand, Milch floss aus ihrem Becher auf den Boden, wurde sauer.

Er stand auf. Machte ein paar Schritte. Bei jedem bohrte sich der Dorn tiefer. Er fiel auf die Knie.

Lorna starrte ihn an. Er sah Watt in ihren Augen.

»Was hat er gemacht?«, fragte er sie.

»Es war nicht Watt«, sagte sie.

Er blickte zu Caitlin. »Caitlin, mein kleines Baby.« Er küsste sie auf die Wange. Ihre Haut fühlte sich hart an.

»Ist es das, was er gemacht hat?«, fragte er sie.

»Nein!«, schrie Lorna. »Er hat uns nie angefasst.«

Im Raum zwischen Lorna und Caitlin.

Glass packte den Dorn mit beiden Händen, zerrte ihn aus seinem Kopf. Schleuderte ihn gegen die Wand. Er prallte ab, fiel klirrend zu Boden. So blieb er, auf den Knien, bis er spürte, dass seine Fersen schmerzten.

Dann stand er auf, stieg wieder ins Bett. Er holte die Pistole unter dem Kissen hervor und steckte sie sich in den Mund.

Daumen am Abzug. Er drückte ab.

Kein Schmerz.

Der Tod war genau wie das Leben.

Überhaupt kein Unterschied.

DONNERSTAG

»Wann können wir fernsehen?«, fragte Glass Riddell. Sie hatten dreißig Minuten der Sitzung hinter sich gebracht und waren dasselbe alte Zeug durchgegangen. Nur dass heute auf einem Gestell an der Wand ein Fernseher und ein Videorekorder standen.

»Lassen Sie uns zuerst etwas versuchen.« Riddell breitete die Blätter auf seinem Schreibtisch zu einem Fächer. Berührte geistesabwesend seinen Fotorahmen. Ein anderer als der, den er im Hilton gehabt hatte. Der hier war aus Holz, und es steckte ein Familienfoto drin. Glass hatte ein paarmal einen Blick darauf erhascht. Riddell, seine Frau, zwei Mädchen. »Stellen wir uns einmal vor, nur *ein* Häftling hätte Sie als Geisel genommen.«

»Meinen Sie das ernst?«

»Unbedingt.«

»Sie wollen wohl zeigen, dass Sie genauso verrückt sind wie wir anderen?«

»Tun Sie mir den Gefallen. Nur ein Häftling. Okay?«

»Okay. Es waren aber zwei.«

»Stellen Sie sich einfach mal vor, Mafia hätte beschlossen, in seiner Zelle zu bleiben.«

»Warum sollte er?«

»Wissen Sie noch, was Sie sagten, als ich Sie fragte, warum Mafia sich umgebracht hat?«

»Nicht genau.«

Riddell blickte auf seine Notizen. »Sie sagten, dass Mafia, solange er lebt, seinen Bruder beschützen würde.«

»Ja«, sagte Glass. »Das hört sich halbwegs richtig an.«

»Wenn Mafia so empfunden hat, kommt es Ihnen dann nicht seltsam vor, dass er angeboten haben soll, Sie direkt zu Watt zu führen?«

»Er hat gesagt, er hätte noch was zu erledigen. Zeug, das er schon längst mit Watt hätte klären sollen.«

»Und das hat er getan, indem er sich umbrachte?«

»Ich weiß nicht«, sagte Glass. »Die Sache ist nicht so ganz nach Plan gelaufen.«

Riddell öffnete seine Schreibtischschublade. Holte einen gepolsterten Umschlag heraus. Er zog eine Videokassette aus dem Umschlag und wedelte damit vor Glass wie mit einem Fächer. »Wissen Sie, was das ist?«

»Ein Video«, sagte Glass. »Pornos?«

»Das ist eine Kopie des Überwachungsvideos aus dem Hilton. Von der Nacht, als Sie als Geisel genommen wurden.« Der Seelenklempner legte es auf den Schreibtisch. Schob es Glass entgegen. »Möchten Sie es sehen?«

»Meinen Sie, ich will mir anschauen, wie ich angeschossen werde?«

»Das kann ich mir nicht denken.« Riddell griff nach der Kassette. »Aber es ist merkwürdig. Ich denke, Sie werden es interessant finden.« Er ging hinüber zu dem Gestell mit dem Fernseher, schaltete ihn ein, schob die Kassette in den Videorekorder. Drückte ein paar Knöpfe.

Und da war's. Ein grisseliges Schwarz-Weiß-Bild. Glass erkannte das Hilton. Den Korridor, der zum Haupttor führte. Sah sich selbst. Wie er, eine Pistole auf sich gerichtet, voranstolperte.

»Was fehlt hier?«, fragte Riddell.

Glass schaute hin. »Grundgütiger.«

»Oder sollte ich fragen, *wer* fehlt hier?«

Glass starrte weiter auf den Bildschirm. Konnte nicht glauben, was er sah.

Auf dem Fernseher, da war er. Und dort, neben ihm, war Darko. Aber wo war Mafia?

»Anhalten«, sagte Glass. »Halten Sie das Scheißding an. Sie machen mich ganz verrückt.«

Riddell drückte den Pausenknopf, das Bild mit Glass und Darko, die die Arme umeinandergelegt hatten, fror ein. Es war nur Sekunden bevor Darko Glass in die Schulter schießen würde.

Glass sagte: »Ich lüge nicht. Mafia war da.«

»Die Sache ist die, Nick. Es ist nicht so, dass ich Ihnen nicht glaube. Oder vielleicht sollte ich sagen, es ist nicht so, dass ich nicht glaube, dass Sie denken, Sie sagen die Wahrheit. Ich bin überzeugt, Sie denken, dass Mafia da war.« Er nickte in Richtung des Fernsehers. »Aber die Indizien deuten auf etwas anderes hin. Darko nahm Sie als Geisel. Er war allein. Nur Sie und er. Schauen Sie auf den Bildschirm.«

»Nein, das Video ist getürkt.« Glass hob den rechten Fuß vom Boden, drehte ihn im Knöchel, setzte den Fuß wieder auf. Dann macht er dasselbe mit dem anderen Fuß. Wieder rechter Fuß. Er konnte das den ganzen Tag so machen. Jemand hatte Mafia aus dem Video radiert. Das war alles. Kein großes Ding.

»Nick?«

»Ja?«

»Es ist nicht nur das Video. Es gibt Augenzeugen ...«

Glass stemmte beide Fersen auf den Fußboden. »Die lügen.«

»Nicht nur sie. Darko hat die gleiche Geschichte erzählt.«

»Er ist geschnappt worden?«

»Ja«, sagte Riddell. »Aber lassen Sie uns noch einmal zurückkehren zu ...«

»Warum haben Sie mir das nicht gesagt?«

»Ich dachte, Sie seien noch nicht so weit, darüber zu sprechen.«

»Aber jetzt doch?«

Riddell runzelte die Stirn. »Ich denke schon. Ich hoffe es.«

»Na schön, lassen Sie mich mit ihm reden. Ich bring ihn schon dazu, Ihnen die Wahrheit zu sagen.«

»Ich glaube nicht, dass das die Lösung ist.«

Wieso bestand Riddell darauf, diese dummen Spielchen zu spielen? »Sie kommen mir mit diesem Haufen Blödsinn, mit Ihren beschissenen sogenannten Indizien auf getürkten Videobändern und ... und Sie lassen mich Ihnen nicht mal zeigen, wie falsch Sie liegen?« Der Dorn versank tiefer in Glass' Gehirn. Er wischte sich die Stirn. Spürte ein Kribbeln in seinen Achselhöhlen.

»Wie ich schon sagte, wurde Darko erwischt«, sagte Riddell. »Vor einiger Zeit.«

Glass konnte den Dorn sehen, der dort steckte, und erkannte ihn. Die Häftlinge hatten ihn in der Werkstatt gemacht, ihn damit beworfen. Diesmal hatten sie nicht danebengetroffen.

»Etwa fünf Tage nachdem er ausgebrochen war«, sagte Riddell. »Zusammen mit Ihnen. Nur mit Ihnen. Nur Sie beide.«

»Hören Sie auf, das zu sagen. Was erhoffen Sie sich denn, wenn Sie so rumlügen?«

»Ich versuche, Ihnen zu helfen, Nick.« Er richtete die Fernbedienung auf den Fernseher, schaltete ihn aus. »Mafia hat seine Zelle in dieser Nacht nie verlassen.«

»Sie können mir helfen, wenn Sie aufhören, so 'ne Scheiße zu erzählen.« Glass fuhr zusammen, als der Dorn zuckte.

»Sind Sie in Ordnung?«

»Bin ich. Nur ab und zu …« Er zuckte die Achseln. »Es geht mir gut.«

Riddell blickte ihn eine Weile an, dann spitzte er die Lippen und ging wieder zu seinem Platz. »Machen wir weiter. Das Hotelzimmer. Darko sagte, er hätte Sie dort zurücklassen müssen. Er dachte, Sie könnten sterben, wenn er Sie noch länger mitschleppt.«

Das stimmte halbwegs. Glass legte die Hand auf seine Schulter und erinnerte sich. Er spürte jetzt keinen Schmerz mehr. Er war schnell geheilt. Er senkte die Hand, spürte ihre Wärme durch das Hosenbein. »Er hat mich zurückgelassen, aber ich war nicht allein. Mafia war auch noch da.«

»Nick, ich denke, es ist das Beste, wir tun es jetzt.«

»Tun was?«

»Es ist jemand hier, der Sie besuchen will.«

Glass beugte sich vor, drückte das Gesicht in seine Hände, atmete, stieß die Finger in seine Augäpfel. Er achtete nicht auf das stetige Pulsieren des Dornherzens in seinem Kopf.

»Er steht draußen vor der Tür.«

Glass massierte sich die Stirn mit den Fingerspitzen und schaute durch die Lücke zwischen seinen Händen auf Riddell. »Darko ist ein Verbrecher. Lügen ist seine zweite Natur. Er hat mich in dem Hotelzimmer mit Mafia zurückgelassen, ich sag's Ihnen doch. Bei Gott.« Er setzte sich zurück, schlug die Arme übereinander. »Ich schwör's Ihnen.«

Drinnen in Glass' Kopf vibrierte der Dorn. Er erschauerte. Er wusste überhaupt nicht, was Riddell wollte. Er hörte sich aufrichtig an, als glaubte er wirklich, was er sagte. Aber er musste lügen oder ein Spiel spielen. Versuchen, eine Reaktion zu provozieren, *die Versuchsperson zu testen*. Vielleicht hatte Riddell ja das Video selbst getürkt. Glass war nicht so leicht zu täuschen, selbst wenn sie ihn mit ihren Medikamenten dumm gemacht hatten. »Und was ist mit dem Wichser Watt, dem Mörder? Der hat Mafia doch auch gesehen.«

»Nein, hat er nicht.«

»Er hat ihn erschossen!«

»Watt sagt, er habe die Pistole in der Wohnung abgefeuert, ja. Aber nicht auf irgendjemanden. Da war niemand außer Ihnen.«

Leck mich. Leck mich, leck mich. »Dann Mad Will. Er hat Mafia in dem Hotelzimmer gesehen. Hat uns zur Wohnung gefahren.«

Riddell schüttelte den Kopf. »Mad Will sagte, Sie seien die ganze Zeit alleine gewesen. Im Delirium. Hätten mit sich selber geredet.«

»Nein.« Glass rieb sich die Schläfen mit den Handballen.

»Sie waren mit Drogen vollgestopft. Die ganzen Schmerztabletten. Und Speed. Blutverlust. Schock. Das ging schon eine ganze Zeit so. Seitdem Sie sich den Finger abgeschnitten hatten.«

»Die lügen«, sagte Glass. »Alle miteinander.«

»Dann glauben Sie die Wahrheit vielleicht, wenn Sie sie aus dem Mund Ihres Besuchers hören.« Riddell stand auf, legte im Vorbeigehen die Hand auf Glass' Schulter.

Glass rührte sich nicht, drehte sich nicht um. Starrte gerade vor sich hin.

Er hörte, wie die Tür sich öffnete. Flüsternde Stimmen. Schritte hinter ihm, die sich näherten. Dann wieder eine Hand auf seiner Schulter.

Und dann eine Stimme, von der er geglaubt hatte, er würde sie nie wieder hören. »Nick«, sagte Mafia. »Wie geht's?«

Glass blickte starr auf den toten Mann. »Du bist ein Geist«, flüsterte er.

»Um Gottes willen, nein«, sagte Mafia zu ihm. »Aus Fleisch und Blut.«

»Wenn er ein Geist wäre«, sagte Riddell, »glauben Sie, dass ich ihn dann sehen würde?«

»Aber du kannst nicht hier sein«, sagte Glass zu Mafia. »Du bist gestorben.«

»Das habe ich auch gehört«, sagte Mafia. »Mich selber erwürgt, glaube ich.«

»Genau.« Glass senkte den Kopf, starrte in seinen Schoß. »Ich versteh das nicht. Ich hab dich doch gesehen.«

»So wie Sie Ihre Schwester sehen?«, fragte Riddell.

Hazel? Wieso, verflucht noch mal, kam er jetzt mit Hazel? »Hazel ist … sie ist anders.«

»Ja«, sagte Riddell. »Warum haben Sie mir von ihr erzählt?«

»Sie wollten wissen, was passiert ist.«

»Diese Geschichte über das Picknick. Die Pferde. Dass sie Sie auslachte, weil Sie Angst hatten. Wieso haben Sie das erwähnt, Nick?«

»Das war das, worüber ich damals nachgedacht habe. Egal, was hat meine Schwester mit irgendwas davon zu tun? Ich hab sie seit Jahren nicht gesehen. Sie hat's ja nicht mal zu Mamas Beerdigung geschafft. Können wir sie nicht aus dem Spiel lassen? Mafia …«

»Sie waren in einem Auto«, sagte Riddell. »Und Sie dachten an Ihre Schwester.«

Glass drückte die Hände gegeneinander.

»Wodurch wurde das ausgelöst?«, fragte Riddell.

»Woher soll ich das wissen?«

»Weil Sie sich vorstellten, dass Mafia bei Ihnen im Auto war, vielleicht?«

»Er *war* da«, sagte Glass. Er schaute wieder zu Mafia. »Sag's ihm. Du warst da.«

Mafia schüttelte den Kopf.

»In der Wohnung«, sagte Glass, »hast du mir alles darüber erzählt, wie du die Schuld für Watt übernommen hast. Weißt du nicht mehr?«

»Wofür hab ich die Schuld übernommen?«

»Dafür, dass Watt seine Frau und sein Kind umgebracht hat.«

»Er war nie verheiratet.«

Es war nicht die Zeit für Pedanterie. »Dann eben seine Freundin.«

»Watt hat kein Kind.«

»Watt hat sie umgebracht«, sagte Glass. Seine Brust schnürte sich zusammen. »Aus Versehen.«

»Ich weiß nicht, wie du darauf kommst.«

»Du hast's mir erzählt. In der Wohnung.«

»Das ist das erste Mal, dass ich aus dem Hilton raus bin seit meiner Verurteilung.«

»Aber du hast keinen umgebracht. Du bist unschuldig.«

»Ich bin genauso wenig unschuldig wie ich tot bin.« Mafia seufzte. »Nick, ich hab zwei Menschen umgebracht.«

»Nein«, sagte Glass. »Du hast ihn gedeckt. Watt hat mir erzählt, dass seine Frau und sein Kind tot sind.«

»Das stimmt nicht«, sagte Riddell. »Das ist nur das, was Sie gehört haben. Meinen Aufzeichnungen zufolge sagte Watt: ›Wunderschöne Tochter, allerliebste Frau, perfekte Familie. Wo sind meine?‹, und Sie sagten: ›Ihre Frau und Ihr Kind? Ist was mit ihnen passiert?‹«

»Du denkst wohl, du weißt alles.«

»Nein, ich …«

»Psst. Hör einfach zu. Weißt du, warum Mafia im Gefängnis sitzt?«

»Wegen Mordes.«

»Und weißt du, wen er ermordet hat?«

»So was würde Mafia nie tun. Ausgeschlossen.«

»Frag ihn.«

»Watt sagte nie, wen Mafia umgebracht hat. Sie haben das nur angenommen.«

»Wieso machen Sie das mit mir?«

»Das ist sein Job«, sagte Mafia.

»Und wen *hast* du dann umgebracht?«, fragte Glass, sicher, dass Mafia nicht antworten würde.

»Meine Eltern«, sagte Mafia, ohne zu zögern. »Sie wollten mich aus ihrem Haus rausschmeißen. Meinem Zuhause. Ich war dort aufgewachsen. Hatte nie woanders gewohnt. Aber Mum und Dad sagten mir, sie hätten es satt, dass ich immer meine Freunde mit nach Hause bringe. Sie hackten immer auf mir rum wegen dem Krach, und ein-, zweimal, als irgendwelches Zeug fehlte. Videos und so. Nachdem ich 'ne klitzekleine Hasch-Party veranstaltet hatte. Aber das war alles Scheiße. Ich kam alleine nicht zurecht. Mit meinen Augen war es schlimmer, als ich zugab. Ich hab mich aufgeregt. Jeden Tag sind sie mir auf den Sack gegangen, wann ich endlich ausziehen wollte. Und jeden Tag hab ich mich mehr aufgeregt. Am Ende sind sie zu 'nem Rechtsanwalt gegangen, um zu hören, ob sie mich raussetzen können. Aus meinem eigenen beschissenen Haus. Dafür hab ich sie gehasst. Dass sie in aller Öffentlichkeit erzählten, wie sehr sie gegen mich waren.« Er hielt inne. »Und da hab ich sie eines Nachts erwürgt.«

»Einfach so?«

»Nur aus 'ner Laune raus war das nicht. Ist nicht über Nacht passiert. Das hat sich monatelang aufgestaut.«

»Aber du hast sie umgebracht, weil sie wollten, dass du ausziehst?«

»Ich hab sie umgebracht, weil sie mich abgelehnt haben.«

Glass schluckte. Gott bewahre, aber er konnte ihn beinahe verstehen.

»Wieso hast du mir das nie erzählt?«

»Wenn man seine Leute umgebracht hat, hängt man das nicht an die große Glocke.«

»Und … bereust du es?«

»Was für einen Sinn hätte das? Sie konnten mich nicht leiden. Ich konnte sie nicht leiden.«

Wenn Mafia seine Eltern umbringen konnte und kein Bedauern empfand, dann kannte Glass ihn überhaupt nicht. Mafia war als anderer Mensch von den Toten auferstanden. »Wie kommt es, dass niemand im Hilton darüber gesprochen hat?«

»Respekt.«

»Vor dir?«

»Ein bisschen«, sagte Mafia. »Aber vor allem vor Caesar. Er hat mal 'nem Kerl die Beine gebrochen, weil er drüber gequatscht hat.«

»Wieso hat das Caesar gekümmert?«

»Meine Eltern waren sein Onkel und seine Tante. Ich und Caesar, wir sind Cousins.«

»Mein Gott«, sagte Glass. »Und wieso hat er dich nicht umgebracht?«

»Keine Ahnung. Ich glaube, er hätt's getan, wenn Watt ihn nicht gebeten hätte, es zu lassen.«

Watt hatte Mafia das Leben gerettet? »Und wieso hat er das gemacht?«

»Er ist mein Bruder«, sagte Mafia.

»Ich weiß, aber das mit der Familie hat dich auch nicht davon abgehalten, das zu tun, was du getan hast.«

»Ich bin nicht sentimental.«

»Und Watt schon? Dieser Wichser?«

Mafia gab keine Antwort.

»Und warum erzählst du mir das jetzt alles?«, fragte Glass.

»Riddell hat mich drum gebeten. Meinte, es würde dir helfen. Ich hoffe, es tut's.«

»Ich dachte, du bist nicht sentimental.«

Mafia stand einen Augenblick reglos da, dann sagte er: »Ich sollte jetzt gehen.«

DIENSTAG, 2. MÄRZ

Einige Wochen später war Glass von den heftigsten Medikamenten runter. Es ging ihm so viel besser, dass Riddell dachte, es gehe ihm gut genug, um an der Gruppentherapie teilzunehmen. Sie fand in einem Raum neben der Küche statt, wo, wie Glass roch, Fleisch gekocht wurde.

Eine Frau mittleren Alters schaute ihn an, als wollte sie etwas sagen. Er hatte sie schon früher einmal gesehen. Oder jemanden, der ihr ähnlich sah. Vielleicht ihre Tochter.

»Was ist?«, fragte er sie.

»Mein Schlüpfer«, sagte sie mit leiser Stimme. »Er rutscht runter.« Sie wandte sich an den übrigen Raum. Ein Kreis sitzender Leiber, deren Schmerzen so stark betäubt waren, dass sie damit leben konnten.

Er zählte sie. Sieben. Und die drei Pfleger, die standen. Und Glass und diese Frau. Zwölf.

»Hört mal alle her«, sagte sie, laut diesmal. »Mein Schlüpfer rutscht runter.«

Sie trug Jeans. Glass hielt es für unwahrscheinlich, dass sie die Wahrheit sagte, was ihren Schlüpfer betraf.

»Keine Sorge«, sagte ein großer Glatzkopf im T-Shirt. »Wir gucken nicht hin.«

»Ihr müsst aber, Jason«, sagte sie.

Glass sah auf die Arme von dem Typen. Einer war unten auf der Innenseite schwer vernarbt. Vielleicht hatte er ihn mit einer Machete bearbeitet, wie Peeler, und mit seinen Adern in der Hand dagestanden.

»Ich brauche Publikum. Was hat es für einen Sinn, wenn ich in Erotikfilmen mitspiele, wenn ich kein Publikum habe?«

»Annie«, sagte Riddell. »Ich möchte, dass Sie jetzt bitte damit aufhören. Ihretwegen werden noch alle übererregt.«

»Das ist ja der Sinn der Sache.« Sie streckte die Hände aus. »Würden Sie mich gerne fesseln?«

»Ich glaube nicht.«

»Ich bin erregt«, sagte ein anderer Kerl, der die Fäuste ballte und wieder lockerte und dessen Mund sich immer wieder in blitzartigem Lächeln verzerrte. »Ich mach's.«

»Und was ist mit dir, Nick?«, fragte sie Glass. »Oder wär's dir lieber, wenn ich stattdessen dich fessle?«

»Kenn ich Sie?«

»Ach«, sagte sie. »Ich dachte, dir geht's besser. Geht's ihm nicht besser?«

»Annie«, sagte Riddell. »Das ist unhöflich.«

»Wieso ist diese Schlampe hier?«, fragte Glass.

»Nick, das ist auch unhöflich.«

»Ich habe alles Recht, hier zu sein«, sagte Annie.

»Leck mich«, sagte Glass.

»Na schön, selber leck mich«, sagte Annie. »Wie ist das, wenn man seine Frau und sein Kind umbringt?«

Glass starrte sie an. Sie war auf einem Bett, gefesselt. Watt knallte seinen Körper gegen ihren. In Mad Wills Wohnung, wo sie den Pornofilm drehten. War sie das? War es jemand, der nur so aussah wie sie?

Riddell berührte Glass am Ellbogen. »Gehen wir in mein Büro.«

»Du bist ein Schwein!«, rief sie Glass hinterher, als sein Pfleger sie zu beruhigen versuchte. »Du hast sie ermordet.«

»Niemals«, sagte Glass. »Das hab ich nicht getan.«

Niemand sagte ein Wort. Alle starrten ihn an.

»Ich hab das nicht getan, was sie gesagt hat«, murmelte er. »Das war Watt.« Er sah Riddell an. »Es wird einen Prozess geben. Ich werd dabei sein«, flüsterte er.

»Muss 'ne ganz schöne Stange gekostet haben«, sagte Glass. Riddell hatte einen schicken neuen Computer auf dem Schreibtisch.

»Eigentlich nicht. Das ist nur ein 386er, Festplatte mit 50 MB. Ich brauche nichts allzu Avanciertes.«

»Okay«, sagte Glass, der kein Wort verstanden hatte.

Riddell schaute auf seinen Monitor. »Zurück zu Annie«, sagte er.

»Wieso hat sie das über mich gesagt?«

Riddell holte ein Staubtuch aus der Schublade und wischte über den Bildschirm.

»Hm?«, sagte Glass. »Haben Sie ihr das erzählt? Ist das noch so 'n Spiel?« Komisch, Glass war nicht wütend. Er war mehr als alles andere enttäuscht. »Oder vielleicht ist sie ja auch verrückt. Die sind alle verrückt, sonst wären sie ja nicht hier. Das ist eine Tatsache. Dagegen können Sie nichts sagen.«

Riddell fuhr sich mit der Hand übers Gesicht. Er hob den Blick zu Glass. »Denken Sie, *ich* bin verrückt?«

Glass blickte ihn an. »Nein, 'türlich nicht. Wieso sollte ich das denken?«

»Ich dachte, Sie würden mir vertrauen. Ich dachte, wir seien uns einig, dass ich nicht hier bin, um Sie reinzulegen. Ich bin hier, um Ihnen zu helfen.«

Glass wandte den Blick ab und dann wieder ihm zu.

»Also, vertrauen Sie mir?«, fragte Riddell. »Das ist sehr wichtig.«

»Ich schätze schon. Abgesehen von den Spielen.«

»Sie glauben also nicht wirklich, dass ich ihr erzählt habe …«

»Ich weiß nicht«, murmelte Glass.

»Nick«, sagte Riddell. »Das hier ist nicht einfach. Aber wir müssen weiterkommen.«

Glass schlug die Beine übereinander, verschränkte die Arme.

Riddell schaute ihn mit festem Blick unverwandt an. »Sie müssen sich erinnern.«

Glass stellte die Beine wieder nebeneinander, setzte sich aufrecht hin. »Ich hab Ihnen gesagt, an was ich mich erinnere.«

»Wir müssen weiter zurückgehen. Wir müssen wissen, was geschah, als Sie sich den Finger abschnitten.«

»Ich weiß nicht, was da passiert ist.«

Riddell mühte sich ab, etwas herauszubekommen. Seine Wangen blähten sich buchstäblich auf. Schließlich sagte er mit einem Schnauben: »Sie können sich nicht ewig davor verstecken.«

Ein Reflex: »Kann ich wohl.«

»Meinen Sie?« Riddell drehte sich ihm jäh zu. »Ist es das, was Sie wollen?«

»Ich weiß nicht«, sagte Glass. »Vor was versteck ich mich denn?«

»Sie hatten die Nachtschicht beendet. Sie fuhren nach Hause. Was geschah, als Sie dort ankamen?«

Glass erinnerte sich nicht. Wie oft musste er ihm das noch erzählen? »Wieso spielt das eine Rolle?«

»Was ist passiert?«

»Watt hat meine Familie erschossen. Ich konnte ihnen nicht helfen. Finden Sie nicht, dass ich das jetzt oft genug durchgemacht habe?«

»Sie konnten ihnen nicht helfen, weil Sie in einer leeren Wohnung in Niddrie an einen Stuhl gefesselt waren.«

»Genau.«

»Sind Sie sich sicher?«

»Wollen Sie sagen, ich hab das erfunden? Mir das auch nur eingebildet?«

»Nein, Watt bestätigt es.«

Gott sei Dank.

»Aber da gibt es ein Problem, Nick. Ein großes Problem. So groß, dass Watt nicht vor Gericht kommt. Jedenfalls nicht wegen Mordes.«

Glass hatte das Gefühl, als hätte ihm jemand die Faust in die Kehle gerammt und würde ihm nun mit den Fingern den Magen umrühren. »Was ist passiert?«

»Die Leichenschaubefunde über Lorna und Caitlin erzählen eine andere Geschichte, als die, die Sie uns glauben lassen möchten.«

Glass hob seine Hand an den Mund und knabberte an seinen Knöcheln.

»Nick«, sagte Riddell, »bitte lassen Sie das.«

Stöhnend ließ Glass die Hand fallen.

Er atmete.

Atmete, atmete, atmete, atmete.

»Lassen Sie sich Zeit«, sagte Riddell.

Leichenschaubefunde. Andere Geschichte. Sie uns glauben lassen möchten.

Glass saß eine Weile da, bis er das Gefühl hatte, sprechen zu können. »Sagen Sie's mir.«

»Lorna ist nie zu ihrer Mutter gegangen.«

»Wo ist sie hingegangen?«

»Nirgendwohin.«

»Sie muss irgendwohin gegangen sein.«

»Nein, Nick, sie war die ganze Zeit über zu Hause.«

»War sie nicht. Machen Sie sich nicht lächerlich. Ich weiß, dass sie nicht …«

»Sie war im Bad, Nick. Sie und Caitlin. Als Watt sie fand, waren sie schon seit mehr als vierundzwanzig Stunden tot.«

Glass biss sich in den Knöchel, bis er Blut schmeckte.

»Sie wurden nicht im Bad erschossen«, sagte Riddell.

»Hören Sie auf.«

»Es ist in Ihrem Schlafzimmer passiert. Jemand trug sie ins Badezimmer. Legte sie in die Badewanne.«

»Hören Sie auf!«

»Legte eine Decke über sie. Zog den Duschvorhang ganz zu.«

»Hören Sie auf. Bitte hören Sie auf.«

»Irgendeine Idee, wer das gewesen sein könnte?«

Er lag die ganze Nacht über wach und dachte darüber nach.

Nach ein paar Stunden konnte er sich vorstellen, was Riddell hören wollte.

Glass hebt Lorna auf, trägt sie bis zum Badezimmer, versucht, sie sachte abzulegen, aber ihr Hinterkopf knallt trotzdem gegen die Badewanne. Er muss weinen, rote Tränen tropfen in seine Hände.

Zurück im Schlafzimmer hebt er sein kleines Baby auf, schmiegt es an seine Brust. Der Duft nach Milch und Blut und der Salzgeschmack in seinem Mund. Er bringt es zu seiner Mutter. Legt Caitlins Kopf in die Halsbeuge ihrer Mutter.

Er zieht die Decke über sie, damit ihnen warm ist. Zieht den Duschvorhang vor, damit sie schlafen können.

Dann schließt er den Koffer, schiebt ihn unters Bett.

Lässt heißes Wasser laufen, weicht die Flecken ein, das Wasser färbt sich rot.

Erhitzt ein Fleischerbeil über der Gasflamme des Herds. Er schneidet den Finger ab, der abgedrückt hat. Blut sprudelt in den Ausguss. Der Geruch von kochendem Fleisch, als er die Klinge auf die Wunde drückt.

Bevor er das Bewusstsein verliert, ruft er Mad Will an.

Glass verfügte über eine starke Einbildungskraft. Fast hätte er sich selbst überzeugt.

Am Morgen fühlte er sich, als hätte ihm jemand die Eingeweide durch den Bauchnabel rausgesaugt.

Er wusch sich das Gesicht mit kaltem Wasser. Als er mit dem Handtuch seine Haut rubbelte, erblickte er sein Spiegelbild.

Er ließ das Handtuch sinken.

Zuerst dachte er, der Spiegel in seinem Zimmer hätte das Bild verzerrt. Aber alles hinter ihm war klar.

Das, was Glass sah, war ein Zerrbild des Mannes, der er war. Die kurzen Haare. Die Ringe unter den Augen. Und das Fett, das er angesetzt hatte. Er sah aus wie ein Scheißbackenhörnchen.

Er sah alles deutlich.

Er ging zurück zu seinem Bett, zog die Pistole unter dem Kissen hervor und ging wieder ins Badezimmer.

Er schoss auf den Spiegel. Das Glas zersplitterte. Sein Spiegelbild lag in tausend Scherben. Das war besser. Es war so, wie er sich selbst sah.

MITTWOCH

Am nächsten Tag, im Büro, nach dem Small Talk, fragte Riddell: »Haben Sie darüber nachgedacht?«

»Ja«, antwortete ihm Glass.

»Und was denken Sie?«

»Watt hat Lorna umgebracht. Er hat Caitlin umgebracht. Er hat meine Familie umgebracht.« Er hörte Riddell schnaufen. Nicht das, worauf er hinauswollte, eindeutig nicht. Glass fühlte sich weit weg. Im Augenblick konnte er keine Zukunft für sich sehen, konnte sich keine vorstellen. Es gab nur die Gegenwart, und es war, als gehörte sie zu jemand anderem.

Riddell ließ sich auf seinen Sessel fallen. »Nick, die Waffe, mit der Lorna und Caitlin umgebracht wurden, war in Ihrer Hand.«

»Das heißt überhaupt nichts.«

»Sie können doch die Beweise nicht ignorieren.«

»Tu ich nicht«, sagte Glass. »Watt könnte sich die Kanone jederzeit besorgt haben. Das hat er schon mal gemacht. Er könnte sie sich wieder geholt haben. Er hätte sie umbringen können, als ich auf Arbeit war. Es so aussehen lassen, als wäre ich der Täter.«

Riddell saugte die Lippen in seinen Mund, dann fragte er: »Wieso sollte er in Ihr Haus zurückgehen, wenn er Sie in der Wohnung gefesselt hatte?«

»Woher wissen Sie, dass er da war? Vielleicht wollte er mir nur Angst einjagen. Vielleicht ist er nur auf den Flur rausgegangen und dort 'ne Stunde lang oder so geblieben.«

»Und hat zugehört, wie Sie und Mafia sich über den Mord an seiner Frau und seinem Kind, die er nie hatte, unterhalten?«

»Ich hab mir das vielleicht eingebildet. Aber es ist das, woran ich mich erinnere.«

»Die Geschichte, die Mafia Ihnen erzählte. Wo, glauben Sie, kam die her?«

»Ich schätze mal, ich hab sie mir ausgedacht.«

»Und Sie haben sich nie gefragt, wieso Sie sich eine Geschichte über einen Kerl ausdenken, der seine Frau und sein Kind umbringt und dann jemanden findet, der ihn deckt? Genau genommen hat der Kerl nicht nur jemanden, der ihn deckt, sondern er kann sich nicht einmal daran erinnern, dass er es getan hat. Sehen Sie da eine Parallele?«

»Nein«, sagte Glass. »*Sie* sehen eine Parallele.«

DIENSTAG, 16. MÄRZ

Ein Tisch. Es war okay für Glass, jetzt in Gemeinschaft zu essen. Das Besteck war allerdings ganz aus Plastik, nur für den Fall.

Stimmen blubberten in seinen Adern. Vor allem eine, ein endloses Gequatsche – »Ich-weiß-nicht-wieso-niemand-mir-glaubt-ich-hab-die-Uhr-nicht-angefasst-sie-hat-mich-angefasst-kapiert-ihr-das-nicht?«

»Halt's Maul.« Glass ließ seine Gabel auf den Teller fallen. Verspritzte ein bisschen Soße.

»Nick«, sagte ein Pfleger, »halten Sie Ruhe.«

»Na, dann bringen Sie ihn dazu, dass er aufhört.«

»Das macht er halt so«, sagte Jason, der sich an der Unterseite seines Arms kratzte, bis die Narben rot wurden. »Nichts anderes. Sitzt einfach da, wo er hingesetzt wird, und gibt Scheiße von sich, bis er wieder weggebracht wird. Hast du das noch nicht gemerkt?«

»Hatte noch keine Gelegenheit.«

»Braucht stärkere Beruhigungsmittel. Aber sie haben's versucht, und da reagiert er schlecht drauf. Saut sich ein.« Jason tippte Glass an den Ellbogen. »Kann ich dich mal was fragen?«

»Kommt drauf an.«

»Was ist mit deinem Finger passiert?«

»Was ist mit meinem Finger passiert?«, wiederholte Glass. »Wüsste ich auch gerne.« Er blickte Jason an, sah nur Verschwommenes. Er rieb sich die Augen, rieb sich die Wangen. Er lächelte. »Ich bin am falschen Ort«, sagt er. »Wir sind alle am falschen Ort.«

»Amen.«

»Ich weiß nicht mehr, wer ich bin, Jason.«

Jason beugte sich zu ihm. »Ich sage dir eins«, sagte er. »Das weiß keiner. Du nicht, ich nicht, dieser Haufen Spinner nicht, die wir hier am Hals haben, und auch keiner von den Jungs, die hier das Sagen haben. Du bist der, der du zu sein glaubst. Du bist das, woran du dich erinnerst.«

»Bist du dir da sicher?«

»Wenn du das nicht bist, was bist du denn dann, verdammte Kacke?«

»Und was ist, wenn du dich an überhaupt nichts erinnerst?«

»Ah«, sagte Jason, »dann steckst du in der Scheiße.«

DONNERSTAG, 18. MÄRZ

Er saß neben Annie und sah fern, als sie sich umdrehte und sagte: *»Du hast die Tür zum Schlafzimmer aufgemacht. Lorna liegt im Nachthemd quer auf dem Bett und schnarcht. Auf ihrem Nachttisch steht eine leere Ginflasche. Du bist um den offenen, gepackten Koffer auf dem Fußboden gegangen. Sie muss das gestern Abend gemacht haben.«*

Ja.

Er schüttelt Lorna. »Geht's in die Ferien?«

Sie wacht auf, sofort in Alarmstimmung. »Ich bringe Caitlin zu meiner Mutter.«

»Das darfst du nicht!«

»Schrei mich nicht an, verflucht noch mal.«

»Ich schrei dich nicht an, verdammte Scheiße. Jetzt schrei ich dich an, verdammte Scheiße!«

Sie packt eine Handvoll Haare in ihrem Nacken und schließt die Finger darum. Ihre Stimme ist tonlos. »Wir gehen jetzt. Ich hole noch Caitlin. Wir ziehen uns an und gehen.«

»Das dürft ihr nicht. Ich komm nicht zurecht alleine.«

»Typisch«, sagt sie. Sie lässt ihre Haare los, schlägt die Faust auf die Bettdecke.

»Was?«

»Dein Egoismus. Du kommst nicht zurecht, also muss ich für dich zurechtkommen.«

»Ich hab 'ne Menge durchgemacht, Herr im Himmel. Ich brauch deine Unterstützung.«

»Ich bin nicht diejenige, die dir helfen kann. Schau mich doch an. Ich bin selber total am Arsch.« Sie senkt den

Blick. »Wir passen nicht zusammen. Du hast mich so weit gebracht, Nick.«

»Ich?« Er drückt die Handballen gegen die Schläfen. »Du gibst mir die Schuld?«

»Übernimm zur Abwechslung mal ein bisschen Verantwortung. Hör zu, in deiner Nähe ist es nicht sicher. Nicht sicher für dich, für mich, für Caitlin.«

»Wer hat dich denn da draufgebracht? War das Watt?«

»Ich hab deine Drogenvorräte gefunden. Ohne seine Hilfe.«

Glass weiß, dass sein Gesichtsausdruck sich verändert, bevor er es verhindern kann.

»Jetzt erzähl mir nicht, dass du das nicht hast kommen sehen«, sagt sie. »Mir ist dein Verhalten aufgefallen.«

»Ich hab aufgehört.«

»Und wieso ist dann ein ganzer Haufen Drogen in der Teekiste in der Garage?«

Er könnte lügen, ihr sagen, dass sie nicht ihm gehören, aber dann müsste er zugeben, dass er sie ins Hilton schmuggelt. »Hör zu, es ist jetzt sicher«, sagt er. »Watt wird bald tot sein.«

»Und wie kommst du darauf?«

»Ich werd ihn umbringen.«

»Und das soll alle unsere Probleme lösen?«

»Ja. Ich werd's machen.«

Sie lacht. »Du bist 'n beschissenes Weichei«, sagt sie. »Du wirst nie irgendwen umbringen.«

»Sei dir da nicht so sicher.«

»Du hast nichts als Scheiße im Kopf. Wie willst du ihn denn umbringen?«

Glass zieht die Pistole heraus.

»Ich hab dir gesagt, du sollst sie wegschaffen«, schreit sie. »Ich hab dir gesagt, du sollst sie wegschaffen, verflucht noch mal.«

Und das Geschrei wurde lauter und schriller, und Caitlin kam, und dann krachte ein Schuss, und der Becher fiel auf die Erde, hüpfte leicht, rollte in einem engen Bogen, rollte aus.

Und danach Lorna, die ihn anschrie, ihn fragte, was er getan hatte, ihn ein Mörderschwein nannte, sagte, er hätte ihr kleines Baby umgebracht, und ein Kampf, als sie versuchte, ihm die Pistole abzunehmen, und er sie wegstieß und … und …

Er gibt ihr die Pistole. »Na los«, sagt er und schließt die Augen.

Er sieht nichts anderes als Bilder von dem Becher, der in einem Bogen zurückrollt, sanft hüpft, sich in die Luft und in die Hand seiner Tochter erhebt.

Als er diesmal den Schuss hört, ist er auf Dunkelheit gefasst.

Aber nichts ändert sich. Er steht mit geschlossenen Augen da und wartet.

Als er die Augen endlich öffnet, sieht er Lorna am Boden, ein saubereres rotes Loch in der Stirn.

»Sie hat dich so gehasst, dass sie sich selber erschossen hat«, sagte Annie.

Mit geschlossenem Mund flüstert ihm Lorna ins Ohr, sagt ihm, was er tun soll, gibt allem einen Sinn, erlaubt Glass, weiterzuleben. »Erinnern ist zu schmerzhaft«, sagt sie. »Aber du brauchst den Schmerz, um zu vergessen.«

»Genau so ist es passiert«, sagte Annie.

Glass packte Annies Hand, versuchte, ihr den Finger abzubeißen. Presste die Kiefer so fest gegeneinander, dass ihm die Zähne wehtaten. Aber er kam nicht durch den Knochen.

Nachdem Glass wieder seine Medikamente bekam, erinnerte er sich lange an gar nichts mehr.

DONNERSTAG, 19. FEBRUAR 2009

Alle zwei Wochen bekam Nick Glass eine Spritze, die ihn zwei Tage lang außer Gefecht setzte, und am dritten Tag fing er an, sich wieder normal zu fühlen. Heute war der dritte Tag. Sonnenstrahlen schienen in sein Zimmer und in Streifen über sein Bett. Er schlief gern mit offenen Vorhängen. Wenn nicht, juckten seine Narben.

Er schaute auf seine Uhr: 8.20 Uhr. In letzter Zeit ließen sie ihn schlafen. Sinnlos, ihn aufzuwecken, wenn er aus dem Loch kam. Er hoffte, sie hatten nicht vergessen, dass es heute etwas anderes war.

Er schlug die Decke zurück, ließ den Arm kreisen, um die Steifheit aus seiner Schulter zu rollen. Schwang die Beine aus dem Bett, grub die Zehen in den Teppich. Er war kürzlich an einen viel hübscheren Ort verlegt worden. Er hatte sich gut benommen in den letzten fünf Jahren. Seine Vorrechte waren ihm während dieser Zeit nur einmal entzogen worden. Weil er einen Spiegel zerbrochen hatte. Er hasste diese Scheißspiegel. Die meiste Zeit gelang es ihm zu vermeiden, sich anzuschauen, aber dieses eine Mal hatte er das eigene Grinsen erblickt und die Faust ins Glas geschmettert.

Jetzt hatte er keinen Spiegel mehr. So war es ihm recht. Beste Lösung für alle Beteiligten.

Er griff nach Riddells Fotorahmen auf der Kommode. Okay, es hatte sich herausgestellt, dass er gar nicht Riddell gehörte, es war nur ein alter Rahmen aus Zinn, der seit unvordenklichen Zeiten auf dem Schreibtisch im Büro im Hilton stand. Aber als Glass Riddell fragte, was er damit tun würde, nachdem er gegangen war, hatte Riddell gesagt, er wolle sehen, was sich machen ließe. Ein paar Tage danach hatte er ihn Glass zum Geschenk gemacht. Glass hatte den alten Scheißkerl lange nicht gesehen. Er behandelte jetzt draußen allgemein. Hatte den Job aufgegeben, als er zu dem Schluss gekommen war, er habe es satt, von den Häftlingen verklagt zu werden. Die hatten alle Zeit der Welt und Anwälte auf Abruf und nichts Besseres zu tun. Sie gewannen nie – jedenfalls nicht gegen Riddell –, aber das Ganze war aufreibend, und irgendwann konnte Riddell es nicht mehr aushalten.

Glass tat es leid, dass er ging. Riddell hatte ihn mit der Zeit besser kennengelernt als irgendjemand sonst.

Riddells Fotorahmen – er betrachtete ihn weiterhin als den von Riddell – beherbergte nun eine Aufnahme von Lorna und Caitlin. Sie hatten Glass' kleinem Baby gerade ein neues Kleidchen gekauft, Blumenmuster, gelb und rot, und glänzende schwarze Schuhe mit Schnallen. Für ihren vierten Geburtstag am nächsten Wochenende. Sie hatte darauf bestanden, ihre neuen Sachen gleich anzubehalten. Sie präsentierte sie der Kamera, mit gekreuzten Füßen, schüchtern aber glücklich, und hielt fest die Hand ihrer Mutter umklammert.

Er musste wieder weinen. Er weinte eine Menge. Er hatte sich in Lornas Alten verwandelt und flennte bei den bescheuertsten Gelegenheiten. Manchmal wusste Glass nicht genau, warum er weinte, empfand nicht mal Traurigkeit, aber heute Morgen war es anders. Er wusste genau, warum er weinte.

Er stellte das Foto zurück, dann zog er die Kleider aus und kletterte auf die Fensterbank. Schloss die Augen. Stellte sich vor, er könne den Geruch von warmem Brot riechen, der von unten aus der Bäckerei heraufstieg. Stellte sich vor, Lorna stünde neben ihm. Fünf Minuten lang stand er mit ihr da, dann machte er die Augen auf und blickte zu dem hohen Holzzaun in sechs Metern Entfernung.

Er sprang runter, ging in das angeschlossene Bad, wo er sich das Gesicht wusch und die Zähne putzte. Dann zog er seine schicken schwarzen Klamotten an, die er am Abend zuvor herausgelegt hatte. Allerdings wollte er nicht, dass ihn jemand fotografierte. Die Geschichte würde bald in die Zeitung kommen.

Er setzte sich ans Fenster und wartete darauf, dass seine Tür aufging.

Eins nach dem andern. Es ging ihm immer noch nicht gut, aber er wusste jetzt, dass sich das bessern konnte. Vielleicht würden sie ihn eines Tages rauslassen. Er wagte es nicht zu hoffen. Hoffnung war die sicherste Methode, einen Mann kaputtzumachen. Das wusste er inzwischen.

Er wartete.

Es war eine Weile her, dass Mafia darum gebeten hatte, ihn besuchen zu dürfen. Einen Monat. Nein, vielleicht zwei Wochen. Oder vielleicht auch kurz vor seiner letzten Spritze. Der genaue Zeitpunkt war schwer zu bestimmen. Egal, wann auch immer, Glass war von dem Gedanken, Mafia wiederzusehen, alles andere als entzückt. Wusste nicht, was Mafia wollte, und Mafia wollte es ihm am Telefon nicht sagen. Er hatte nur gesagt, dass er auf Bewährung draußen sei und dass alles mit ihm okay sei, er habe sich sogar mit Watt versöhnt. Aber es gab noch etwas Wichtiges, das Glass wissen musste. Hatte zu Glass gesagt, dass er Watt mitbringen würde, dass sein Bruder die Sache erklären müsse.

Schließlich war Glass einverstanden, sie zu treffen, nachdem Mafia darauf beharrt hatte, wie wichtig es sei.

Im Besuchsraum wurde Glass klar, dass er Watt und Mafia noch nie zusammen gesehen hatte. Sie sahen nicht aus wie Brüder.

»Ich will Mad Wills guten Namen nicht in den Dreck ziehen«, hatte Watt gesagt. Er sah fast so aus, wie Glass ihn in Erinnerung hatte. Ein bisschen verkniffener um die Augen rum.

»Wirst du aber.« Mafia hatte nicht so viel Glück gehabt wie sein Bruder. Er sah so alt aus, wie er war, als wäre sein

Kopf zu schwer, um ihn aufrecht zu halten. Früher hatte er mal cool ausgesehen, aber jetzt sah er nur noch aus wie ein alter Kerl, der versucht, cool auszusehen. »Bring's hinter dich.«

Watt zuckte die Achseln. »Mad Will ist tot«, sagte er. »Hat sich selber erschossen.« Watt demonstrierte es mit der Hand, den Kopf in den Nacken gelegt, die Finger unters Kinn gehalten.

Mad Will hatte Glass vor all den Jahren Watt direkt in die Hände geliefert, aber trotzdem spürte Glass, wie ihm das Wasser in die Augen stieg. Er konnte über alles losheulen. Einmal hatte er einen Hemdknopf verloren und hatte zwei Wochen lang nicht aufgehört zu weinen. »Wieso erzählst du mir das?«, fragte er. »Wieso bist du nicht im Gefängnis, du Scheißmörderarschloch?«

»Das will er ja grade erklären«, sagte Mafia.

Watt schaute Mafia an, und Mafia boxte ihm auf den Arm.

»Spuck's aus«, sagte Mafia. »Sonst mach ich's.«

»Mad Will hat zwar keinen Abschiedsbrief hinterlassen, aber 'ne Art Geständnis.« Watt stockte. »Ich hab ihn an dem Abend gesehen, als er gestorben ist. Und er hat mir was erzählt.«

»Was mein Bruder für sich behalten hat«, sagte Mafia. »Bis vor zwei Nächten. Das blöde Arschloch.«

»Ich hab ihm nicht geglaubt«, sagte Watt.

»Du hast ihm nicht glauben wollen.«

»Das stimmt.«

»War ja auch viel einfacher, Nick hier die Schuld zu geben.«

»Ja, ich weiß. Ich streit's ja gar nicht ab. Aber es hat mich nicht losgelassen. Schließlich hat Mad Will sich erschossen, das heißt, er muss ernsthaft gestört gewesen sein. Ich musste es jemandem erzählen.«

»Hat er das gewollt?«

»Ich weiß nicht. Ich glaub nicht, dass er's an die große Glocke hängen wollte. Ich glaub, er wollt's einfach nur beichten.«

»Dann hätt er zu 'nem Priester gehen können. Ist er aber nicht. Er ist zu dir gegangen. Er hat gewusst, dass du's weitererzählen würdest.«

Während Glass ihrem Gerede zuhörte, bohrte sich der Dorn wieder in seinen Kopf. Es war lange her, dass er ihn gespürt hatte. Er hatte ganz vergessen, wie kalt er war. »Was hat er dir erzählt?«

Watt rieb mit den Fingern quer über seine Stirn und wieder zurück. »Er hat gesagt, er war es. Er hat gesagt, er hat's getan.«

Glass wurde eine Sekunde lang schwarz vor Augen. »Was getan?«

»Sie ermordet.«

»Lorna und Caitlin«, sagte Mafia.

»Er war's?« Glass wusste nicht, was er sagen sollte. Er glaubte es nicht. Der Dorn drehte sich in seinem Kopf, und der Schmerz lähmte sein Gehirn. In seiner Brust wuchs sein Herz, bis es sein Inneres ausfüllte, seine Lungen zerdrückte, so dass er nicht atmen konnte.

»Mein Bruder ist schuld«, sagte Mafia.

»Wieso?«, brachte Glass heraus.

»Weil ich ihm immer wieder erzählt hab, was für 'n hübsches Teil Lorna wäre«, sagte Watt. »Anscheinend.« Er kratzte sich am Kopf. »Also ging er rüber zu deinem Haus, um selber mal nachzusehen. Früh am Morgen, als du noch auf Arbeit warst.«

»Das erfindest du doch nur. Um die Schuld abzuwälzen.« Glass' Augen füllten sich mit Wasser. Er spürte, dass sich Speichel in seinen Mundwinkeln sammelte. »Wie ist er reingekommen?«

»Angeklopft? Ich weiß nicht. Er hat mir nicht alle Einzelheiten erzählt.«

Glass wischte sich mit der Hand übers Gesicht. »Lorna hätte ihn nicht reingelassen.«

»*Mich* hätte sie nicht reingelassen«, sagte Watt. »Aber Mad Will kannte sie ja gar nicht.«

»Ich glaub trotzdem nicht, dass sie's getan hätte.«

»Wieso willst du die Wahrheit nicht glauben?«, fragte Mafia.

Glass schüttelte den Kopf. Er wusste nicht, ob er es nicht glauben wollte. »Ich mein ja nur.«

»Wir sagen dir, was passiert ist, Nick.«

»Ich hatte alle Zeit der Welt, jede nur denkbare Möglichkeit durchzugehen, was passiert sein könnte«, sagte Glass. »Hier gibt's nicht viel mehr zu tun als nachzudenken.«

»Klar«, sagte Mafia. »Ich weiß, wie's ist.«

»Ich hab an alles gedacht. Aber nie an Mad Will. Nie, dass Lorna ihm die Tür aufgemacht hätte.«

»Gebrauch deine Fantasie«, sagte Watt. »Wir wissen, dass du eine hast. Vielleicht hat sie ja ein Päckchen erwartet oder so was. Dachte, es wär der Postbote.«

»Er hatte eine Uniform an?«

»Nein, aber er hätte ja behaupten können, dass er etwas bringt. Oder vielleicht hat er nach dem Weg gefragt. Oder gesagt, sein Auto wär liegengeblieben.«

»Okay, wir wissen nicht, wie er reingekommen ist«, sagte Mafia. »Nur dass er nicht eingebrochen ist. Und er ist nicht da, dass wir ihn fragen könnten.« Er drehte sich zu Watt um. »Mach weiter.«

»Ich glaub dir nicht«, sagte Glass. »Aber mach weiter.«

Watt schaute ihn an. »An was kannst du dich erinnern, als du an dem Morgen vom Hilton nach Hause gekommen bist?«

»Mehr oder weniger an gar nichts. Ich weiß noch, dass ich vor dem Haus gehalten hab. Aber sogar das könnt ich mir eingebildet haben.«

»Mad Will hat mir erzählt, er hätte grade … saubergemacht, als er dich vorfahren hörte. Er hat seine Tasche genommen. Ist runtergegangen. Hat drauf gewartet, dass du die Haustür aufmachst.«

»Seine Arzttasche«, sagte Mafia. »Mit den ganzen Drogen und dem Scheiß drin.«

»Als du dann in die Diele gekommen bist, hat er dich von hinten gepackt und dir 'ne massive Dosis von irgend so 'nem Beruhigungsmittel reingejagt.«

»Was saubergemacht?«, fragte Glass.

»Was?«

»Du hast gesagt, er hätte ›saubergemacht‹.«

»Stimmt. Na ja, er hat einen Koffer gepackt. Hat versucht, es so aussehen zu lassen, als ob Lorna dich verlassen wollte.«

»Wie ist er da draufgekommen?«

»Motivation. Das Ganze hatte eine richtig böse Wendung genommen. Du hast ihn unterbrochen. Dir war *Sündenbock* quer über die Stirn geschrieben. Er hat blitzschnell umgeschaltet. Also, wie gesagt, er packt dich, gibt dir die Spritze ...«

Glass spürt, wie die Nadel aus seinem Hals flutscht. Er macht ein paar Schritte, aber das Mittel wirkt schnell, und er taumelt. Mad Will legt einen Arm um ihn und hilft ihm in die Küche. Setzt ihn auf einen Stuhl, lässt ihn über den Tisch sacken. Glass' Zunge fühlt sich so taub an wie sein Gehirn. Er versucht, sich aufzusetzen, aber die Schwerkraft zieht ihn wieder runter. Den Kopf in die Armbeuge geschmiegt, den Atem klebrig auf dem Tisch, beobachtet er, wie Mad Will einen Knopf am Herd dreht, das Fleischerbeil nimmt, die Klinge heiß macht.

Mad Will tritt an den Tisch, zieht Glass hoch, schleppt ihn durch die Küche, beugt ihn über die Arbeitsfläche. Streckt Glass' Arm aus, den Zeigefinger flach auf dem Hackbrett neben der Spüle, die übrigen Finger gekrümmt, damit sie nicht im Weg sind.

»Was machst du da?«, fragte Glass. Er weiß es.

Mad Will lässt das Beil niedersausen. Noch ehe der Schmerz zuschlägt, packt Mad Will Glass am Handgelenk, drückt die Fläche der Klinge auf die blutende Wunde.

Glass hört ein Brutzeln und verliert das Bewusstsein.

Als er aufwacht, ist er auf dem Treppenabsatz, geht am Badezimmer vorbei, und von seinem Finger aus pulsiert der Schmerz in den Rest seiner Hand. Die Tür zum Badezimmer öffnet sich, die Badewanne ist blutverschmiert.

Wo kam das Blut her? Blutet er denn? Er war mit Mad Will in der Küche. Was hatte Mad Will hier zu suchen? »Lorna?«, ruft er.

»Nur die Ruhe«, sagt Mad Will. »Es ist nicht echt. Du stehst unter Schock. Ich geb dir was, das dir hilft, zu vergessen.«

Im Schlafzimmer sieht Glass den Koffer.

»Weggegangen«, sagt Glass, »zu ihrer Mutter. Lorna und Caitlin. Zu ihrer Mutter.«

»Wenn du willst«, sagt Mad Will. »Genau.«

»Mein Finger«, sagt Glass.

»Du hast ihn abgeschnitten«, sagt ihm Mad Will. »Im Klo runtergespült.«

Der Teppich unter seinen Füßen ist rot.

»Sauerei«, sagt Glass.

»Ich mach hier ein bisschen sauber, wenn wir dich ins Bett gebracht haben.«

Glass' Fuß stößt gegen einen Becher, der dort hingefallen ist. Er ist grün, und er rollt und dreht sich, und das Drehen will gar nicht aufhören.

Im Besuchsraum hob Glass den Blick vom Fußboden, wo Watt und Mafia sich über ihn beugten.

»Du bist umgefallen«, sagte Mafia.

»Ich weiß es wieder«, sagte Glass. »Ich weiß es wieder.«

Und jetzt, in diesem Raum, wartete er darauf, dass sich die Tür öffnete.

Er würde nie entlassen werden. Er hatte drei Menschen ermordet, und sie hielten ihn immer noch für verrückt. Aber heute würde er die Gräber seiner Frau und seiner Tochter besuchen. Endlich konnte er sich verabschieden.

Die Tür öffnete sich um 9.30 Uhr. Der Pfleger hielt sein Frühstückstablett in der einen Hand und ließ mit der anderen seine Schlüssel klirren. »Morgen, Nick. Ich hoffe, Sie haben Hunger.«

Glass verschränkte die Hände. »Wann gehen wir?«

»Wohin?«

»Von hier weg. Zum Friedhof.«

»Aha.« Der Pfleger stellte das Tablett auf dem Tisch ab. »Sie haben wieder mit Ihren Freunden gesprochen?«

»Watt ist nicht mein Freund.«

»Entschuldigung.«

»Aber Mafia schon. Sie haben beide gesagt, dass Mad Will es war.«

»Was Sie nicht sagen.«

»Ich war's nicht.« Er fing wieder an zu weinen. »Sie haben's mir gesagt. Im Besuchsraum.«

»Das ist schön. Ich verstehe ja nicht, wie Sie Cornflakes so trocken essen können.«

»Von Milch wird mir schlecht.«

»Fein, essen Sie auf. Dann geht es Ihnen besser.«

»Mir geht's besser, wenn ich die Gräber von Lorna und Caitlin sehe.«

»Nick … ich glaube nicht.«

»Ist es nicht heute?«, fragte Glass. »Mafia hat gesagt, es sei heute.«

»Nein«, sagte der Pfleger. »Da hat er sich geirrt.«

»Dann morgen? Ich glaube, ich werd sie morgen sehen. Ja, morgen muss es sein.« Er schob sich einen Löffel Cornflakes in den Mund. Zermalmte sie. Morgen. Er hatte so lange gewartet. Da konnte er auch noch einen Tag mehr warten.

DIENSTAG, 19. MAI 2009

Als die neue Patientin eintraf, kam sie Glass bekannt vor. Aber erst als man sie allein im Stuhl sitzen gelassen hatte, schaffte er es, Blickkontakt herzustellen. Er fühlte sich leicht, als hätte sich ein Ballon aus seinem Magen in seine Brust gequetscht und in seine Schultern ausgebreitet. Konnte es wirklich sie sein? Glass schaute noch mal zu der Frau im Stuhl, zweifelte wieder an sich. Nach allem, was er durchgemacht hatte, musste er vorsichtig sein.

Er schlurfte hinüber zu der sitzenden Gestalt. »Bist du's wirklich?«, flüsterte er.

»Nick?«

Glass legte die Arme um Hazel und drückte sie.

»Vorsicht«, sagte sie. »Sie könnten zuschauen.«

»Da wett ich drauf.« Glass trat zurück. »Die Wichser an der Nase rumzuführen, ist echt 'n Vollzeitjob.« Er flüsterte. »Ich hab gedacht, du bist tot.«

»Ich musste weg.« Sie drückte seine Hand, und er merkte, dass sie schwarze Handschuhe trug. »Ich wollte ja nicht, dass du für verrückt gehalten wirst.«

»Und was war mit Mamas Beerdigung?« Er hatte Mühe, den Zorn aus seiner Stimme herauszuhalten.

»Mich hättest du als Letzte dort brauchen können.«

»Aber Mama hätte dich gebraucht.«

»Sie war tot, Nick. Sie hat überhaupt niemanden gebraucht. Ich hab allerdings nicht damit gerechnet, dass du wirklich verrückt wirst.«

»Bin ich das?«

»Sieht ganz so aus.«

»Ich weiß nicht mehr. Manchmal denke ich, ich bin's. Manchmal denke ich, alle andern sind's.«

»Vielleicht stimmt beides ein bisschen.« Sie hielt seine Hand. Musterte den Stumpf seines fehlenden Fingers.

»Was mit Lorna und Caitlin passiert ist, reicht, um jeden zum Überschnappen zu bringen.«

Glass zog die Hand weg. »Mad Will hat sie umgebracht.«

»Ich weiß«, sagte sie nickend.

»Du hast nicht gedacht, ich sei's gewesen?«

»Nie.«

Glass legte ihr die Hand auf die Schulter.

»Ich hab was für dich.« Sie steckte die Hand in die Tasche und holte ein sargförmiges, etwa dreizehn Zentimeter langes Schmuckkästchen heraus.

Glass nahm es. Öffnete es. Sah den Inhalt, ohne überrascht zu sein. »Deiner?«

»Ja.« Sie streckte ihre rechte Hand aus, zeigte ihm den baumelnden Zeigefinger des Handschuhs. »Ich dachte mir, ich bin ihn dir schuldig. Weil ich nicht da war.«

»Danke.« Glass schob das Kästchen in die Tasche. Er beugte sich vor und küsste sie auf den Kopf. Dann ging er zu einer der Schwestern. »Kann ich ein bisschen Klebeband haben?«

»Wozu wollen Sie Klebeband?«

»Ich hab da 'n paar Sachen, die ich zusammenkleben muss.«

»Ich bringe Ihnen später ein Stück aufs Zimmer«, sagte die Schwester.

»Vielen Dank.« Glass machte kehrt, blieb stehen, starrte auf den leeren Stuhl, wo Hazel gesessen hatte. Er steckte die Hand in die Tasche, rieb mit dem Daumen über das Schmuckkästchen.

Glass wollte gerade ins Bett gehen, als es an der Tür klopfte und die Schwester eintrat. »Wollen Sie immer noch Klebeband?«, fragte sie.

Ach ja. Hatte er ganz vergessen. Es schien schon lange her zu sein. Jahre. Zuerst konnte er sich gar nicht erinnern, warum er es gewollt hatte, aber dann fiel es ihm wieder ein. Er war sich allerdings nicht mehr so sicher, ob er Hazels Finger wirklich wollte. Vielleicht war es ja besser, überhaupt keinen Finger zu haben. War nicht so schwer, ohne einen Teil von einem selbst zu funktionieren. Nicht, wenn man sich daran gewöhnt hatte. Er würde Hazels Finger zurückgeben, wenn er sie das nächste Mal sah.

»Nein«, sagte er zu der Schwester. »Ich hab alles, was ich brauche.«